SILKE PORATH

Nicht ohne meinen Mops

WARMMIETE Tanja Böhm hat ihre Traumwohnung in Stuttgart gefunden: Altbau, drei Zimmer, beste Lage. Der Haken ist nur: Allein kann sie sich die Wohnung niemals leisten. Mit Hilfe ihres Chefs, dem ehemaligen Werbefachmann und Kioskbesitzer »Onkel Willi«, richtet sie kurzerhand ein Mitbewohner-Casting aus. Sie entscheidet sich schließlich für den Floristen Chris, der im Callcenter arbeitet, und Rolf, einen Postboten, der samt seinem Mops »Earl of Cockwood« einzieht.

Tanja ist hin und weg von diesen Prachtkerlen. Klar, dass sie als Letzte bemerkt, dass Rolf und Chris ein Paar werden. Der Katzenjammer ist groß – erst recht, als Marc, Tanjas Ex, mit seiner schwangeren Freundin vor ihr steht. Tanja, die Jungs und der Mops schwören Rache …

Silke Porath, Jahrgang 1971, lebt mit ihrem französischen Mann, einem reinrassigen italienischen Straßenköter, einem rumänischen Findelhund und der griechischen Landschildkröte Else in ihrer Heimatstadt Balingen. Die Mutter dreier Kinder ist Mitglied bei den 42erAutoren und im Verband deutscher Schriftsteller. Die bekennende Schwäbin wohnt im Internet unter www.silke-porath.de – dort gibt es auch »Leckerlis« zu den Folgebänden »Mops und Möhren« sowie »Mops und Mama«. Denn das Chaos in der WG geht weiter!

Bisherige Veröffentlichungen im Gmeiner-Verlag:
Klostergeist (S. Porath u.a., 2016)
Ein Lama zum Verlieben (Silke Porath, 2015)
Wer mordet schon in der Oberlausitz? (S. Prescher/S. Porath, 2015)
Wer mordet schon zwischen Alb und Donau? (S. Prescher/S. Porath, 2014)
Hermingunde ermittelt in Balingen (S. Porath, 2014)
Mops und Mama (S. Porath, 2014)
Mops und Möhren (S. Porath, 2013)
Klosterbräu (S. Porath u.a., 2012)
Nicht ohne meinen Mops (S. Porath, 2011)
Klostergeist (S. Porath u.a., 2011)

SILKE PORATH

Nicht ohne meinen Mops

Roman

GMEINER SPANNUNG

Ausgewählt von
Claudia Senghaas

Personen und Handlung sind frei erfunden.
Ähnlichkeiten mit lebenden oder toten Personen
sind rein zufällig und nicht beabsichtigt.

Besuchen Sie uns im Internet:
www.gmeiner-verlag.de

2018 – Gmeiner-Verlag GmbH
Im Ehnried 5, 88605 Meßkirch
Telefon 07575/2095-0
info@gmeiner-verlag.de

1. Auflage 2018

Lektorat: Claudia Senghaas, Kirchardt
Herstellung: Julia Franze
Umschlaggestaltung: U.O.R.G. Lutz Eberle, Stuttgart
unter Verwendung eines Fotos von: © nuraann/fotolia.com
Druck: CPI books GmbH, Leck
Printed in Germany
ISBN 978-3-8392-2240-9

»Der Mops macht seine Besitzer zu Gefangenen – wer einmal in seinem Leben einen Mops besaß, bleibt für den Rest seines Lebens meist bemopst. Er ist ein strammer kleiner Hund mit rundem Kopf, kleinen Samtohren und großem Charme. Sein Fell ist beige, schwarz oder – nur noch selten – silbergrau, immer mit schwarzer Maske. Er ist handlich, riecht und sabbert nicht und reagiert im Allgemeinen recht gut auf eine Grunderziehung. Er ist mit einer halben Stunde Auslauf zufrieden, schafft aber auch spielend fünf. Er schnappt nicht, schnarcht dafür aber entsetzlich – was Mopsbesitzern allerdings meist erst dann auffällt, wenn er nicht mehr schnarcht. Der Mops hatte nie eine andere Aufgabe, als geliebt zu werden. Die erfüllt er hervorragend.«

Katharina von der Leyen

»Ein Leben ohne Mops ist möglich – aber sinnlos.«

Loriot

*Für meine Mädels Jutta Mülich
und Monika Detering*

Die Wohnung mit einer Frau zu teilen, kommt Kamikaze gleich. Du kannst in Bergen von Schuhen versinken. Du kannst die eigene Schweißausdünstung nicht mehr riechen, weil deine Mitbewohnerin ihre krallengleichen Fingernägel mit stinkendem Lack bearbeitet. Du wirst nie wieder das kochen dürfen, worauf du Lust hast – keine blutigen Steaks, keine gebratene Leber. Wenn sie sich erst einmal eingenistet hat, dann ist das Leben vorbei. Ich weiß, wovon ich spreche. Ich bin eine Frau.

Und genau deswegen kommt mir keine über die Schwelle. Dabei sah es anfangs noch ganz anders aus …

Das Paradies passt in 100 Quadratmeter Altbau: Zweiter Stock. Drei Zimmer, Balkon mit Blick auf einen grünen Innenhof. Und nur zwei Nachteile: Die Dusche steht mitten in der Küche, und ich kann mir die Wohnung nicht leisten. Aber ich will sie: Ich. will. diese. Wohnung!!!

Okay, es gibt noch einen dritten Nachteil. Aber die Schallschutzfenster halten den Autolärm von der Olgastraße draußen. Zählt also nicht. Außerdem kann man vom vorderen Zimmer aus den Leuten in die Cabrios schauen, wenn sie an der Ampel halten müssen.

»Haben Sie sich jetzt entschieden? Ich hab da noch andere Interessenten auf der Liste.« Der Vermieter räuspert sich und wedelt mit dem Mietvertrag vor meiner Nase rum. Sein Aftershave schafft es nicht, den Schweißgeruch zu übertünchen, und ich frage mich, wie viele Schnitzelreste unter seiner Prothese verfaulen.

»Ist ja alles frisch renoviert, also, da komm ich Ihnen schon entgegen, in Stuttgart finden sie so was zu dem Preis nicht wieder.« Herr Baumann bleckt die gelblichen Dritten. »Und dann die Lage …«

Ich kenne die Lage. Die der Wohnung (nur zwei Straßen weiter beginnt das Bohnenviertel, meine Lieblingskneipe ist quasi um die Ecke und einen Aldi gibt's hier auch) und die auf meinem Konto. Vor allem aber schwirrt mir in diesem Moment die Lage meiner bisherigen Behausung durch den Kopf. Anderthalb Zimmer, ein Bad, das man nur betreten kann, wenn man unter 70 Kilo wiegt, schönster 60er-Jahre-Betonstil in Bad Cannstatt. Also quasi im Nirwana. Szenetechnisch betrachtet. Und direkt nebenan Frau Klose, die wandelnde Kehrwochenwächterin. Erst gestern hat sie mir mit vorwurfsvoller Miene die nicht ordnungsgemäß ausgeschlackerte Fußmatte hochkant vor die Wohnungstür gestellt.

»Ich nehm sie«, sage ich schneller, als mein Bankberater ausrasten kann.

Herr Baumann formt mit seinen trockenen Lippen ein zufriedenes Grinsen und drückt mir den Mietvertrag in die Hand. »Sie tragen mir dann noch den Namen von Ihrem Mann ein, gell?«

Mann? Ich? Wahrscheinlich mache ich ein ähnlich intelligentes Gesicht wie ein Goldfisch, den man nach dem Weg zum Hauptbahnhof fragt. Ich bin seit sieben Monaten unbemannt.

»Sie wollen doch die große Wohnung nicht alleine mieten? Ich vermiete nur an Paare.« Herr Baumann stülpt die Lippen nach vorne. Klar. Die Schwaben sind da korrekt.

»Nein, natürlich, ja«, stottere ich. Ehrlich sein. In die Defensive gehen. »Also, verheiratet bin ich nicht.«

»Na, dann schreiben Sie eben rein, wie Ihr Verlobter heißt.« Herr Baumann schlenkert demonstrativ den linken Arm, bis die schwere goldene Uhr unter der Cordjacke nach vorne rutscht. »Ich muss dann auch weiter«, sagt er, drückt mir den Schlüsselbund in die Hand und dreht sich um.

»Also, verlobt … naja, da wäre noch …«, piepse ich. Herr Baumann fährt herum und blitzt mich an. Die Wohnungsschlüssel brennen in meiner Hand.

»Ja sagen Sie doch gleich, dass Sie eine WG wollen, das ist auch kein Problem, Hauptsache, die Miete kommt pünktlich.« Baumann schüttelt mit dem Kopf und nuschelt was von »junge Weiber« und »unentschieden«.

Dann knallt die Tür und ich bin allein. Hier. In 100 Quadratmetern Altbau. Mit Stuckrosen an der Decke und französischen Balkonen vor den bodentiefen Fenstern. Und ohne Ahnung, wie ich die Miete für diese Bleibe mit meinem Gehalt bezahlen soll. Seit in den Kneipen nicht mehr geraucht werden darf, sinkt der Umsatz im Tabakladen im Einkaufszentrum beim Killesberg stetig. Und je weniger Leute qualmen, desto lauter jammert mein Arbeitgeber Wilhelm Fritz, genannt »Onkel Fritz«. Das Manko in der Kasse können auch die rasant gestiegenen Umsätze bei Kaugummis und Pfefferminzbonbons nicht auffangen. Mit einer Gehaltserhöhung brauche ich also gar nicht erst zu kommen.

Ich lege die Schlüssel und den Mietvertrag auf das frisch polierte Fensterbrett und gehe in den Flur. Der allein ist größer als mein jetziges Apartment. Der Fußboden ist gekachelt, weiß mit kleinen roten Rauten zwischen den einzelnen Fliesen. Es sieht aus wie bester Jugendstil, kann es aber nicht sein, da das Haus im Krieg komplett zerbombt wurde. Zum Glück, denke ich, denn ein Haus von anno Zwieback hätte ganz sicher kein Oberlicht gehabt, durch das milchig weißes Licht in den Flur fällt.

Vom Flur aus gehen fünf Türen ab. Im Uhrzeigersinn gesehen geht es zuerst in eine kleine Toilette, mehr lang als breit. Dann kommt die Küche (mit der eingebauten Duschkabine) samt herrlichem Balkon auf den Hinterhof. Auf 11 und auf 1 Uhr befinden sich zwei Räume, der dritte ist etwa auf 4 Uhr. Ich gehe nach 4 Uhr. Zwei Fenster, die bis zum Boden reichen. Davor ein französischer Balkon mit zwar staubigem, aber schön verschnörkeltem Gitter. Das Schönste in diesem Raum ist aber ein rundes Fenster. Unter dieses Bullauge werde ich mein Bett stellen, bewacht von einer nackten Frau aus Tiffanyglas, durch deren blauen Hut jetzt ein Sonnenstrahl auf das Schiffsbodenparkett fällt. Es sieht aus, als ob diese Dame mir zuzwinkert und sagt: »Herzlich willkommen.« Ich streichle über das kühle Glas und die Bleieinfassungen. Und fühle mich wohl. Sauwohl.

Die anderen beiden Zimmer sind beinahe identisch. Zwischen ihnen ist noch eine Verbindungstür, wie der Vermieter mir sagte. Allerdings wurde diese durch eingebaute Regale auf beiden Seiten dicht gemacht. Im Zimmer neben meinem ist ein fast raumfüllendes Stuckgebilde an der Decke. Das andere Zimmer glänzt mit einem kleinen gemauerten Balkon.

Ich gehe zurück in den Flur. Meine Absätze klackern auf den Fliesen, die Sonne linst durchs Oberlicht. Auch auf die Gefahr hin, mich sofort bei meinen Nachbarn, einen Stock tiefer, unbeliebt zu machen, stoße ich einen lauten Schrei aus, der selbst Tarzan geweckt hätte, und tanze einen wilden Cha-Cha-Cha unterm Oberlicht. Für dieses Schmuckstück müssen sich doch Mitbewohner finden lassen! Und zur allergrößten Not – aber nur unter Herzschmerzen – kann ich den Mietvertrag ja binnen einer Woche widerrufen …

Am nächsten Morgen bin ich überpünktlich im Tabakladen. Zum ersten Mal seit Monaten fahre ich an Bushaltestellen vorbei, an denen noch Schüler stehen, die auf den Transport ins Wagenburg-Gymnasium oder die Waldorfschule warten. Onkel Fritz starrt mich verwundert an, als ich mich kurz nach acht an den Stapeln mit frisch gelieferten Tageszeitungen vorbeischlängle, die zwischen den Regalen auf dem Boden liegen. Sein Doppelkinn vibriert fragend, als ich an ihm vorbeihusche, meine Tasche und Jacke ins Büro werfe und gleich darauf, mit einem Teppichmesser bewaffnet, in den Ladenraum zurückkomme. Onkel Fritz brummt etwas, das wie »Guten Morgen« klingt. Dann machen wir uns gemeinsam daran, die Plastikbänder von den Paketen zu schneiden und die Zeitungen in die Regale zu räumen. Die »Süddeutsche« macht wie immer Mucken, weil sie viel zu dick ist für das schmale Regal. Dafür leuchtet die »Hürriyet« in schönem Rosa. Am besten riecht, wie jeden Tag, die »Welt«. Meine Theorie: Die mischen in der Druckerei irgendeinen Duftstoff in die Druckerschwärze, damit die Leute die Zeitung nach Geruch kaufen. Die Bäckerei nebenan jedenfalls hat vor zwei Monaten eine Duftanlage installiert, aus der in regelmäßigem Abstand künstlich erzeugtes Aroma von frischen Brötchen in den Supermarkt geblasen wird. Was funktioniert – seit dem habe ich zwei Kilo zugenommen, weil ich mindestens dreimal während einer Schicht meiner Nase folge und ein süßes Teilchen essen muss.

»Sag mal, Tanja, was machst du eigentlich schon hier? Du hast doch Spätschicht?« Onkel Fritz keucht, als er seine schwere Wampe (zu viele Schokoriegel aus dem eigenen Bestand) durch die Reihen mit Zeitschriftenregalen schiebt. In seinen blauen Augen prangt ein großes Fragezeichen.

»Na ja«, stöhne ich und überlege zum x-ten Mal, wie ich es meinem Chef beibringe. Ich könnte sagen, dass ich die ganze Nacht sowieso kein Auge zugetan habe, weil ich a) an meinen Kontostand gedacht und b) schon mal mein künftiges Zimmer mit meinen wenigen Habseligkeiten möbliert habe. Ich könnte ihm direkt das Plakat unter die Nase halten, das ich heute Nacht um vier gemalt habe und eigentlich an der Eingangstür des Ladens aufhängen will, direkt neben der Werbung für den kommenden Lottojackpot. Ich könnte auch irgendwas säuseln von wegen, dass er es ja so schwer hat und seine Rückenschmerzen, all die vielen Zeitungen und dass ich einfach so gerne im Laden bin. Aber all das sage ich nicht, weil in dem Moment der erste Kunde kommt. Herr Koslowski, der Geschäftsführer des Supermarktes, um den herum sich unter einem Dach der Bäcker, Metzger, Schuhreparaturservice, eine kleine Apotheke, der Blumenladen und eben unser Tabakgeschäft gruppieren. Wie immer greift Koslowski, die Brötchentüte schon unter den Arm geklemmt und in der linken Hand den Grande Latte to go, nach der BILD-Zeitung, legt wortlos das abgezählte Geld auf den Tresen und tritt gleich darauf den Rückzug in sein Büro an, von wo aus er die Geschicke des Supermarktes und die Kassiererinnen wie Marionetten lenkt.

»Was willst du also?« Onkel Fritz starrt mich unverwandt an.

»Moment«, sage ich und verschwinde im Büro. Dort liegt das zusammengerollte Plakat. Ich ziehe das Gummiband ab, entrolle die Pappe und halte sie wie ein Schild vor mich, als ich zurück in den Laden komme.

»Zimmer in WG zu vermieten, 300 € Warmmiete, zentrumsnah«, liest mein Chef vor. Dann meine Handynummer.

»Könnte ich das aufhängen?«

»Wieso?« Fritz schnauft und schiebt gelangweilt einen Stapel Lottoscheine hin und her.

»Na ja, damit jemand anruft?«

»Hmmm.«

»Ach, Fritz, jetzt komm schon«, säusele ich und ziehe eine Schnute. Schnute wirkt eigentlich immer.

»Jetzt mal von Anfang an, Mädchen«, brummt Fritz und hievt sich auf den Barhocker hinter dem Tresen. Die Jeans, Größe Dreimannzelt, spannt sich über seinen Schenkeln. »Du willst also umziehen?«

»Jaaa«, antworte ich und wedle mit dem Plakat.

»Fritz, ich muss aus dem Loch raus. Als Azubi war das ja noch okay, aber jetzt? Ich krieg da keine Luft mehr, Cannstatt ist nicht gerade der Nabel der Welt und wenn du die Wohnung gesehen hättest, den Stuck an den Decken und Fenster bis zum Boden, das Parkett …« Ich rede mich in Fahrt und fünf Minuten später hat mein Chef eine virtuelle Wohnungsbegehung hinter sich.

»Die Wohnung hat nur einen Haken – sie ist für mich allein zu teuer.«

Einen Moment lang herrscht Schweigen. Draußen flitzen die ersten Hausfrauen mit ihren Einkaufswägen vorbei. Ein Muttchen dreht den Ständer mit den Postkarten, der vor dem Kiosk steht. Die Ansichtskarten mit zehn Jahre alten Fotos vom Landtag, der Staatsgalerie und dem Fernsehturm sind unsere Ladenhüter. Mit Abstand. Fritz macht mit Daumen und Zeigefinger das Zeichen für Penunze, Kohle, Steine und zieht die Augenbrauen hoch.

»Nein, natürlich will ich keine Gehaltserhöhung«, versichere ich im Bruchteil einer Sekunde und setze wieder mein Schnutengesicht auf. Fritz nickt zufrieden. Die letzte Gehaltsverhandlung vor drei Monaten endete mit Tränen bei mir und einem Wutanfall bei ihm.

»Das Plakat kannst du trotzdem nicht aufhängen.«

»Wie bitte?« Ich sehe meine Hoffnung schwinden. Wenn ich jetzt noch eine Anzeige schalten muss, ziehen wertvolle Tage ins Land und dann …

»Ja, also das ist doch total nichtssagend und wenn du möglichst heute noch Klarheit willst, dann muss ein ordentliches Plakat her.« Fritz hievt seine geschätzten 120 Kilo vom Hocker, verschwindet im Büro und kommt mit einem quietschgrünen Werbeplakat von der Lottogesellschaft wieder. Das Ding passt genau in den Aufsteller, den Fritz in der Passage platziert hat. Er dreht das Plakat um, sodass die Lottowerbung nicht zu sehen ist. Dann fummelt er aus der Lade neben der Kasse einen schwarzen Edding. Ich knispele nervös an meinem Plakat.

»Du magst zwar eine passable Arzthelferin gewesen sein und eine halbwegs talentierte Verkäuferin, aber von Werbung hast du keine Ahnung«, knurrt Fritz schließlich und hält das Plakat in die Höhe. »Und *das* hängst du jetzt auf!«

»Wow!« Auf apfelgrünem Untergrund prangt eine von Fritz gemalte Haustür mit Löwenkopf-Klingel. Darunter steht: »Nur heute: Dein Traumzimmer in der schönsten Altbauwohnung Stuttgarts! Top Lage, 20 Quadratmeter Luxus für nur 300 € Warmmiete. Die Ersten ziehen ein!«

Fritz legt den Kopf schief. Aus meiner Schnute wird ein breites Grinsen.

»Wow«, sage ich noch einmal.

»Tja, gelernt ist gelernt«, lacht Fritz und ich erinnere mich, dass er in einem früheren Leben mal Grafiker war, bis ihm der tägliche Terror in den Werbeagenturen in den schmucken Villen rund um die Villa Reitzenstein auf den Keks ging. Jetzt verkauft er die Zeitschriften mit den Anzeigen, die seine ehemaligen Kollegen auf dem Weg zum Herzinfarkt oder Burn-out, aber in direkter Nachbarschaft zum Sitz des Ministerpräsidenten, geschaffen haben. Völlig stressfrei, wie er sagt.

Zwei Minuten später prangt das Plakat im Aufsteller.

»Und du gehst jetzt ins Büro und wartest auf Anrufe«, befiehlt Fritz und seine Schweinsäuglein blitzen. Manchmal ist er so – manchmal. Als Chef kann er auch ganz anders, aber wenn er mal Feuer gefangen hat für eine Sache, dann ist er nicht zu bremsen. Durch die als Spiegel getarnte Scheibe (wie bei der Kripo!) habe ich die Theke und den Eingangsbereich im Blick. Fritz meint, wenn mir jemand gar nicht gefällt, dann könne ich das auf den ersten Blick sehen, denn er wettet Stein, Bein und eine Packung Haribo, dass die Leute direkt in der Passage das Handy zücken und mich anrufen. Ich bin da weniger zuversichtlich, aber die Idee, unsympathisch von sympathisch auszusortieren, gefällt mir. Von draußen hole ich mir die neueste »Schöner Wohnen« und schwelge in italienischem Möbeldesign, das ich mir nie leisten kann. Egal. Heute ist das egal.

Zehn Minuten sitze ich da. Zwanzig. Eine halbe Stunde. Mit der Zeitung bin ich durch. Im

Laden stehen die Kunden in der allmorgendlichen Schlange und decken sich mit Kippen und Zeitungen ein. Fritz kommt ganz schön ins Schwitzen und mein schlechtes Gewissen meldet sich. Ich hab zwar keine Lust dazu, dennoch schnappe ich mir den aktuellen Ordner und den Stapel mit Lieferscheinen, die mein Chef mal wieder seit Tagen auf dem Schreibtisch sammelt. 38 Zentimeter Lieferscheine. Ich fange an, die Blätter nach dem Alphabet zu sortieren. Da bimmelt mein Handy.

Tatsächlich! Vor dem Laden steht eine Frau, den Rücken zu mir gewandt, das Telefon am Ohr.

»Ja?«, melde ich mich und starre der Blondine auf den langen geflochtenen Zopf.

Vom anderen Ende höre ich ein tiefes Räuspern, das so gar nicht zu der zarten Erscheinung passen will. In dem Moment klappt die Blondine das Handy zu und trollt sich. Das Räuspern höre ich noch immer.

»Ich wollte nur wissen, ob du das Telefon auch eingeschaltet hast.«

»Ja, Chef, hab ich.«

»Gut. Und denk dran, die Lieferscheine von Süßwaren-Langer kommen unter ›L‹ in den Ordner, nicht ›S‹.«

»Jaaaa, Scheffe, is klar, Scheffe.«

Fritz zieht die Nase kraus und legt auf. Eine Horde Schüler stürmt den Laden. Wahrscheinlich kommt jetzt wieder die Nummer »Ich bin schon 18 und darf rauchen, habe aber leider meinen Ausweis eingebüßt, als ein zwei Meter großer Schäferhund mich angefallen hat.« Ich grinse. Es bimmelt erneut. Ich linse durch die Scheibe. Eine Watschelente im selbst gestrickten Pullover starrt auf das Plakat. Die kurz geschnittenen Haare stehen in alle Richtungen ab. In beiden Ohren steckt mehr Blech, als man für den Bau eines Smart braucht.

»Tag, die Vanessa hier.«

»Hallo?«

»Bin ich da richtig wegen der Wohnung?«

»Ja, sind Sie.«

»Ach, sag doch du zu mir.«

»…«

»Also, kannst du mir was erzählen über das Zimmer?«

Ich mache einen virtuellen Rundgang durch die Wohnung, beschreibe Küche, Balkon, Oberlicht. Vanessa leckt sich über die Lippen und ich sehe ein silbernes Zungenpiercing blitzen.

»Du, ich glaub, das klingt gut für mich.«

»Schön, und kann ich jetzt was über dich wissen?« Als Vermieterin muss ich ja schließlich wissen, mit wem ich es zu tun habe.

»Ja, also, ich bin die Vanessa, ich studiere Biologie, eigentlich, aber mir geht's grade nicht so gut, also psychisch und so, und ich war jetzt ein Semester in Mailand.«

»Hm«, mache ich. Vanessa hinter der Scheibe knispelt mit den Lippen an ihrem Daumen.

»Was ich noch sagen wollte«, beginnt sie und

ich sehe, wie ihre Wangen rot werden. »Also, ich hab da eine Sammlung, die müsste mit.«

Ich bin aufgeschlossen. Für alles. Gegen tausend Plastiküberraschungen aus Schokoladeneiern, Enten aus billigem Porzellan oder handgefilzte Ansteckblumen hab ich nichts, solange sie in Vanessas Zimmer bleiben. Das sage ich ihr auch. Prompt hört sie auf zu knispeln und strahlt.

»Ja super, weißt du, ich bin seit Monaten dran, Ratten und Mäuse zu sezieren für meine Semesterarbeit, und die Kadaver muss ich halt einfrieren, aber wenn dich das nicht stört, die sind ja in Tüten.«

Meine Fischstäbchen neben geköpften Nagetieren? Niemals.

»Äh, ja, also, ich würd sagen, ich melde mich«, stottere ich. Vanessa nennt mir ihre Telefonnummer. Ich schreibe nicht mit.

Fritz steckt den Kopf zur Tür rein. »Die war wohl nichts?«

Statt einer Antwort bekommt er einen zirkusreifen Augenverdreher.

»Wird schon, ist ja grade erst kurz nach neun«, sagt Fritz. Er guckt demonstrativ auf seine Armbanduhr, eine schwarze Swatch aus seinen Jugendtagen.

»Verstanden, Chef«, sage ich und springe auf. Für das Plakat werde ich mindestens drei Wochen lang mit morgendlichem großem Milchkaffee bezahlen.

Als ich mit zwei dampfenden Bechern wiederkomme, hält Fritz mein Handy an sein Ohr.

»Augenblick, ich verbinde«, sagt er und grinst schief.

Also doch: Das Mädel im Kostümchen, das ich eben vor dem Laden fast umgerannt hätte, will mich sprechen. Ich schnappe mir das Telefon und ziehe mich ins Büro zurück. Das Kostümmädel dreht draußen nervös eine braune Locke um den Zeigefinger. Sie ist echt nett. Jasmin, 25, Rechtsanwaltsgehilfin. Keine toten Frösche für die Gefriertruhe. Wir unterhalten uns fünf Minuten und mit jedem Zimmer, das ich beschreibe, wird ihr Lächeln breiter. Bis ich in der Küche und der dort installierten Dusche ankomme. Jasmins Gesicht entgleist schneller, als ein ICE mit gebrochenem Radreifen es könnte.

»Ich soll neben dem Herd duschen?« Ein leichtes Kreischen mischt sich in das ansonsten warme Timbre ihrer Stimme. »Also, hmmm, das muss ich mir noch überlegen.« Zack. Die Leitung ist tot. Jasmin schüttelt die ondulierte Haarpracht, lässt das Handy mit angewidertem Blick ins Lederhandtäschchen gleiten und zieht von dannen.

Zicke.

Im Laufe des Vormittags bleiben Dutzende Menschen vor Fritz' Plakat stehen. Ungefähr jeder Fünfte wählt meine Nummer. Gegen halb zwölf glüht mein linkes Ohr. Der Zettel, auf dem ich die Nummern der Kandidaten notieren wollte, bleibt leer. Ich will weder mit Dirk zusammenziehen, der mir quasi sofort einen Heiratsantrag macht (»Ich bin Diabetiker und du weißt ja, Diabetiker haben keine Erektionsprobleme.«). Noch mit Corinna, die als Verkäuferin in einer Kosmetikabteilung arbeitet und deren schweres Parfum noch fast eine Stunde lang durch den Laden wabert. Auch Frauke (Veganerin und selbst ernannte spirituelle Heilerin), Kai (der kein Problem mit einer Dusche in der Küche hat, aber offensichtlich jemand ist, der keinen großen Wert auf Benutzung derselben legt), Wiebke (Kunststudentin, die alle Wände mit Graffitis gestalten will), Frank (geschätztes Gewicht 160 Kilo – geschätzter Sympathiefaktor null) und Pamela, die vier Perserkatzen, drei Degus und eine Horde Meerschweinchen besitzt, fallen durch mein Raster.

Veronika stellt sofort einen Haushaltsplan auf (»Du, weißt du, ich hab da so ein Ekzem an den Händen, wenn du den Abwasch machen könntest?«), Patrizia besteht darauf, ihren Crosstrainer und die Sonnenbank im Flur aufzustellen. Gegen Gebühr dürfte ich beides benutzen. Angelika schlägt vor, dreimal am Tag gemeinsam zu singen und zu beten. Gerne würde sie mich in ihrer freikirchlichen Gemeinde taufen lassen.

Dann ruft Maria an. Ich beobachte sie durch die Scheibe. Maria ist Italienerin und arbeitet als Kellnerin in der Pizzeria ihres Onkels. »Wir bekämen uns quasi nie zu Gesicht«, lacht sie. »Ich arbeite jeden Abend und wenn du nach Hause kommst, fängt meine Schicht gerade an.« Klingt gut. Maria ist begeistert von meiner Wohnungsbeschreibung, besitzt weder eine raumfüllende Sonnenbank noch eine tiefgekühlte Reptiliensammlung. Endlich, endlich notiere ich die erste Nummer auf dem bis dahin schreiend weißen Block und vereinbare, Maria am Abend nochmals anzurufen. Sie legt auf, geht in den Laden und kauft eine Schachtel rote Gauloises. Fritz bedient sie ausgesprochen höflich und Maria flirtet ihn aus schwarz blitzenden Augen an. Mein Chef ist hin und weg.

Vor dem Laden reißt Maria die Folie von der Zigarettenpackung und lässt sie auf den Boden segeln. Fritz' eben noch so breites Lächeln wird eine gute Spur schmaler. Ein Junge, vielleicht drei Jahre alt, saust auf seinen Stummelbeinchen um die Ecke und juchzt. Prallt gegen Marias Schenkel. Bleibt stehen und schaut sie mit großen Augen an. Maria macht ebenfalls große Augen und starrt auf den Schokoladenfleck auf ihrer Jeans. Die Mutter des Rasers biegt um die Ecke. Und Maria zetert los. Italienische Flüche schallen durch die Passage. Der Kleine beginnt zu weinen. Maria zetert wild gestikulierend weiter. Ich streiche ihre Nummer durch.

Um halb eins habe ich schlechte Laune. Mein Magen hängt bis zu den Knien durch – und mein Kontostand auch bald. Ich fange an, mir auszumalen, mit welcher Entschuldigung ich den Mietvertrag wieder auflösen kann. Plötzliche Allergie gegen

Stuckdecken? Jobangebot aus Neuseeland? Fritz schaut herein.

»Mach mal Pause«, sagt er und drückt mir einen Zehner in die Hand. »Für mich Schinken und Käse.« Ich latsche mit hängenden Schultern zum Metzger und hole belegte Semmeln. Unterwegs überlege ich mir, dass ich auch zurück zu meiner Tante Trude ziehen könnte. Bei ihr bin ich aufgewachsen, nachdem meine Eltern kurz nach ihrem zehnten Hochzeitstag auf dem Heimweg von einer Faschingssparty von einem sturzbesoffenen Teenager aus der Spur verunfallt wurden. Aber Trude wohnt in einem Kaff in der Poritze der Welt. Wo es keine Jobs gibt. Nach der Kneipe und dem mobilen Bäcker, der zweimal die Woche ins Dorf fährt, ist Schluss mit Zivilisation. Aber Hotel Tante kostet keine Miete … und mein ehemaliges Kinderzimmer ist vier Quadratmeter größer als mein jetziges Apartment.

Zwischen Cola light und einem kräftigen Happen Käsebrot beobachte ich vom Büro aus, wie ein groß gewachsener Mann den Laden betritt. Die blaue Postuniform verbirgt offensichtlich muskulöse Schultern. Als er sich vor dem Regal für Musikzeitschriften hinhockt, spannt sich die Uniformhose über einem perfekten Hintern. Ich seufze und pule die Eierscheibe vom Brötchen. Lecker sieht er aus, mit den grau melierten Haaren und dem Anderthalb-Tage-Bart.

Der Postler zahlt seine Zeitung, nimmt noch zwei Packungen Camel light mit und überfliegt am Ständer mit den Tageszeitungen rasch die Überschriften. Ich beiße in ein knackiges Gürkchen und blättere die »Schöner Wohnen« auf. Solch ein Metallbett mit Verschnörkelungen am Kopfteil würde theoretisch auch in meine alte Kinderbude passen. Sähe aber unter dem runden Fenster um Klassen besser aus. Ich seufze. In dem Moment vibriert und bimmelt mein Handy.

»Büddschön?«, nuschele ich mit einem großen Bissen Brötchen im Mund.

»Hallo?«

Ich schlucke, ein Krümel kratzt am Zäpfchen. Tränen schießen mir in die Augen, als ich huste und röchele. Ich habe das Gefühl, ich würde mich von innen nach außen umstülpen. Fritz kommt ins Büro gesaust und haut mir mit seiner Pranke zwischen die Schulterblätter. Der Krümel und ein labbrig gekautes Stück Salatblatt fliegen anderthalb Meter weit aus meinem Mund und bleiben am Wandkalender kleben. Genau auf Ostermontag. Das Handy rutscht mir aus der Hand.

»Besser?« Fritz grinst.

»Hallo? Hallooooo?« Unter dem Tisch ruft eine Männerstimme aus dem Handy.

»Besser«, keuche ich und ziehe die Nase hoch. Dann angle ich nach dem Telefon.

»Ja bitte?« Meine Stimme hat das Timbre von zu viel Whisky-Cola und durchzechter Nacht. Ich räuspere mich.

»Ich habe eben das Plakat gesehen wegen der

Wohnung.« Schon wieder einer, denke ich ohne große Hoffnung. Trotzdem linse ich durch die Spiegelscheibe. Der Postbote!

»Wäre das Zimmer noch frei?«

Hach. Er. Ich. Sein Knackarsch. Unter demselben Dach.

»Ja, jajaja!«, rufe ich in den Hörer. Der Briefbote grinst. Er hat sexy Grübchen.

»Und ab wann wäre es frei?«

Gleich, sofort, jetzt!, will ich rufen. Stattdessen besinne ich mich und sage so professionell und unbeteiligt wie möglich: »Können Sie noch einmal in den Tabakladen kommen? Da sitze ich nämlich gerade.« Oh mein Gott! Er sagt »Ja« und steuert auf den Eingang zu – und mir bleiben ungefähr zwölf Sekunden, um mein verschmiertes Mascara abzuwischen, die Haare zu taften und Lippenstift aufzulegen. Unmöglich! Hektisch fege ich die Reste der Semmel in den Papierkorb und habe eben noch Zeit, mir die Nase zu schnäuzen, als es schon an der Tür klopft.

Und dann streckt er den Kopf herein.

»Hallo!«, piepse ich und wische hastig ein paar Krümel vom Tisch.

»Ich hoffe, ich störe nicht?« Der Uniformierte schließt die Tür hinter sich und sein würziges Aftershave kommt als lockende Duftwolke bei mir an. Ich starre in Augen, die Richard Gere vor Neid ergrauen lassen würden, wenn der nicht längst seniorenblond wäre.

»Nein, nein!«

»Ich hab schon Feierabend, einen Vorteil muss mein Beruf ja haben.«

Ich nicke stumm und der Postler setzt sich mir gegenüber an den Resopaltisch, der mir mit einem Mal schäbig wie ein abgewetztes Vesperbrett vorkommt.

»Ich bin Rolf. Rolf Schröder.« Er streckt mir die Hand hin. Seine Finger sind lang und angenehm kühl.

»Böhm. Tanja Böhm.«

»Freut mich, Tanja. Du vermietest also ein WG-Zimmer?«

Keine 20 Sekunden kennen wir uns und sind beim Du. Der Typ gefällt mir. Ich schätze, er ist gut zehn Jahre älter als ich. Warum sucht solch ein Mannsbild ein WG-Zimmer? In meiner Vorstellung wohnen Typen wie er entweder in pervers teuren Lofts oder kühlen Wohnungen in der Bauhaussiedlung am Killesberg. Oder mit der Gattin im Vorort-Reihenhaus in Ludwigsburg. Zwei Kinder und Katze inklusive.

»Eigentlich sind es zwei Zimmer«, antworte ich und beginne zum x-ten Mal an diesem Tag mit der Beschreibung der Wohnung. Als ich in der Küche bei der offenen Dusche ankomme, unterbricht Rolf mich.

»Stopp, das reicht!« Na klasse, klar, die Dusche …

»Ich sehe mir das am besten selbst an. So, wie du klingst, muss die Wohnung ja perfekt sein.«

»Perfekt, ja, perfekt«, freue ich mich und starre auf die Grübchen in seinem Gesicht.

»Wann hast du Feierabend?«

Ich werfe einen Blick auf die Uhr. Kurz nach drei. Jetzt lässt Fritz mich sicher nicht gehen, denn wenn die Feierabend-Kunden kommen, steppt noch mal der Bär im Laden.

»Ich denke, so gegen acht kann ich bei der Wohnung sein«, sage ich.

»Passt perfekt!« Rolf strahlt über die schäbige Tischplatte hinweg.

»Perfekt.«

»Soll ich dir noch was über mich erzählen?« Rolf grinst. »Ich denke mal, eine Frau wie du lässt doch nicht jeden x-beliebigen Kerl in die Wohnung?«

Ich schüttele stumm den Kopf. Nicke dann.

»Okay, ich bin Rolf und dass ich als Postbote arbeite, das siehst du ja. Ich bin 43 Jahre alt. Was willst du noch wissen?«

Ich zucke mit den Schultern. »Warum du ein WG-Zimmer suchst? Ich meine, eigentlich …«

»… sollte ein Mann in meinem Alter in geregelten Verhältnissen leben? Klar!« Rolf lacht und mit einem Mal entspannen sich meine Nackenmuskeln.

»Genau, Reihenhaus. So was.« Ich grinse.

»Na ja, meine Beziehung ist am Ende.« Rolfs Gesicht verdunkelt sich und ich würde ihn am liebsten auf der Stelle in die Arme nehmen.

»Wir wohnen zwar noch zusammen, aber das hat keinen Sinn. Im Moment schlafe ich im Arbeitszimmer und wir gehen uns aus dem Weg, so gut es eben geht, wenn man zwar noch Küche und Bad, aber nicht mehr das Bett teilt.« Rolf versucht ein tapferes Lächeln.

»Ich verstehe«, sage ich und denke an Marc. Marc, den Arsch. Marc und Melanie in unserem Bett. Ich hätte es keine fünf Minuten mehr mit Marc dem Arsch unter einer Decke ausgehalten!

»Ich muss dir noch was sagen.« Rolf hebt den Kopf. Da ist wieder das schiefe Grinsen. Ich schmelze.

»Ich bin nicht alleine«, sagt er.

Kind? Will Rolf mit seinem Ableger bei mir einziehen? Das wär dann doch eine Nummer zu viel.

»Ich habe sozusagen Vaterpflichten.« Oh nein!

»Kinder?«

Rolf grinst noch breiter und ich bin geblendet von seinen perfekten Zähnen. »Nein. Earl ist ein Hund. Wir hatten ihn gemeinsam angeschafft, aber da er mehr an mir hängt, haben wir beschlossen, dass ich ihn behalten soll.«

Die Erdbebenzentrale muss in diesem Moment ein Beben der Stärke fünf auf der Richterskala verzeichnen, so groß ist der Brocken, der mir vom Herzen fällt. Nicht, dass ich was gegen Kinder hätte. Auf Abstand gesehen. Von Nahem sind sie laut, klebrig und nervig.

»Ein Hund! Klar, ich liebe Hunde!«

»Da bin ich aber froh. Earl ist auch ein ganz lieber Mops.« Rolf erhebt sich. Ein Mops! Ich denke an die zerknautschten Fellknäuele, die neben Loriot auf der Couch fläzen. Radiere Herrn von Bülow weg und platziere mich und Rolf neben einen Mops. Schönes Bild.

Das Bild ist so schön, dass ich beinahe das Telefon überhört hätte, als ich gegen 18 Uhr mit Fritz zusammen die nicht enden wollende Schlange von Kunden bediene. Heute bekommt jeder ein Lächeln von mir, ganz besonders die, von denen ich annehme, dass sie einen Hund haben. Fritz langt unter den Tresen und nimmt den Anruf entgegen. Ich schiele zum Plakat vor dem Eingang. Niemand zu sehen.

»Ja, ist noch frei. Nein, ein separates Bad gibt es nicht. Doch, super Lage, Olgastraße. Klar. Ja. Hmmm. Heute Abend um acht.« Ich gebe dem Maurer, dem noch der Staub des Arbeitstages in den Haaren hängt, vor Schreck fünf Euro zu viel raus. Der Kerl grinst und macht sich schnell mit seinem »Kicker« aus dem Staub. Spinnt mein Chef? Da hab ich das Date mit einem der besten Typen der Stadt und der bestellt Gottweißwen?

Ungläubig starre ich Fritz an. »Das war Herr Berger. Klingt sehr nett. Kommt auch um acht«, vermeldet Fritz breit grinsend, nachdem er dem Typen am Telefon die Adresse der Wohnung genannt hat.

»Ich glaub es nicht«, sage ich matt. »Du kannst doch nicht irgendwen in meine Wohnung schicken?«

Mechanisch ziehe ich den Lottoschein durch den Computer. Der Opi trollt sich wortlos, als er sieht, dass er nichts gewonnen hat.

»Das ist nicht irgendwer, der hat mal bei uns im Block gewohnt.« Fritz schiebt beleidigt das Doppeldoppelkinn vor. »Ist ein netter Mensch, der Chris, hat immer die Blumen gegossen, wenn ich im Urlaub war.«

Ich atme tief durch. »Trotzdem …«, nöle ich. Andererseits bin ich froh, dass mein Chef mir hilft.

»Okay, ich kann ihn mir ja mal anschauen«, sage ich und fummele unter dem Tresen nach einem Gratis-Feuerzeug, das jeder Kunde bekommt, der eine komplette Stange Zigaretten auf einmal kauft. Fritz kassiert derweil die 42 Euro von der ausgemergelten Mittfünfzigerin.

Ich bin schon um halb acht in der Wohnung, meine Schritte hallen in den leeren Räumen wider. Zum ersten Mal benutze ich die Toilette, die in einem schlauchartigen Raum untergebracht ist. Die Kammer ist viel länger, als sie breit ist. Mir wird ganz feierlich zumute, als ich meinem Pipi dabei zuhöre, wie es in die Schüssel plätschert. Eine gute Seele hat eine halbe Rolle Klopapier hängen lassen.

Im verschmierten Spiegel über dem Handwaschbecken sehe ich mein blasses Gesicht. Hastig durchwühle ich meine Handtasche. Mit ein bisschen Lippenstift, Kajal und Wimperntusche versuche ich zu retten, was nach einem Tag im Laden zu retten ist. Gut ist das Ergebnis nicht. Als ich eben mit den Fingern versuche, die strähnigen Haare in Form zu zupfen, klingelt es. Schrill wie ein Feueralarm. Aber: Es ist meine Klingel, in meiner Wohnung und deswegen liebe ich diesen Klang!

Bitte lass es Rolf sein, flehe ich im Stillen Buddha, alle Kräuterhexen und griechischen Götter an. Gib mir wenigstens zehn Minuten alleine mit diesem Traum von Mann! Zum ersten Mal nehme ich den weißen Hörer der Gegensprechanlage in die Hand.

»Hallo?«

»…«

»Hallo!«

»…«

Das Ding scheint defekt zu sein. Außer Rauschen ist nichts zu hören.

»Himmelarsch!«, rufe ich. In dem Moment klopft es an der Wohnungstür. Ich knalle den Hörer auf, atme einmal tief durch und mache auf. Draußen steht ein Traum von einem Mann. Nicht Rolf. Aber ebenso lecker: Schulterlanges blondes Haar. Stahlblaue Augen. Eine perfekte Nase und Lippen, die exakt auf meine passen müssten.

»Hi, ich bin Chris«, sagt Chris. »Chris Berger.«

»Komm rein«, flöte ich und mache eine einladende Geste. Chris tritt eben über die Schwelle, als Rolf im Halbdunkel des Flurlichts auftaucht.

»Himmelarschundwas?«, Rolf lacht. »Oder warst das nicht du an der Sprechanlage?«

Danke, Hera, Zeus oder wer auch immer in diesem Moment das Flurlicht automatisch ausgehen lässt – dass ich knallrot werde, müssen die Jungs ja nun wirklich nicht sehen. Rolf schließt die Tür hinter sich. Chris sieht ihn aus großen blauen Augen an.

»Hallo, ich bin Rolf«, sagt Rolf und gibt Chris die Hand.

»Chris, hallo«, sagt Chris. »Du kommst auch wegen des Zimmers?«

»Es gibt zwei Zimmer«, sage ich. Ich glaube, in meiner Stimme schwingt Stolz mit, als ich mit den Armen einen Kreis beschreibe.

»Das ist schon mal der Flur.«

»Grandioser Fußboden«, sagt Rolf.

»Und ein Oberlicht!« Chris staunt.

»Also, meine Herren, darf ich bitten?« Ich setze ein Maklerinnengesicht auf und beginne im Uhrzeigersinn mit der Wohnungsbegehung. Zuerst die Toilette (zum Glück musste ich nicht pupsen vorhin), dann die Küche samt Balkon, die beiden großen Zimmer und am Schluss jenes, das ich für mich ausgesucht hatte.

»Perfekt«, sagt Rolf.

»Genial«, sagt Chris.

»Hier könnten wir ein Sofa hinstellen und da vorne den Fernseher«, sagt Chris.

»Genau, und meine Spülmaschine scheint genau unter die Spüle zu passen.« Rolf zieht die Augenbrauen kraus. Sexy! Der Mann hat Sexappeal *und* eine Spülmaschine – keine Frage, den nehm ich.

»Ich hab einen Flachbildfernseher, der würde vorne an die Wand passen, kann man stellen oder hängen.« Chris taxiert den Flur und kneift die Augen zusammen. Sexy! Der Mann hat Sexappeal *und* einen Fernseher – Mitbewohner, willkommen!

»Da wär dann noch die Sache mit der Dusche«, beginne ich.

»Also, mich stört das überhaupt nicht, ich steh um halb fünf auf, da bin ich sicher alleine im Küchenbad.« Rolf grinst.

»Ist für mich auch kein Ding, aber wir könnten ja mit Vorhängen eine Badeecke abtrennen«, schlägt Chris vor. Gut. Die Jungs sind gut!

»Tja, meine Herren, wenn Sie sich dann noch einigen könnten, wer welches Zimmer haben möchte?« Ich habe die perfekte Maklerinnenstimme drauf.

»Könnte ich das mit dem Balkon haben? Das linke? Da könnte ich meine Rebstöcke …«, sagt Chris und streicht sich eine Strähne aus dem Gesicht.

»Prima, ich schaue lieber auf die Straße raus, mein Schreibtisch passt exakt unter das Fenster«, unterbricht ihn Rolf.

»Sehr gut.« Ich nicke huldvoll. »Da wäre nur noch eine Kleinigkeit.« Ich wende mich Chris zu. »Rolf hat schon einen Mitbewohner, der müsste auch hier einziehen.«

»Er ist allerdings auch etwas … speziell.« Rolf schaut todernst, als Chris ihn entgeistert anstarrt.

»Ich sag mal so, Chris, er hat wohl ziemlich viele Haare«, setze ich noch einen drauf. Chris reißt die Augen auf.

»Aber er kommt aus bestem Hause«, ergänzt Rolf. »Earl of Cockwood.«

Einundzwanzig. Zweiundzwanzig. Man kann förmlich hören, wie die kleinen Rädchen in Chris' Kopf rattern. Dann macht es ›Pling‹ bei ihm: »Earl of Cockwood? Wie der Mopszüchter aus dem Film ›Der Wixxer‹?«

»Genau«, rufen Rolf und ich gleichzeitig.

»Nur dass ich nicht den Züchter habe, sondern einen Mops.«

Chris giggelt und hält sich die Hand vor den Mund. »Earl of Cockwood … herrlich …«

»Apropos – wo ist denn unser vierter Mitbewohner?«

»Den hab ich unten bei den Briefkästen angebunden. Ich hatte keine Lust, ihn vergeblich hochzuschleppen«, sagt Rolf. »Hätte ja sein können, dass das hier eine Bruchbude ist.«

Ich lache und strecke erst Rolf, dann Chris die Hand hin. »Auf eine angenehme WG-Zeit!«

»Perfekt!«, sagt Rolf und gibt mir seine kühlen Finger.

»Grandios«, sagt Chris und drückt mit seiner warmen, weichen Hand die meine.

Einen Moment lang stehen wir ratlos im Flur. Chris schaut zu Rolf, der schaut zu mir und ich schaue zum Oberlicht.

»Ich denke, wir sollten Earl auch das Pfötchen schütteln«, sage ich schließlich vor.

»Ich hole ihn rauf«, sagt Rolf und wendet sich zum Gehen. »Sagt mal, habt ihr auch so einen Bärenhunger? Da unten ist eine Imbissbude, soll ich was mitbringen?«

»Curry mit Pommes«, rufen Chris und ich wie aus einem Mund.

»Perfekt«, sagt Rolf. »Das essen Earl und ich auch am liebsten.«

Eine halbe Stunde später hocken wir auf dem blanken Fußboden im Flur. Zwischen Currywurst und Prosecco aus Plastikbechern konnte ich mir ein erstes Bild von den Tischmanieren meiner neuen Mitbewohner machen.

Rolf: Breitet die winzige Papierserviette auf seinen Knien aus und piekt mit der Plastikgabel alle Wurststückchen und erst danach die Pommes auf. Die zu braun frittierten lässt er liegen. Bevor er trinkt, wischt er sich den Mund ab. Er rülpst lautlos.

Chris: Balanciert die Pappschale in der linken

Hand und piekt mit der rechten abwechselnd Pommes und Wurst auf. Die Serviette benutzt er, um einen Klecks Ketchup von seiner Jeans zu wischen. Am Ende der Mahlzeit leert er den Becher in einem Zug. Chris rülpst leise.

Earl: Frisst Pommes, Wurst und Pappschale auf einmal. Die Serviette beachtet er nicht. Earl rülpst herzhaft, schleckt sich mit der Zunge über das zerknautschte Maul und rollt sich dann zwischen Chris und Rolf auf dem Boden ein. Earl schnarcht.

Zwei Flaschen Prosecco und zig Zigaretten später ist klar, wer welche Möbel in die WG einbringt. Von Rolf kommen ein Ledersofa für den Flur, ein halb antiker Tisch nebst Stühlen für die Küche und die heiß begehrte Spülmaschine. Chris steuert zwei Loungesessel, einen Couchtisch und einen Flokati für den Gemeinschaftsflur bei. Dazu den Fernseher und die Blumenkästen für den Balkon. »Ich kümmere mich um eure Pflanzen, hab das mal gelernt«, erklärt Chris, der seine Brötchen im Moment allerdings im Callcenter einer Krankenkasse verdient.

Ich kann mit Waschmaschine, Bügelbrett und derlei dienen, außerdem mit einem, von Oma geerbten, Sideboard aus den 1950ern für die Küche. Wir sprechen ab, wer welche Töpfe, Pfannen und Tassen zur Verfügung stellt. Die übrigen Sachen werden wir im Keller verstauen.

Chris schlägt vor, dass ich das Waschbecken im

Klo quasi exklusiv benutzen kann. »Frauen haben doch gerne einen eigenen Schmink- und Föhnplatz«, schäkert er. Ich grinse. Mir ist das nur recht, ich habe nicht wirklich Lust auf Zahnpasta und Bartstoppeln im Waschbecken. Damit bin ich seit Marc durch.

Rolf ist ein paar Minuten lang still. »Hat jemand Papier?«, fragt er schließlich. Ich krame einen kleinen Notizblock aus der Handtasche. Rolf fummelt einen Kuli aus seiner Jeans. Während Earl im Schlaf grunzt, entwerfen wir einen Putz- und Einkaufsplan.

»Damit von Anfang an alles geregelt ist«, sagt Rolf. »Gibt sonst irgendwann nur Streit.«

Streit? Ich? Mit diesen beiden Prachtkerlen? Das kann ich mir beim besten Willen und mit reichlich Prosecco in der Blutbahn wirklich nicht vorstellen.

Rolf pinnt den Plan an einen vergessenen Nagel, der in der Küche aus der Wand ragt. Ich gebe jedem einen Schlüssel für Wohnung, Haustür und Briefkasten. Als Earl aus einem Traum hochschreckt und leise bellt, verabschieden wir uns.

Die Kündigung meines Apartments verläuft erstaunlich reibungslos. Die Hausverwaltung hat sofort einen Nachmieter in petto (einen Kunststudenten, Sohn betuchter Eltern und garantiert jemand, der sich einen Dreck um die Kehrwoche schert) und der übernimmt auch alle Möbel, die ich nicht mitnehmen kann oder will. Viel ist es nicht, was ich in meinen Fiat packe. Drei, vier Fahrten, schätze ich, dann ist alles in der neuen Wohnung. Die sperrigen Sachen will Rolf mit einem, von der Post gemieteten, VW-Bus abholen.

Als ich mit einem blauen Sack voller Schuhe die Treppe hinauftaumele, schlägt mir schon im Hausflur der Geruch von frischem Kaffee entgegen. Die Wohnung steht offen. Earl tappt mir entgegen, bellt leise und wedelt mit seinem Schweineschwänzchen. Rolf streckt den Kopf aus der Küche.

»Kaffee?«, fragt er und winkt mit einem leeren Becher.

»Sehr gerne!« Junge, der Mann ist klasse. So will frau das. Ich wuchte den Sack in mein ansonsten noch komplett leeres Zimmer. Im Flur knalle ich gegen einen Baumstamm. Blätter streifen mein Gesicht. Hinter dem Stamm ertönt ein kräftiges »Upps!« Chris stellt vorsichtig den Blumenkübel mit dem mannshohen Benjamini ab.

»Sollte keine Zugluft abbekommen, der Umzug stresst die Pflanzen so schon genug«, sagt er und streicht beinahe zärtlich über die Blätter. »Aber über die hohen Decken wird er sich freuen, da kann er noch mal ordentlich wachsen.«

»Aha«, sage ich. »Guten Morgen.«

Chris packt mich an den Schultern, drückt mir links und rechts ein Küsschen auf die Wange und bückt sich dann zum Blumentopf. Von irgendwo zwischen dem Blattwerk zieht er eine Bäckertüte heraus.

»Ich dachte, ein Croissant kann nicht schaden.« Junge, der Mann ist auch klasse.

Mit frisch gebrühtem Kaffee aus der Illy-Maschine und butterzarten Croissants vom Bäcker um die Ecke stoßen wir wenig später auf dem Balkon auf unseren Einzug an. Unten im Hof lehnen rostige, weniger rostige und nagelneue Fahrräder in trauter Gemeinsamkeit in einem (rostigen) Ständer. Neben einem leeren Sandkasten sind Wäscheleinen zwischen Metallpfosten gespannt. Ein Badelaken weht einsam und träge im lauen Lüftchen. Chris lehnt sich über die Brüstung.

»Da unten waren wohl mal Rabatten«, sagt er. »Mensch, da könnte man wunderschöne Kletterrosen pflanzen, die würden sogar Morgensonne bekommen.«

»Ich wette, die waren da schon im Krieg«, siniere ich. »Damals haben die alten Stuttgarterinnen da bestimmt Kartoffeln gepflanzt. Das Haus jedenfalls stand schon.« Chris seufzt und ich weiß genau, dass er ebenso begeistert ist von der alten Bausubstanz aus der Gründerzeit, wie ich es bin. Ein solcher Pracht-Altbau sucht in der baden-württembergischen Landeshauptstadt seinesgleichen … oder fast jedenfalls.

»Ich glaube, wir pflanzen jetzt erst mal Sofas, Betten und Tische.« Rolf klopft Chris auf die

Schulter. Der zuckt zusammen und reißt sich von der Gartenplanung los.

»Stimmt, die Pflanzen sollten ins Zimmer«, sagt er, macht auf der Hacke kehrt und stürmt die Treppe runter. Rolf grinst.

»Willkommen im Dschungel«, sage ich. »Ich hoffe, du hast eine Machete?«

Rolf lacht, stopft sich den letzten Rest des Croissants in den Mund und spült mit Kaffee hinterher. »Eine Machete nicht, aber vielleicht ist Earl ja auf der Suche nach einem neuen Stammbaum?«

Wie auf ein geheimes Stichwort hin, bellt der Mops in diesem Moment. »Ich denke, Earl wartet auf sein Körbchen und seinen Fressnapf.« Rolf macht sich auf den Weg nach unten, wo das etwas verblichene gelbe Postauto, das er von seinem Arbeitgeber geliehen hat, in zweiter Reihe parkt. In der Olgastraße einen legalen Parkplatz zu bekommen, ist noch unwahrscheinlicher, als einen Sechser im Lotto zu landen.

Ich schlürfe meinen Kaffee leer und sehe zu, wie in der Wohnung schräg gegenüber eine Katze aufs Fensterbrett springt. Wohlig räkelt das Tier sich in der Sonne, die sich in den Scheiben spiegelt. Ich fühle mich zu Hause.

Im Flur schlängle ich mich an dem Benjamini vorbei, der mittlerweile Gesellschaft bekommen hat. Ich erkenne eine Yucca-Palme, fußballgroße runde Kakteen und dazwischen jede Menge Grünzeugs, das ich noch nie gesehen habe. Chris kommt aus seinem Zimmer und zerrt an einem großen Kübel. Die Blätter schwanken und rascheln, als er den Zimmerbaum über seine Türschwelle zieht. Earl verzieht sich in die Küche und rollt sich unter der Spüle zusammen. Bis meine Jungs die Spülmaschine, die dort eingebaut werden soll, hochgeschleppt haben, scheint das der ideale Platz für den Mops zu sein.

Während die Jungs wieder und wieder Kisten und Bretter die Treppe hochschleifen, trage ich Kiste um Kiste in den Keller. Dank Rolfs akribischer Planung, kann der Großteil meiner, von Oma geerbten, Küchenutensilien, wie Teller und Tassen und das meiste des übrigen Krempels, sein weiteres Dasein zunächst in der Unterwelt fristen. Die Treppe nach unten ist schmal und steil und nicht einfach zu bewältigen, wenn man mit Bananenkartons jongliert. In der ersten Kelleretage sind Heizung und antike Gartengeräte untergebracht. Sogar ein Handmäher – vermutlich aus den 50ern – lehnt an der Wand, neben einem abgewrackten Fahrrad und einem längst vergessenen Auspuff. Die Kellerabteile für die Mieter sind im Tiefkeller.

Die Stiege in die unterste Unterwelt ist so schmal, dass ich mit den Ellenbogen an der Wand streife. Funzeliges Licht fällt auf unbehauene Wände und graue Spinnweben wehen träge an der Decke. Mich schaudert. Hier unten ist es kalt und feucht. Rolf behauptet, hier unten sei das ideale Klima für einen Weinkeller. Immerhin scheint das Gewölbe stabil zu sein: Die rund gemauerte Decke könnte optisch noch aus der Römerzeit stammen (sie ist viel jünger) und ich kann mir gut vorstellen, wie so mancher Stuttgarter hier in den Kriegsjahren Schutz vor Bomben gesucht hat.

Ich suche unser Kellerabteil, das wie die anderen aus unbehauenen Latten an die Wand gepappt wurde. Der Boden ist nur gestampft, kein Belag, blanke, fest getretene Erde. Ich zögere. Hier gibt's garantiert jede Menge Asseln, Mäuse und vor allem ... Spinnen. Allein der Gedanke an handtellergroße Kriechtiere reicht aus, dass ich die Kiste auf den Boden knalle und mit dem Fuß in die Ecke schiebe. Jetzt bloß nicht daran denken, dass ich vielleicht eines Tages ausziehe, die Kisten wieder heraufhole und damit jede Menge Insekten und Monsterspinnen mit ans Tageslicht befördere.

Sieben Kisten später ist das Kellerabteil zu einem Drittel voll und mein Uno Baujahr 1990 leer. Wieder einmal staune ich, was so alles in den kleinen Italiener reinpasst. Rolf und Chris wuchten eben einen schwarzen Ledersessel durch den Eingang. Chris' Shirt klebt an seinem verschwitzten Rücken. Sieht gut aus. Rolfs Shirt spannt sich über kräftigen Muskeln am Oberarm. Sieht auch gut aus!

»Ich mach dann mal die zweite Fuhre«, rufe ich. Die Jungs schnaufen und nicken. Lecker sehen sie aus, meine zwei.

Als ich eine knappe Stunde später wieder vor

dem Haus vorfahre, ist der gelbe Postbus verschwunden. Ich schnappe mir den zu meiner vom Sperrmüll geretteten und in wochenlanger Arbeit abgelaugten Schminkkommode gehörenden Stuhl und steige nach oben. Die Wohnung ist offen. Zwischen einer Klappbox voller Frolic und Chappi und einem Karton voller Bücher ruht Earl auf einem mit dunkelrotem Samt und mit goldenen Troddeln verzierten Kissen und schmatzt auf einem … ja, was? Es ist lang, es ist braun und es scheint zu stinken.

»Das ist ein Ochsenziemer«, ruft Chris aus der Küche. »Hat Rolf dem Hund gegeben, mag er scheinbar.«

»Ochsenziemer?« Ich bugsiere den Stuhl in mein Zimmer und bahne mir einen Weg durch das Chaos im Flur in die Küche. Die Balkontür steht offen. Chris summt etwas, das klingt wie ›Biene Maja‹ und montiert derweil einen Blumenkasten am Geländer. Auf dem Küchenboden steht eine Holzkiste, aus der es bedeutend besser riecht als aus Earls Maul.

»Ochsenziemer sind getrocknete Bullenschwänze.« Chris schnappt sich einen Plastiksack mit Blumenerde, reißt die Ecke ab und hievt ihn hoch. Dann lässt er die Erde in den ersten Balkonkasten rieseln.

»Der Hund frisst … einen Penis?«

»Genau. Ist doch lecker.« Chris zwinkert mir zu.

»Wohl eher nicht, wenn die so verdorrt sind wie das Ding da draußen.« Ich schüttele mich.

Chris grinst. »Kannst du mir bitte die Kräuter geben?«

Nacheinander reiche ich ihm Plastiktöpfchen mit Basilikum, Rosmarin und Petersilie, frische Minze, Salbei und einen kleinen Lavendelstock. Der betörende Duft steigt mir in die Nase. Ich bekomme Hunger.

Chris nimmt derweil jedes Pflänzchen so sachte entgegen, als handele es sich um ein Neugeborenes. Vorsichtig zieht er die Plastiktöpfe vom Wurzelballen, lockert mit den Fingern die Erde und setzt die Pflanzen in den Kasten. Liebevoll drückt er sie fest und ich frage mich, ob er gleich noch ein Gute-Nacht-Lied für die Küchenkräuter singt.

»Bist du eigentlich schon fertig mit deinen Möbeln?«, frage ich ihn und wische meine Hände an der Hose ab. Die Jeans ist vom Keller sowieso staubig.

»Nein, aber die Pflanzen müssen in die Erde. Ohne Grün ist es doch keine schöne Wohnung.« Chris tritt einen Schritt zurück und betrachtet sein Werk. Der Geruch von Duschgel und Männerschweiß mischt sich mit Lavendel und Rosmarin. Betörend. Ich schnuppere genussvoll.

»So, in die anderen Kästen will ich Geranien oder so machen, das weiß ich noch nicht.« Chris greift zur Gießkanne und schüttet vorsichtig, als sei es Badewasser für ein Baby, das Wasser in den Blumenkasten.

»Und nun schön festwachsen, meine Lieben«, sagt er schließlich.

»Klar«, sage ich. »Mit Pflanzen reden und so.«

»Natürlich, das hilft, wirklich. Nur die Sache mit Mozart, dass Tomaten dann besser wachsen. Das stimmt nicht. Grünpflanzen stehen mehr auf Mendelssohn, bei Tomaten kommen die Pet Shop Boys am besten an.«

Innerlich zeige ich Chris einen Vogel. Aber er schaut so ernst – das kann kein Spaß gewesen sein.

»Apropopöchen, da hinten in der Ecke könnten wir zwei Kübel hinstellen und Tomatensetzlinge pflanzen.«

»Klar«, lache ich. »Mach du. Pflanz an, was immer du willst.«

Chris grinst.

»Ich pflanz dann mal weiter meine Kartons ins Zimmer, Herr Obergärtner.« Keine zehn Minuten später bin ich schweißgebadet und außer Atem. Die Kisten stapeln sich an der Längswand. Am Nachmittag will Rolf mit mir zusammen die großen Möbel holen und die Matratze. Ich freue mich darauf, meine erste Nacht unter der Jugendstildame zu verbringen, und bis das Möbelhaus das bestellte Bett liefert, wird's die Matratze ohne Unterkonstruktion auch tun.

Im Imbiss zwei Häuser weiter hole ich zum Mittagessen für alle – Earl inklusive – Bratwurst, Brötchen und als Alibi einen gemischten Salat. Die labbrigen Blätter, Möhren und Tomaten liegen unter einer fetten Mayosauce begraben. Earl verschmäht sein Grünfutter und zieht sich direkt nach dem Mittagessen samt Bullenpenis auf sein Kissen zurück. Der Mops ist offensichtlich beleidigt, weil die noch nicht ganz eingebaute Spülmaschine seine provisorische Hundehütte blockiert. Ich hätte nicht gedacht, dass ein Mops in der Lage ist, die ohnehin schon platte und zerknitterte Nase noch weiter zu rümpfen. Seine Hoheit Earl of Cockwood aber kann.

Ab 17 Uhr kann ich eigentlich nicht mehr. Ich spüre Muskeln, die ich gar nicht haben kann, und die Bananenkisten, die ich vor einer knappen Stunde noch mühelos ins Auto geladen habe, scheinen sich in der Zwischenzeit selbst mit Blei gefüllt zu haben. Rolf und Chris haben irgendwann am Nachmittag meine Matratze, die Schminkkommode, den Kleiderschrank und Schreibtisch samt Stuhl, PC und Bücherbord aus der alten Wohnung geholt. Nach oben geschleppt und – meine Jungs eben! – genau dort hingestellt, wo ich sie sowieso haben wollte.

»Okay so?« Rolf schaut herein. »Oder sollen wir die Möbel noch woanders hinrücken?«

»Mensch, Rolf, danke, ihr seid klasse«, sage ich und kann mich nicht bremsen – als hätte mein Postbote einen Magneten eingebaut, zieht es mich zu ihm hin und ehe ich mich versehe, drücke ich ihm ein Küsschen auf die Wange. »Danke schön.«

»Da nicht für«, sagt Rolf und lacht. »Gern geschehen.«

Chris taucht hinter Rolf auf und hebt einen Becher frischen Kaffee in die Höhe. »Madame, mach mal Pause, du siehst total fertig aus.«

»Oh, danke für das Kompliment.« Ich grinse – aber gegen Kaffee und eine Pause habe ich wirklich nichts. Chris balanciert zwischen den Kartons und blauen Säcken durch und stellt den Becher auf den Schminktisch.

»Eines Tages klaue ich dir den«, sagt er und streicht über das Holz und den an den Ecken blind gewordenen Spiegel. »Wirklich ein schönes Teil.«

Du bist auch ein schönes Teil, denke ich.

Rolf wühlt derweil in einem der Säcke und zieht das noch bezogene Bettzeug heraus. Er schüttelt Decke und Kissen auf, streift das Laken über die am Boden liegende Matratze. »So, und nun ab ins Bettchen, Stündchen schlafen.«

Ich salutiere. »Jawoll, Herr General.«

Die Jungs lachen und schließen sachte die Tür. Das Leben ist schön, denke ich, als ich mich auf die Matratze plumpsen lasse. Die Scharniere zwischen meinen Knochen quietschen und Muskeln, die ich heute Morgen definitiv noch nicht hatte, machen sich bemerkbar. Kaum habe ich mich ausgestreckt und einen Blick auf die Jugendstildame im Fenster geworfen, fallen mir auch schon die Augen zu.

»Oh ja, ja, ooooh, jaaaaa!« Das orgiastische Stöhnen einer Frau weckt mich. Wo bin ich? Durch die Fenster fällt das fahle Licht einer Straßenlaterne. Meine Jugendstilfreundin im Fenster ist erblasst. Mein neues Zimmer! Ich versuche, meine Muskeln und Knochen zu sortieren und mich von der Matratze hochzurappeln. Welcher der Jungs hat die Frechheit, gleich am ersten Abend schamlos zu poppen?

»Oh je, oh, neee.« Ich bin innerhalb weniger Stunden um 60 Jahre gealtert. Aber die Wut und das Entsetzen über die männlichen Sexualtriebe verleihen mir Kraft. Im Schneckentempo bewege ich mich auf die Tür zu. Licht kann ich keines machen, die Nachttischlampe steckt noch in irgendeinem Karton. Ich folge der Helligkeit, die unter dem Türschlitz hindurch scheint.

»Ich will genau das, was sie hatte«, ruft eine ältere Frauenstimme, als ich in den Flur trete. ›Harry & Sally‹ flimmern über den Flachbildschirm! Meine Jungs sitzen nebeneinander auf der schwarzen Ledercouch. Earls Kissen liegt direkt vor dem Sofa. Der Mops fiept im Schlaf. Ein Stück Pommespappschale liegt unter seinem Kinn.

»Ah, die Prinzessin ist erwacht«, ruft Rolf, als er mich bemerkt. Chris klopft einladend auf den freien Platz neben sich. Gähnend lasse ich mich zwischen die Jungs fallen.

»Und, gut geschlafen? Du weißt ja, der erste Traum in einem neuen Bett …« Chris zwinkert mir zu.

»… ich hatte gerade eine Vision«, sage ich, zwinkere zurück und springe gleich wieder auf. Du liebe Güte – erst mal Zähne putzen, ich kann doch nicht mit dem Geruch von totem Hamster zwischen den Zähnen den ersten gemeinsamen WG-Abend verbringen! Okay, die Jungs riechen auch nicht nach Veilchen, aber Männerschweiß ist … sexy. Mundgeruch? Geht gar nicht.

Als ich aus der Toilette – Pardon: meinem Boudoir – wieder ins Wohnzimmer komme, steht ein drittes Glas auf dem Tisch, in dem sich harzig riechender Wein rekelt. Schwerer Wein, so dunkel, dass der Schein der Teelichter, die auf dem Couchtisch drapiert sind, nicht hindurch dringt. Wortlos reicht Rolf mir einen Teller lauwarmer Spaghetti mit Pesto.

»Sorry, die Mikro ist noch nicht installiert«, sagt Chris. Egal. Und wenn die Pasta tiefgefroren wäre, ich habe einen Bärenhunger. Fasziniert schauen die beiden mir zu, wie ich innerhalb von geschätzten 26 Sekunden den Teller leere. Rolf nimmt mir den Teller ab, Chris reicht mir das Weinglas. Ich lehne mich zurück gegen die Kissen. Harry und Sally sind sich einig, dass Männer und Frauen sehr wohl Freunde sein können, ohne sich zu verlieben. So ganz mag ich diese Einstellung nicht teilen, wenn ich die Sahnestückchen rechts und links von mir anschaue. Ich gähne herzhaft.

»Habt ihr auch das Gefühl, dass euer Skelett aus Pudding besteht?«

Rolf lacht. »Nichts auf dem Kasten, diese jungen Frauen. So ein bisschen Möbelschleppen ersetzt doch jedes Work-out.«

»Dann hab ich heute den Iron Man gemacht.« Chris stöhnt, als er seine Schultern kreisen lässt. »Wenn das so viele Muskeln gibt, wie es wehtut, muss sich Schwarzenegger warm anziehen.«

»Eben, Rolf. Und ich wache morgen früh auf und bin Lara Croft.« Ich blinzele mit den Augen und, oh Wunder der Schöpfung, Rolf fasst mich an den Schultern, dreht mich leicht zur Seite und beginnt, meinen Nacken zu massieren.

»Oh ja, ooohhhh, jaaaaa.« Komm schon, Meg Ryan, das bisschen Leinwandgestöhne kann ich leicht toppen. Rolfs Finger sind angenehm kühl und finden genau die Stellen, bei deren Berührung sich leichter Schmerz mit wohligem Schaudern abwechselt. Der Mann ist perfekt. Earl macht die kleinen Äuglein auf und beobachtet die Szene. Schwerfällig hebt er den Kopf. Unter seinem Kinn lag noch eine Pommes, die er mit seiner rosa Zunge aufleckt und dann im Maul verschwinden lässt. Der Mops brummt, erhebt sich in Zeitlupe, tappst zum Sofa und baut sich in seiner ganzen Größe von 35 Zentimetern vor

Chris auf. Mit der feuchten Schnauze stupst er ihn am Knie.

»Iiiih, du sabberst!«

»Ich glaube, er will genau das, was ich eben hatte«, sage ich. Rolfs Finger wandern weiter über meine Schultern und kneten meine Oberarme. Vorsichtig streckt Chris die Hand aus. Sie schwebt in zwei Zentimetern Höhe über dem zerknautschten Nacken von Earl.

»Stell dir einfach vor, der Hund wäre ein Gummibaum«, schlägt Rolf vor. Chris rümpft die Nase, lässt dann aber die Hand auf Earls beigefarbenes Fell sinken. Der Mops drängt sich an seine Knie. Chris greift in die Falten. Aus Earls Mund tropft Sabber. Und wenn Rolf so weitermacht, auch gleich aus meinem. Harry und Sally treffen sich in der Silvesternacht auf dem Dach eines Wolkenkratzers. Eine Sekunde lang denke ich an Marc, den Arsch, der mich niemals so massiert hat. Aber nur eine Sekunde lang.

Als der Abspann läuft, hat sich Earl bis auf Chris' Schoß vorgearbeitet. Mein Kopf sinkt gegen Rolfs Schulter und die Augen fallen mir zu. Oh jaaa, das Leben ist schön.

Sanftes, gleichmäßiges Pusten gegen meinen Hals holt mich langsam aus dem Tiefschlaf. Eine wohlige Gänsehaut lässt mich schaudern. Ein paar Minuten lang genieße ich. Aber irgendwann drückt meine Blase und außerdem will ich wissen, wer da mit mir kuschelt. Rolf? Chris? Ich öffne die Augen gerade so weit, dass ich unter den Wimpern hervorlugen kann. Ich blicke direkt in zwei schwarze Augen, als eine Zunge mir über das Gesicht fährt. Earl! Oh mein Gott, ich schmuse mit dem Mops!

Sofort bin ich hellwach. Ich versuche mich aufzurappeln, aber der Knautschhund liegt wie Blei auf meiner Brust und grunzt zufrieden.

»Runter, hau ab«, befehle ich. Earl bleibt, wo er ist. Mit schmerzenden Muskeln schaffe ich es, mich unter dem Hund hervor zu winden und vom Sofa auf den Boden zu gleiten. Earl brummt unwillig und rollt sich in der Couchecke zusammen. Ich rappele mich hoch, folge dem Ruf meiner Blase und gehe auf die Toilette. Im Spiegel sieht mich eine alte Frau an: verschmiertes Mascara, verquollene Augen und auf der linken Wange der tiefe Abdruck des bestickten Kissens. Ich klatsche mir eiskaltes Wasser ins Gesicht, wische die Wimperntusche ab und verdecke die eingegrabene Rose mit meinen Haaren. Dann gehe ich in die Küche. Kaffee. Ich brauche starken, schwarzen Kaffee.

Dachte ich. Aber ich werde auch so hellwach: Unter der Brause steht Rolf. Ohne Duschvorhang und natürlich ohne Klamotten vor seinem Prachthintern. Welch ein Knackarsch! Meine Knie werden weich und ich stammele ein »Oh«. Aber keins von diesen verlegenen, schüchternen Ohs. Nein, ein anerkennendes. Am liebsten würde ich wie ein Bauarbeiter pfeifen.

Rolf dreht sich um und gibt den Blick frei auf sein eingeschäumtes Gemächt. Eine Menge Schaum auf einer Menge Männlichkeit.

»Oh, sorry!«, sage ich und wende mich ab. Rolf lacht.

»Guten Morgen, Prinzessin«, ruft er. »Weißt du, wo Chris den Duschvorhang hingepackt hat?«

Ich verneine und gehe, den Blick stur von der Duschecke abgewandt, zum Sideboard. Vor mir steht ein hochtechnisches Gerät mit gefühlten 100 Knöpfen, das mir irgendwie Kaffee zubereiten soll. Ich studiere die verschiedenen Hebel und Knöpfe. Rolf dreht das Wasser ab.

»Schöne Sauerei«, sagt er und wickelt sich – klar schiele ich hin! – in ein Handtuch. Ein zweites Tuch wirft er auf den Boden, bückt sich (Prachtpopo in meine Richtung) und wischt die Wasserlache auf.

»Warte, ich mach dir gleich einen Kaffee«, sagt er und zieht das Handtuch fester um seine Hüften. Jaaaa. Oh. Ohohoh. Ja! Das Leben *ist* schön!

Am Montagabend werfen wir uns in Schale. Rolf hat sich das Haar mit Gel aus dem Gesicht gekämmt und steckt in einem frisch gebügelten Poloshirt. Chris trägt Zopf und ein T-Shirt mit der Aufschrift »Flowerpower«. Ich habe zur Jeans eine weiße Bluse angezogen. Und Earl bekommt das rot glänzende Halsband um (dieser Mops hat mehr Halsbänder, als ich Schuhe besitze!).

Wir wollen ja schließlich einen guten Eindruck machen für den Antrittsbesuch bei den neuen Nachbarn. Ich finde das zwar sehr übertrieben, man begegnet sich schließlich sowieso irgendwann im Treppenhaus, bei den Briefkästen oder den Mülltonnen. Aber die Jungs bestehen darauf. Chris hat fünf Sträußchen aus Gerbera und Phlox gebunden, in denen Schildchen mit der Aufschrift »Auf gute Nachbarschaft« stecken. Rolf hat fünf Tafeln Edelschokolade in der Markthalle besorgt (und für unseren Kühlschrank italienischen Edelkäse). Nur Earl und ich kommen mit leeren Händen, Pardon: Pfoten.

Wir fangen in der Wohnung gegenüber an. Das ganze Wochenende haben wir niemanden gesehen und gehört. An der Wohnungstür pappt ein zerfledderter Aufkleber: »Amnesty International.« Am Klingelschild steht »Arne«. Kein Nachname. Dafür hat Arne eine Fußmatte, auf der zwei Bärchen in trauter Zweisamkeit nebeneinander auf dem Sofa hocken.

»Wie schwul ist das denn?«, rufe ich. Earl schnuppert an der Matte. Chris und Rolf werfen mir missbilligende Blicke zu.

»'Tschuldigung, mein ja nur«, murmele ich. Chris drückt zum dritten Mal auf die Klingel. Nichts passiert. Arne bleibt unsichtbar. Also deponieren wir die Präsente auf den Bärchen und steigen einen Stock weiter hinunter.

Direkt unter uns wohnt »Stiller«. Ich befürchte,

dass es nicht die Band ist, die würde sich kaum ein aus Salzteig geknetetes Namensschild und einen Kranz aus künstlichen Nelken an die Tür hängen. Geschweige denn eine Fußmatte besitzen, auf der sich verblasste Rosen und Efeu ranken. Und die Bistrogardinchen, die ich von außen an den Fenstern gesehen habe, lassen auch nichts Pfiffiges vermuten.

Rolf drückt auf die Bimmel. Chris setzt sein schönstes Lächeln auf. Earl und ich halten uns dezent im Hintergrund. Erst passiert gar nichts. Dann hören wir ein Schlurfen. Dann wieder nichts. Danach drehen sich ein, zwei, drei Schlüssel in offensichtlich verschiedenen Schlössern. Und dann wird die Tür aufgerissen, bis die schwere Sicherheitskette sie bremst.

»Ja?« Stiller streckt den grauhaarigen Schopf durch den Spalt. Eine rot geäderte Nase sticht wie ein Messer in den Flur.

»Frau Stiller?«, fragt Rolf und legt den Kopf schief.

»Steht doch da«, sagt Frau Stiller und lässt die Nasenflügel beben.

»Wir sind die neuen Nachbarn«, sagt Chris und streckt der Dame sein Blumensträußchen entgegen. »Wir wollten uns vorstellen.«

»Ich hab sie schon gehört«, keift Stiller. »Ich hab gedacht, sie brechen durch die Decke, also, man kann auch leise einziehen.«

»Haben wir Sie gestört? Das tut uns leid«, sage

ich und trete einen Schritt nach vorne. Vielleicht klappt's von Frau zu Frau besser mit der Nachbarschaft? Und tatsächlich, Frau Stiller nestelt an der Sicherheitskette. Dann tritt sie einen halben Schritt in den Flur. Ihre Füße stecken in lila Puschen, der Rest unserer Nachbarin in einer geblümten Kittelschürze.

»Sie wohnen da oben mit zwei Männern?« Frau Stillers Nase zuckt. Nun wagt sich auch Earl nach vorne. Stiller fixiert den Mops.

»Und einen Köter haben Sie auch!«

»Das ist Earl, ein ganz lieber Kerl«, sage ich. Earl legt den Knautschkopf schief und mustert die Kittelschürze. Er schnuppert kurz, dann verzieht er sich hinter Rolfs Beine.

»Also, Haustiere sind hier nicht erlaubt«, sagt Stiller und schüttelt den Kopf.

»Davon steht nichts im Miet…«, will ich sagen, doch Chris hält Frau Stiller den Blumenstrauß direkt unter die Nase. Der rote Zinken verschwindet im Bouquet.

»Nehmen Sie das weg«, keift Stiller und wedelt mit den Händen. Rolf drückt ihr die Schokolade in die Hand, Chris die Blumen in die andere.

Stiller schnappt nach Luft. »Der Kehrwochenplan hängt unten«, schnaubt sie.

»Wir werden uns gleich einlesen, Frau Stiller«, sagt Rolf und setzt sein attraktivstes Postbotenlächeln auf.

»Ich hab schon einiges erlebt in diesem Haus«,

keift Kittelschürze. Dann knallt sie die Tür zu und während sich in Stillers Wohnung ein halbes Dutzend Schlüssel drehen, bimmeln wir bei der Wohnung gegenüber.

»Schlimmer als diese Schwabenmatrone kann's nimmer kommen«, flüstert Chris und mustert das schmucklose Klingelschild und die blaue, abgetretene Fußmatte. Rolf klingelt schließlich bei »J. Tschirwitz«. Beide Jungs setzen ihr Festtagslächeln auf und sogar Earl legt kokett den Kopf schief. Ich straffe die Schultern, starre auf die Fußmatte und harre der Furie, die da kommen möge.

Und es dauert keine 20 Sekunden, dann kommt sie. Nein: Sie erscheint. Die Tür schwingt langsam auf. Das Erste, was ich sehe, sind ritzrote Lackpumps. Schmale Fesseln. Perfekt rasierte Beine. Endlose Beine, die erst weit über dem Knie von einem Stoffbändchen, das sich wohl Rock nennt, bedeckt werden. Flacher Bauch, perfekte Taille. Und Brüste … nein: Bälle, die jeden Moment aus der Korsage zu hüpfen scheinen.

»Hallöle«, flötet das Wesen zwischen den rosa geschminkten Lippen hervor und streicht sich eine Strähne des platinblonden Haares aus der Stirn.

»Hallo«, sagt Chris.

»Hallo«, sagt Rolf.

»Wuff«, sagt Earl.

»Hi«, sage ich.

Chris spult seinen Spruch von wegen neue Mieter und gute Nachbarschaft ab. Rolf reicht der Dame galant die Schokolade, nachdem diese seufzend am Blumenstrauß geschnuppert hat.

»Ich bin die Jasmin«, zirpt Fräulein Tschirwitz. »Ich würd euch ja auf einen Prosecco reinbitten, aber ich hab ein Date.« Entschuldigend blickt sie von Rolf zu Chris. Mich streifen die dunkel umrahmten Augen nur sehr, sehr kurz. Dafür gerät Jasmin in Entzücken, als sie Earl entdeckt, dem ein Sabberfaden aus dem Maul hängt.

»Wie süüüüüß!«

»Das ist Earl«, sagt Rolf. »Sir Earl of Cockwood.«

Jasmin kichert und bückt sich. Ihre enormen Brüste lehnen sich gefährlich weit über die Korsagenbrüstung. Earl watschelt nach vorne und schnuppert verzückt an ihrer Hand. Ich an seiner Stelle würde an den Plastiknägeln knabbern. Aber Earl spitzt die Schnute, soweit ihm das mit der Mopsnase möglich ist. Es sieht aus, als ob er Jasmin einen Handkuss aufdrückt.

»Niiiieeeedlich«, flötet sie. »Im Salon haben wir auch einen Hund, einen ... wie heißen die doch gleich aus der Werbung? Die weißen?«

Rolf zuckt mit den Schultern.

»Chihuahua?«, versucht es Chris.

»Ach, ich weiß auch nicht, aber der fängt immer an zu jaulen, wenn wir föhnen.« Klar. Friseurin. Was sonst.

»Ja dann ...«, sage ich und zupfe Earl am Halsband. »Schönen Abend noch.« Earl murrt, als ich ihn hochwuchte und die Treppe runterstapfe. Rolf und Chris folgen in einigem Abstand, nachdem sie wohl für den nächsten oder übernächsten Abend die Proseccogeschichte klargemacht haben.

»Sagt mal, habt ihr die Hupen gesehen? Die sind doch aus Plastik«, keife ich und setze Earl auf den Boden im Erdgeschoss.

»Wie?« Chris zupft ein Blatt aus dem Strauß.

»Echt? Hat die große Brüste?« Rolf zuckt mit den Schultern. »Hab ich gar nicht drauf geachtet.«

Ja, klar, Jungs. Männer achten nur auf den Charakter. Von dem hat Jasmin jedenfalls eine Menge. Ich verdrehe die Augen und drücke die Klingel mit der Aufschrift »Otto«. Statt eines schrillen Bimmelns ertönt der astreine Klang von Westminster Abbey.

»Ui«, sagt Chris. Ich klingle noch einmal, weil's so schön war. Beim zweitletzten Schlag öffnet jemand.

»Ach, die neue Wohngemeinschaft«, sagt das Männlein, das jetzt im Halbschatten erscheint. Herr Otto ist ungefähr so groß wie ein Achtklässler, dafür aber so breit wie drei davon. Sein mächtiger Bauch steckt in einem karierten Hemd, über dem sich Hosenträger spannen.

»Hilde, komm mal eben«, ruft Herr Otto.

»Guten Tag, ich bin Tanja«, stelle ich mich vor und strecke Herrn Otto die Hand hin. Der schüttelt sie begeistert, ebenso wie die von Chris und Rolf. Earl bellt leise.

»Ja, was bist du denn für ein Süßer?« Herr Otto geht in die Knie. Die Gelenke knacken bedenklich und die Hose spannt sich über seinen immensen Hintern. Earl lässt sein Ringelschwänzchen wackeln und schnuppert an Herrn Ottos Hand.

»Unseren Pauli mussten wir letzten Sommer einschläfern lassen, Dackellähmung«, sagt Herr Otto und stemmt sich wieder in die Senkrechte.

»Ach, Karl, das interessiert die jungen Leute doch nicht.« Hinter Karl erscheint eine Frau, etwas kleiner als er, dafür noch einen Tick breiter.

»Grüß Gott«, ruft Frau Otto. »Und herzlich willkommen in unserem Haus.« Ihr »Charakter« ist noch größer als der von Jasmin und steckt in einem Spitz-BH, den ich nur aus 50er-Jahre-Filmen kenne. Hilde Otto streckt mir einen Gugelhupf entgegen.

»Ist ein Marmorkuchen«, sagt sie und lächelt begeistert. »Die jungen Leute haben doch immer Hunger.«

Verdattert nehme ich den Kuchen entgegen. Er ist noch warm und duftet verführerisch. Mein Magen beginnt zu knurren. »Wir hoffen, dass wir eine schöne Zeit zusammen haben«, schaltet sich nun Rolf ein und übergibt Karl die vorletzte Schokolade. Der freut sich. Aber nicht so sehr wie seine Gattin, der Chris mit einer Verbeugung das Sträußchen reicht.

»Ach, wie lieb, so nett hat sich noch keiner hier vorgestellt.« Frau Otto schnuppert an den Blumen. »So was gibt's in Stuttgart auch nur in der Markthalle, gell?«

Chris und Rolf strahlen um die Wette. Bingo. Volltreffer. Frau Otto, die laut Vermieter so etwas wie die inoffizielle Hausmeisterin ist, schmilzt vor unseren Augen dahin.

»Kommen Sie doch nächste Woche mal vorbei, dann erkläre ich Ihnen alles mit der Kehrwoche und so«, schlägt Herr Otto vor.

»Oh, sehr gerne«, hauche ich und lächle hinter dem mächtigen Kuchen vor. Auch Bingo – tja, Jungs, das kann ich auch!

Hilde verabreicht Earl noch einen Zipfel Schwarzwurst. Der Mops entbrennt sofort in heißer Liebe zu ihr, doch Rolf bremst ihn bei dem Versuch, die Otto'sche Wohnung zu stürmen. Dann ziehen wir weiter, zur Erdgeschosswohnung gegenüber. Dort lebt laut Klingelschild Bernd Kube. Und er scheint zu Hause zu sein, denn durch die geschlossene Tür hören wir einen Fußballreporter, dessen Stimme sich überschlägt. Erst nach dreimaligem Klingeln, als der Reporter Luft holt, scheint Bernd Kube die Klingel zu hören. Ein ungehaltenes »Was denn?« wird gebrüllt. Dann öffnet unser Nachbar unwirsch.

»Ja?«, blafft ein blasser Kerl, den ich auf etwa 1,90 und 70 Kilo schätze. Ein wandelndes Skelett mit eingefallenen Wangen, flusigen braunen Haaren und einer Gesichtsfarbe, die sich kaum von der weißen Raufaser unterscheidet.

»Äh, wir … hallo … sind die Neuen von ganz oben«, stottere ich und halte Hildes Kuchen wie ein Schild vor mich.

»Hi«, knarzt Bernd und lässt seinen Blick von mir zu den Jungs und zu Earl schweifen. Seine grauen Augen bleiben schließlich am Kuchen hängen.

»Cool«, sagt er und schnappt sich den Kuchen. »Ist ja nett!«

Chris klappt den Mund auf. Und wieder zu. Rolf streckt Bernd die Schokolade entgegen.

»Na, das nenn ich Service«, sagt Bernd. »Kommt doch rein.«

Verdattert folgen wir ihm in den dunklen, schmucklosen Flur. Rolf sieht mich mit vielsagendem Blick an. Chris wedelt sinnlos mit dem Blumenstrauß. Nur Earl scheint zufrieden zu sein. Auf seinen kurzen Mopsbeinchen wackelt er hinter Bernd her ins Wohnzimmer.

»Wow«, sagt Chris, als er die beiden Flatscreens sieht, die untereinander an der Wand hängen. Auf dem oberen läuft ein Fußballspiel, auf dem unteren eine Folge Simpsons.

»VfB Stuttgart?«, fragt Rolf und lässt sich auf die Ledercouch fallen. Bernd stellt den Kuchen zwischen drei Dutzend CDs, Zeitschriften und leeren Colaflaschen auf den Glastisch.

»Jepp«, sagt er. »Letztes Jahr im Sommer gegen Bayern.«

»Cool.« Chris starrt auf den Bildschirm.

»Du guckst ein altes Spiel?«, frage ich und setze mich neben Rolf.

»Nee, ich brauch bloß die Töne«, sagt Bernd. »Die leg ich unter die Simpsons. Ist mein Hobby.« Seine aschfahlen Wangen werden ganz, ganz leicht rosa. Dann verschwindet er in der Küche und kommt kurz darauf mit vier Papptellern und einem Messer wieder.

»Hey, danke für den Kuchen, hab heute noch nichts gegessen«, sagt er und beginnt damit, Hildes Marmorkunstwerk zu zerlegen. Kurz darauf hocken wir alle mit einem Pappteller auf den Knien um den Tisch. Earl sitzt neben Rolf und wartet darauf, dass er Krümel – oder größere Stückchen – auflecken darf, die auf den Laminatboden fallen.

Auf dem oberen Flatscreen flimmert jetzt »Shaun, das Schaf« – und dazu der Ton von einem Boxkampf: Klitschko gegen einen armen, schmächtigen Asiaten. Chris kichert und Rolf verschluckt sich am Kuchen. Bernd reicht ihm eine noch nicht geöffnete Literflasche Cola. Zwischen Husten und Hicksen versucht Rolf, mit der Brause den Kuchenkrümel in seiner Kehle wegzuspülen. Ich klopfe ihm auf den Rücken (und was für ein Rücken das ist!). Schließlich fliegt der Krümel, getragen von einem mächtigen Rülpser, auf den Tisch.

»Pardon«, keucht Rolf und sammelt den Krümel wieder ein. Earl freut sich über das aufgeweichte Teil.

»Cool«, sagt Chris und ich frage mich, auf welcher Etage er den Großteil seiner Intelligenz vergessen hat. Bei Jasmin und ihren Titten?

»Cool«, echot Bernd. »Rolf gewinnt garantiert bei der Rülps-WM.« Die Jungs grölen. Sogar Earl wedelt mit dem Ringelschwanz.

»Sorry, Tanja«, gackert Bernd, als er wieder bei Atem ist. »Ist eigentlich ein ehrenwertes Haus hier.«

»Schon klar«, sage ich.

»Ja, okay, die Jasmin ist ein bisschen …«, beginnt er.

»… zu gut ausgestattet?«, ergänze ich.

»Die hat schon geile Hupen«, schwärmt Bernd. Aus den Augenwinkeln schiele ich zu meinen Jungs. Doch deren Augen und Ohren kleben längst wieder an Bernds Interpretation des Schaf-Comics. »Aber die nutzt das auch aus.« Ein wenig traurig sieht er aus, als er das sagt. Bernd zuckt mit den Schultern und greift sich ein weiteres Stück Kuchen. Irgendwann zwischen den »Desperate Housewifes«, die alle mit den Stimmen der »Tagesschau«-Sprecher reden, und den mit dem »Auslandsjournal« unterlegten »Mainzelmännchen« drückt meine Blase. Die von Earl wohl auch und so drehen der Mops und ich eine Nachtrunde durch das Viertel. Wir halten uns in entgegengesetzter Richtung zum Bohnenviertel, denn auf Nachtleben habe ich absolut keine Lust. In den Wohnhäusern sind die meisten Lichter schon erloschen und entlang der Gehsteige parken die Autos wie Perlen auf einer Schnur. Mir fällt auf, dass VW- und Opel-Fahrer korrekt neben dem Rinnstein parken – Daimlerfahrer nutzen hingegen den halben Gehweg für ihre Edelkarossen. Vielleicht haben die Autos einen eingebauten Heimvorteil, wo sie doch nur ein paar Kilometer entfernt entworfen und zusammengetackert werden? Earl pinkelt vor, ich hinter dem Busch an einem kleinen Spielplatz. Ich finde, wenn meine Jungs sich schamlos mit Cola volllaufen lassen, dann darf ich auch ein bisschen ungezogen sein. Earl jedenfalls scheint beeindruckt und kommt direkt mit mir in unsere Wohnung. In dieser Nacht schläft der Mops auf meinem Bettvorleger.

Die nächsten Wochen vergehen wie im Flug. Alles ist neu – die Wohnung riecht nach frischer Farbe, nachdem Rolf die Wand, an der sein Bett steht, in sattem Rot gestrichen hat. Chris setzt auf Sonnengelb, der Pflanzen wegen. Die stehen in seinem Zimmer dicht an dicht und jedes Mal, wenn ich ihn in seinem Reich mit dem Himmelbett und dem Kuschelsessel besuche, habe ich das Gefühl, in einem Gewächshaus zu sitzen. Bei schönem Wetter macht Chris die Flügeltür zum französischen Balkon auf und wir sehen dabei zu, wie die Weinreben ihre Äste um das Geländer wickeln. Chris hat die Pflanzen auf dem Balkon mit Hühnermist gedüngt. Drei Tage lang hat es bestialisch gestunken – aber es wirkt: Sie wachsen schneller, als der Florist erlaubt.

Meistens reden wir nicht viel. Oder auch gar nichts. Chris quasselt den ganzen Tag am Telefon und nimmt im Callcenter Bestellungen von Neckermann-Kunden, Beschwerden von Versicherungsnehmern oder Fragen zu Telefontarifen entgegen. Am Abend, sagt er, hat er das Gefühl, seine Lippen seien ausgefranst und seine Zunge meterdick.

Rolf sehe ich selten. Wenn ich morgens aufstehe, ist er längst unterwegs, um Briefe auszutragen. Im Halbschlaf höre ich, wie die Dusche anspringt und Rolf sich einen Kaffee brüht. Wenn die Tür sanft ins Schloss fällt, drehe ich mich um und schlafe noch zwei Stunden. Auch Chris ist meist vor mir weg. »Die Hausfrauen rufen gleich nach dem Frühstück an, wenn die Kinder aus dem Haus sind. Neulich hat eine um halb acht einen Vibrator bestellt.«

Als mein Bett endlich geliefert wird, feiern die Jungs, Earl und ich Matratzenparty. Rolf hat eine Flasche Prosecco bestellt, Chris steuert Pommes und Currywurst aus der Bude um die Ecke bei. Zu dritt hocken wir auf dem Bett und schlemmen. Earl schlabbert Wurst, Pommes und die halbe Pappschale auf meinem Bettvorleger. Das mit dem Ketchup hat der Mops nicht so drauf und ein knallroter Fleck landet auf dem fast noch neuen Teppich. Doch noch ehe ich mich aufregen kann, springt Rolf auf, schnappt sich den Vorleger und steckt ihn in die Waschmaschine. Am nächsten Abend liegt er frisch gewaschen und nach Lenor duftend wieder an seinem Platz.

Das Leben ist für mich ein langer, ruhiger Fluss … bis zu jenem Nachmittag, als Marc, der Arsch, in den Tabakladen kommt.

Die Klimaanlage hatte schon seit drei Tagen Mucken gemacht. Punkt 10 Uhr an diesem Tag gibt es ein lautes Knarzen, gefolgt von einem Kreischen. Die Lichter im Laden flackern und die Kasse, mit der ich eben zwei Zeitschriften und ein Päckchen Tabak eingescannt habe, verlangt für einige Sekunden 7.754, 78 € vom Kunden. Kasse und Lichter beruhigen sich sofort wieder. Aber mit steigender Temperatur wird Onkel Fritz und mir klar, dass die Kühlung im Eimer ist. Fritz ruft sofort beim Notdienst an – aber selbst der Totalausfall kann die Herren nicht beeindrucken. Wie an den vergangenen Tagen auch bekommt er die Antwort: »Wenn ein Kollege frei ist …« Fritz schnaubt und schwitzt. Gegen 14 Uhr stiefelt er schließlich in den Supermarkt und kommt mit zwei Ventilatoren wieder. Den einen stellt er auf die Theke, den anderen dahinter. Gemächlich brummend, verquirlen die Ventilatoren den Mief im Laden. Fritz ist schweißgebadet und ich spüre, wie das pervers teure Mineralpuder, das ich mir geleistet hatte, auf meiner Stirn braune Klümpchen bildet. Wer weiß, dass der Stuttgarter Sommer im 19. Jahrhundert als Training für Tropenmissionare genutzt wurde, der ahnt, wie ich mich fühle.

Zu allem Übel ist heute Mittwoch. Mittwoch im Tabakladen heißt Liefertag. Hinter der Theke stapeln sich die Kartons mit Zigarettenstangen, Pfeifenreinigern und Billigfeuerzeugen. Kaugummis, Bonbons und Grußkarten wollen ausgepackt und einsortiert werden. Dazu die gut 50 Bücher für die Drehständer; von der Liebesschmonzette über die australische Familiensaga bis hin zum blutrünstigen Thriller ist wieder alles für den leichten Lesegenuss dabei. Da Fritz schnauft wie eine alte Museumslok und trieft wie ein Springbrunnen, übernehme ich das Einräumen der Ware. Mein Chef sieht mich dankbar aus dem hitzegeröteten Gesicht an – hoffentlich erinnert er sich an diesen Saunatag, wenn ich mal wieder ein bisschen früher Feierabend machen will!

Ich bin eben dabei, eine Wasserpfeife auf das oberste Regal zu wuchten und habe alle Hände voll damit zu tun, das Gleichgewicht auf dem Hocker zu halten. Da höre ich seine Stimme: »Eine Packung Marlboro Menthol, bitte.«

Das Timbre.

Leicht rau.

Wie frisch aus dem Bett.

Marc.

Der Arsch.

Der Hocker gerät ins Schwanken und ich schaffe es mit Mühe und Not, die Wasserpfeife ins Regal zu schieben. Bitte, bitte, lass ihn mich nicht erkennen … Fritz langt nach den Zigaretten und ich höre, wie er unter der Theke nach einem Gratisfeuerzeug kramt. Das bekommen sonst nur Kunden, die eine ganze Stange kaufen. Aber scheinbar beeindruckt Marc meinen Chef. Los, Fritz, schnell, mach hin!

»Tanja, wo sind denn die Feuerzeuge?« Fritz! Bitte nicht!

»Weissichnichmussugucken«, murmele ich auf meinem Hocker. Warum muss ich eigentlich ausgerechnet heute ein pinkfarbenes Shirt anziehen, das sich unter den Achseln schweißdunkel gefärbt hat?

»Tanja?« Marc, der Arsch, ruft meinen Namen so laut, dass es sicher noch bis zum Joghurtregal im Supermarkt zu hören ist. Langsam, sehr langsam, drehe ich mich um.

»Hi.« Nicht sehr geistreich. Aber immerhin. Ich klettere vom Hocker, streiche mir schnell über das fettig glänzende Gesicht und bin zu einem halben Prozent bereit, Marc ins Gesicht zu sehen. Leider sehe ich nicht nur in sein Gesicht, sondern auch in das von Melanie.

»Oh, hi.« Wieder keine intellektuelle Glanzleistung.

»Hier arbeitest du also«, sagt Marc und ich hätte ihm mit dem nackten Hintern ins Gesicht springen können, als ich den süffisanten Ton in seiner Stimme höre. Ja, genau, Klugscheißer, hier arbeite ich, weil die Stellen für Arzthelferinnen dünn gesät sind und ich die letzte in der Landarztpraxis gekündigt habe, um mit dir Eumel in Stuttgart zu leben!

»Ja«, piepse ich stattdessen. Melanie grinst breiter als ein Breitmaulfrosch und entblößt dabei zwei Reihen makelloser Zähne. Ich weiß, dass sie Veneers an den Kauleisten hat – trotzdem tut es weh. Das Gesicht ist perfekt geschminkt, die blonden Locken wirbeln luftig um den Kopf. Von Hitze und Schweiß keine Spur.

»Na, dann brauch ich dich ja deswegen nicht mehr anzurufen«, sagt Marc, legt den einen Arm um Melanies schmale, perfekte Schultern und den anderen auf ihren Bauch. Ha! Sie wird fett!

»Wir bekommen Nachwuchs.« Marc grinst wie ein Honigkuchenpferd. Marc, der Kinderhasser. Marc, der Freiheitsliebende. Marc, der Arsch.

»Glückwunsch«, schnaube ich. Auch nicht originell.

»Ja, und deswegen rauche ich jetzt Menthol«, sagt Marc und streicht versonnen über Melanies Bauch. »So kann ich mir das Rauchen schneller abgewöhnen, ist ja nicht gut fürs Baby.« Marc, der Kettenraucher. Marc, der Lebemann. Der Arsch.

Onkel Fritz wendet sich Olaf zu, der seine tägliche BILD-Zeitung abholen kommt. An seiner Körperhaltung sehe ich, dass er Marc am liebsten aus dem Laden geworfen hätte – schließlich hat mein Chef die ganze Chose damals mitbekommen, als ich wochenlang wegen jeder Kleinigkeit in Tränen ausgebrochen bin. Nachdem ich Marc und Melanie überrascht hatte. In unserem Bett. In den Laken, auf die ich so lange gespart hatte.

»Du, wenn du magst, dann komm doch zu unserer Verlobungsfeier in den chinesischen Garten am Killesberg, ich hab ja Beziehungen, dann kann man den mieten, weißt du«, säuselt Melanie.

»Da kann ich nicht«, rufe ich.

»Aber du weißt doch noch gar nicht, wann das ist?« Blondchens veilchenblaue Augen weiten sich.

»Nein, aber ... also, ich hab unwahrscheinlich viel zu tun ... meine neue WG und so ...«, haspele ich.

»Tanja lebt mit zwei Männern zusammen.« Marc klappt den Mund auf. Melanie klappt den Mund auf. Und Fritz ist es ein inneres Olympia, diesen Satz noch einmal zu wiederholen.

»Ja, sie ist umgezogen, die drei haben auch einen Hund.«

»Ja, einen Mops«, sage ich und krame im Karton. Endlich bekomme ich mit meiner zitternden Hand ein Feuerzeug zu fassen und knalle es neben die Zigarettenpackung auf die Theke.

»Noch was?«

»Äh, nein, also, danke.« In Marcs Pupillen prangen zwei große Fragezeichen. Seine Tanja, die Maus, die schüchterne ... zwei Männer? Ha! Oh ja! Marc legt das abgezählte Geld auf den

Tisch, schnappt seine Kippen und das Feuerzeug. Jetzt erst sehe ich, dass ich ihm eines von denen gegeben habe, die, wenn sie lange genug in der Hand gehalten werden, das Bild verändern – die Bikinischönheit würde sich demnächst nackig zeigen.

»Na dann«, sagt Marc.

»Ja, na dann«, sage ich. Melanie sagt gar nichts, sondern streicht sich über den Bauch. Die beiden machen auf der Hacke kehrt und ich wünsche Melanie Hämorriden an den Hintern, dazu satte Dehnungsstreifen und 20 Kilo auf die Hüften. Möge das Baby sie sprengen!

Draußen vor dem Laden schnappen sich die beiden den Einkaufswagen. Ich erkenne eine Packung Pampers, Klopapier und Magerquark, der für ein ganzes Bataillon reichen würde. Dann sind sie verschwunden. Meine Knie zittern und ich lasse mich auf den Hocker plumpsen. Olaf sieht mich besorgt an, sagt aber nichts. Er wedelt sich mit der BILD-Zeitung Luft zu, dann macht er sich schweigend auf den Heimweg.

»Hast dich gut gehalten, Mädchen«, sagt Fritz. Und dann ist es aus. Tränen steigen mir in die Augen und vermischen sich mit dem Schweiß. Mein Mineralpuder löst sich endgültig in Wohlgefallen auf. So sitze ich noch da, als zwei Stunden später der Klimaanlagen-Klempner kommt. Es war nur ein loser Stecker. Fritz schaltet die Kühlung auf volle Leistung und die Ventilatoren aus. Ich zittere. Wie ein nackter Eisbär. Aber ganz sicher nicht, weil mir kalt ist.

Earl begrüßt mich mit einem leisen Bellen, als ich erschöpft, müde und mit Matsch im Kopf die Wohnung aufschließe. Der Mops erhebt sich träge von seinem Kissen und watschelt auf mich zu. Sonst wedelt er freudig mit dem Schwänzchen und stupst seine feuchte Plattnase gegen mein Knie, um gestreichelt zu werden oder ein Stück von meiner Feierabend-Brezel abzubekommen. Heute aber verharrt er einen Meter von mir entfernt, legt den Kopf schief und jault.

Earl weint.

Ich weine.

Ich lasse mich auf die Couch fallen.

Earl kriecht zu mir. Legt seinen zerknautschten Kopf auf meinen Schoß und sieht mich aus seinen Knopfaugen traurig an. Rolf reißt seine Zimmertür auf.

»Was ist passiert?« Besorgt eilt er zum Sofa, streichelt abwechselnd mir und Earl über die Schulter. Ich schniefe, heule, jammere und bekomme schließlich Schluckauf.

»Chris, komm mal!«

Unser Hausflorist drückt mit dem Ellbogen die Küchentür auf. Seine Hände sind mit Erde verschmiert.

»Geht nicht, bin grad bei den Erdbeeren«, ruft er. Ich heule noch lauter.

»Geht doch, Momentchen.« Chris wäscht sich die Erde von den Händen und kommt kurz darauf mit einem Karton Kleenex, einer Flasche Prosecco und einer Tafel Milka Noisette wieder. Schweigend setzt er sich neben mich, reicht mir ein Papiertaschentuch und füllt drei Gläser. Ich schnäuze mich und es ist mir völlig wurscht, dass das weder sexy noch damenhaft ist.

»Liebeskummer?« Chris reicht mir das Glas, Rolf fummelt die Schokolade auf, bricht ein Stück ab und schiebt es mir in den Mund. Ich nicke, lutsche Schokolade, schniefe und kippe das Glas in einem Zug hinunter. Sofort füllt Chris nach.

»Männer«, sagt Rolf.

»Oh ja«, sagt Chris.

»Der Arsch«, sage ich. Earl grunzt und trollt sich auf sein Kissen. »Der hat sie geschwängert!«

»Was?«

»Wer? Wen?«

Ein Glas Prosecco und zwei Taschentücher später bin ich so weit, dass ich meinen Jungs die jämmerliche Geschichte von Marc erzählen kann. Wir hatten uns in der Praxis kennengelernt, in der ich damals neu angefangen hatte. Er machte Ferien bei einem Freund, Erholung auf dem Land. Beim Holzhacken hatte Marc sich einen veritablen Spreißel in die linke Hand gerammt, genau zwischen Daumen und Zeigefinger. Den hätte er zwar selbst ziehen können, doch erstens (das wusste ich damals noch nicht) war Marc eine Memme und hatte zweitens (auch das erfuhr ich später) panische Angst vor einer tödlichen Infektion.

Marc verlor keine Zeit. Zwei Tage später war ich zum Grillabend eingeladen, um Mitternacht küssten wir uns und gegen Morgengrauen landeten wir hinter den Büschen. Mondschein, zirpende Grillen … Perfekt.

»Haaach.« Chris seufzt. »Wie romantisch.«

Rolf wirft ihm einen Blick zu, der den armen Chris sofort zum Schweigen bringt.

»Oh ja, das war romantisch. Und zwar genau so lange, bis ich meine Stelle gekündigt hatte und zu Marc gezogen war«, fahre ich fort. Die ersten Wochen in der gemeinsamen Wohnung waren noch aufregend. Neue Stadt (für Landeier wie mich erscheint Stuttgart wie ein Moloch), neues Leben, dann und wann ein Vorstellungsgespräch in einer Allgemeinpraxis. Schon am Morgen überlegte ich, was ich kochen sollte, und wenn Marc dann abends – von Tag zu Tag später – aus der Bank heimkam, standen Steaks oder Lasagne, Lachsauflauf oder Panna Cotta auf dem mit Blumen und Kerzen geschmückten Tisch. Als Betthupferl guckte Marc jeden Abend noch ein Stündchen DSF, während ich ihm den Nacken kraulte. Wir waren das perfekte Paar. Bis zu jenem Abend, als ich vorsichtig anklingen ließ, dass es wohl so schnell nichts werden würde mit einer neuen Arbeitsstelle und dass ich mir ja eigentlich Kinder wünschte und dann ja sowieso in Erziehungsurlaub gehen würde. Von Stund an versagte Marcs Gemächt den Dienst. Er behauptete, der Stress in der Bank sei schuld, das würde schon werden, ein kleiner Urlaub vielleicht?

Ich legte mich noch mehr ins Zeug. Wienerte die Wohnung auf Hochglanz. Erwartete Marc spätabends mit im Ofen warm gehaltenem Essen. Schmiss mich in kneifende Dessous, kaufte mir einen Wonderbra. Massierte ihm den Nacken noch ausgiebiger, ließ ihm Entspannungsbäder ein. Ohne Erfolg – der kleine Marc blieb klein.

Im Spätsommer rief Tante Trude an und bat mich, ihr bei der Himbeerernte zu helfen. Ihr verblichener Ernst hatte den kompletten Garten (und der war selbst für unser kleines Kaff in der Tübinger Peripherie sehr groß) in eine Himbeerplantage verwandelt. Trude brachte es nicht übers Herz, die Sträucher auszureißen, und so stand sie Jahr für Jahr vor einem Berg Himbeeren, aus denen sie Saft, Marmelade und Gelee für den Kirchenbasar kochte. Also fuhr ich zu Tante Trude und zupfte Beeren, bis meine Hände blutrot waren. Wegen des kühlen Sommers fiel die Ernte allerdings geringer aus als gedacht und so konnte ich mich schon einen Tag eher als geplant auf die Heimreise machen, mit frischen Beeren und Sehnsucht nach Marc im Gepäck. Ich wollte ihn überraschen …

»… und dann komm ich in die Wohnung und es stinkt nach Parfum … und im Schlafzimmer …« Ich heule von Neuem los. Rolf nimmt mich in den

Arm und ich rotze sein Poloshirt voll. Chris geht in die Küche und kommt mit einer Familienpackung Fürst Pückler wieder. Zu dritt löffeln wir die Eiscreme aus, bis Earl sich meldet. Der Mops versenkt seine Nase in der Plastikschale und schlabbert zufrieden.

»Und heute stehen beide im Laden. Sie bekommt ein Baby.« Langsam, sehr langsam werde ich wütend. »Bei mir spielt er den Impotenten und die schwängert er und freut sich auch noch?«

»Männer«, sagen Chris und Rolf wie aus einem Mund. »Die sind so.«

Eine Weile schweigen wir. Dann beginnt Chris zu sprechen. Leise erst, aber nach und nach redet er sich in Fahrt.

»Wie mein Schatz«, sagt er ganz leise und knispelt mit den Fingern an einer Haarsträhne.

»Wie? Ist dir auch so was passiert?«

»Na ja, so ähnlich, Tanja«, sagt Chris und blinzelt gegen die Tränen an, die in seinen Augen aufsteigen.

»Männer.« Rolf schnaubt, steht auf und kommt mit einer kühlen Flasche Prosecco und einer Doppelpackung Toffifee wieder. Ich lutsche an den Karamelpralinen, die Nüsse spucke ich aus. Earl knabbert die lieber als ich.

»Ist jetzt schon fast drei Jahre her, aber es tut immer noch weh.« Chris schnäuzt sich und nun ist es an ihm, zwei Gläser Blubberwasser auf einmal in sich hineinzuschütten.

»Immerhin ist das Fremdgehen nicht zu Hause passiert, sondern in einem Klub. Dafür aber nicht nur einmal ...« Chris ballt die Hände zu Fäusten. »Und ich Depp hab zu Hause gewartet und mich mit dem Gummibaum unterhalten.«

Vier Jahre, erzählt Chris, waren er und Schatz zusammen. Und die ganze Zeit über naschte Schatz in fremden Gefilden.

»Ich dachte wirklich, das ist was fürs Leben, das hat eine Zukunft. Schatz wollte auch nicht, dass ich gehe, aber ich kann doch nicht mit jemandem leben, der zwei-, dreimal die Woche mit anderen ...« Chris schlägt die Hände vors Gesicht und zieht die Nase hoch. Ich reiche ihm die Kleenex-Packung, Rolf stopft ihm ein Toffifee in den Mund.

»Was macht Schatz denn jetzt?«, frage ich.

»Schatz ist Herrenschneider in Köln, am Theater.« Schneider? Herrenschneider? Moment ... Schatz, ein Mann? Chris, mein schöner Adonis, ist schwul?

»Äh ... ist Schatz ein Mann?« Ich wette, in diesem Moment schaue ich belämmerter aus der Wäsche als der Papst, wenn er einen seiner Kardinäle in Dessous entdeckt.

»Ja, klar doch.« Chris grinst. »Sag bloß, du hast nicht ...«

»Ja, doch, äh, ich mein, natürlich, ist doch kein Problem ...« Ach du liebe Zeit, Tanja, halt die Klappe!

»Na ja, so wie der typische Schwuchtel sieht unser Chris ja auch nicht aus«, sagt Rolf. Danke, rette mich!

»Wie sieht denn bitte schön ein typischer Schwuler aus?« Chris ist leicht pikiert, doch ein Schlückchen Prosecco besänftigt sein Gemüt.

»Wie ich jedenfalls nicht«, sagt Rolf und grinst.

»Ach komm, jetzt sag bloß, du … auch?«

Rolf nickt. Grinst. Und dann lacht er, er lacht und gackert und grölt, bis Chris auch einen Lachkrampf hat. Irgendwann wälzen die beiden sich auf dem Boden, irgendwo dazwischen Earl, der bellt und mit dem Schwanz wedelt und schließlich zu mir auf die Couch flüchtet.

»Und da dachte ich, ich hab mir zwei Sahneschnittchen angelacht«, flüstere ich Earl ins Ohr. Der Mops leckt mit seiner rosa Schlabberzunge über mein Gesicht. Keuchend und nach Luft schnappend rappeln sich die Jungs schließlich hoch.

»Oh, Prinzesschen!« Rolf nimmt mich in die Arme. Und da ist – nichts. Sein Geruch ist mir mit einem Mal schnurzegal, seine Muskeln …

»Schade drum, ehrlich«, sage ich schließlich. Die Jungs gackern erneut los und dieses Mal kann ich mich auch nicht mehr halten. Noch eine Flasche Prosecco! Noch ein Schächtelchen Pralinen! Und – ein Racheplan, der Marc, den Arsch, deutlich aus der Bahn bringen wird. Rolf und Chris wollen ihm all das antun, was sie bei ihren Schätzen versäumt haben. Und, ganz ehrlich, ich habe nichts dagegen. Wer kann zwei bezaubernden Schwulen schon was abschlagen? Tanja jedenfalls nicht.

Die »Operation Affenarsch« startet zwei Wochen später. Ich musste erst sämtliche noch nicht ausgepackten Kisten leeren. Und selbstverständlich war das, was ich suchte, doch in einem der Kartons im Keller.

Rolf und Earl haben sich auf ein spätes Frühstück in den Imbiss getrollt und so steigen Chris und ich zu zweit die Treppe in den Tiefkeller hinunter. Das heißt: Ich steige, Chris schleicht. Als ich bereits auf dem festgestampften Erdboden angekommen bin, schwebt er noch auf halber Treppenhöhe.

»Tanja, wie eklig, die Spinnweben«, jammert mein Mitbewohner. Seit ihrem »Outing« sehe ich die Jungs in einem anderen Licht – oder geben sie sich nun erst so, wie sie wirklich sind? Egal, in diesem Moment auf der Kellertreppe ist Chris die perfekte Tucke.

»Duck dich halt«, schlage ich vor. Chris befolgt meinen Rat und schreit gleich darauf wie am Spieß. Er macht auf der Hacke kehrt, stolpert, fängt sich gerade noch und brüllt oben angekommen wie eine Feuerwehrsirene.

»Was ist denn los?« Ich haste die Treppe hinauf. Chris veranstaltet einen Affentanz.

»Nimm das weg, nimm das weg!« Seine Stimme überschlägt sich. Und da sehe ich die Spinne, die sich in sein schönes, blondes Haar abgeseilt hat. Das Monster ist in etwa so groß wie der abgebrochene Nagel meines kleinen Fingers. Ich wette, die Spinne hat mehr Angst als Chris.

»Halt still«, zische ich, aber Chris schüttelt sich, als sei er ein mit Crack vollgedröhnter Go-go-Tänzer.

»Mach das weg!«

»Kann ich nicht, halt mal still.« Ich mag auch keine Spinnen. Vor allem nicht solche, die handtellergroß sind, haarig und in meiner Wohnung sitzen. Aber dieses Exemplar … ein Baby. Apropos Baby – da fällt mir wieder ein, warum wir auf dem Weg in die Katakomben waren. Ich packe Chris bei den Haaren und fummele das zitternde Insektchen heraus. Das Spinnchen hat garantiert gerade vor Angst in Chris' Haarpracht gepullert.

»Ist es weg? Oh Gott, ist es weg?«

»Ja, beruhig dich«, sage ich und lasse das winzige Krabbeltier über meine Finger turnen. Wer wie ich am Waldrand aufgewachsen ist, der kennt da ganz andere Kaliber. Vorsichtig setze ich die Spinne auf die Briefkästen im Hausflur. Chris sieht das zum Glück nicht, denn nun steht er zitternd und mit geschlossenen Augen da.

»Ist sie tot?«

»Mausetot«, sage ich. »Und jetzt komm endlich.«

»Nie im Leben. Nie wieder geh ich da runter.«

Chris rennt die Treppe nach oben. Wahrscheinlich, um sich vom Gummibaum trösten zu lassen. Also mache ich mich allein auf den Weg zu meinen nicht benötigten Kisten. Wenig später habe ich, ohne neuerliche Spinnenattacke, gefunden, was wir für die »Operation Affenarsch« brauchen – meinen Wohnungsschlüssel, den ich Marc bis heute noch nicht zurückgegeben habe. Und der weiß das garantiert nicht mehr, denn sonst hätte seine Buchhalterseele ihm längst schlaflose Nächte beschert und er mich mit Anrufen zugemüllt.

Rolf und Earl kommen gerade rechtzeitig vom Pommesessen wieder. Earl schlabbert noch schnell seinen Wassernapf leer, dann schnappen wir uns die drei Handys, die in trauter Dreitracht nebeneinander in der Küche an den Ladegeräten hängen. Zur Feier des Tages legt Rolf dem Mops das schwarze Lackhalsband mit den Metallstacheln um. Unser Earl sieht ganz schön verrucht aus. Chris pappt sich eine Pilotenbrille auf die Nase, ich verstecke mich hinter einer der gerade angesagten Riesenbrillen, die niemandem stehen (»Du siehst aus wie Puck von Biene Maja«, kommentiert Rolf).

Chris wählt Marcs Büronummer. Er geht dran. Rasch hängt Chris wieder ein und macht dasselbe Spiel bei Sekretärin Melanie. Auch sie hebt ab. Die Luft ist rein. Wir quetschen uns in den Uno (Earl auf dem Beifahrersitz, denn Rolf meint, dem Hund werde sonst übel), die Jungs hinten. Chris ist hibbelig wie ein Mädel vor dem ersten Date, Rolf die Ruhe selbst. Ich fädele mich in den Vormittagsverkehr ein. Earl sabbert die Scheibe auf der Beifahrerseite voll und sorgt bei den Fahrern, die an Ampeln neben uns halten, für große Augen und Gelächter. Bald erreichen wir die Straße am Killesberg, in der ich einige glückliche Monate verbracht habe. Beim Anblick der vertrauten Häuser in der Bauhaussiedlung wird mir schwummerig. Am liebsten hätte ich kehrtgemacht, doch die Begeisterung der Jungs hat mich angesteckt. Ich schlucke den Trauerkloß hinunter und schalte meinen Verbrechermodus ein.

Ich parke an der Ecke hinter einem Glascontainer, hinter dem ein Fußweg in den Park abzweigt. Der Mops hat offensichtlich keine Lust auf einen Spaziergang, doch Rolf zerrt ihn unbeeindruckt an der Lacklederleine die Straße hinunter. Bei meinem ehemaligen Haus bleibt er stehen. Die zu ihrer Zeit preisgekrönte Mietskaserne sieht aus wie immer. Als er den Daumen hebt – das Zeichen dafür, dass auf sein Klingeln hin keiner geöffnet hat – steigen Chris und ich aus. Ich stopfe meine Haare unter eine Baseballkappe aus Chris' Fundus. »TexMex« steht darauf und zu sehen ist ein lachender Kaktus auf rotem Grund. Chris schnappt sich den Rucksack aus dem Kofferraum und klemmt sich die Yucca-Palme unter den Arm.

Mit gesenkten Köpfen gehen wir zum Eingang. Earl, der Gute, setzt eben einen veritablen Haufen in den Rinnstein.

Rolf soll vor dem Haus auf und ab gehen. Sollten Marc, der Arsch, oder Melanie, die Brutmaschine, auftauchen, würde er uns auf dem Handy anrufen. Seit drei Tagen pappten Fotos der beiden, die ich in meinem Fundus entdeckt hatte, am Kühlschrank und Rolf hatte sich jedes Detail ihrer Gesichter eingeprägt. Ich hätte Melanie wenigstens auf dem Foto gerne die Augen ausgekratzt! Jedes Mal, wenn ich ihre Fratze sah, wurde ich an die Betriebsfeier beim Hans-im-Glück-Brunnen erinnert, bei der ich mich unter all den Krawattenträgern und Kostümchenständern wie ein Bauerntrampel gefühlt hatte.

Mit zitternden Händen stecke ich den Schlüssel ins Schloss. Die Erinnerungen schießen in mir hoch, als ich den vertrauten Geruch von Meister Propper im Hausflur wahrnehme.

»Ich kann das nicht«, flüstere ich. Meine Knie zittern. Was, wenn eine Nachbarin jetzt käme? Mich erkannte?

»Und wie du das kannst.« Chris, mein Spinnenphobiker, schiebt mich in den Flur. »Zweiter Stock?«

Ich nicke. Chris gibt mir noch einen Schubs und wir schleichen die Treppe hoch.

»Ich muss mich übergeben«, presse ich hervor, als wir vor meiner ehemaligen Wohnung stehen.

»M. Cleeberg« – das Schild hatte Marc extra aus Messing fertigen lassen.

»Wenn du kotzen musst, dann bitte drinnen«, faucht Chris. Unten geht eine Tür auf.

»Ach du Schreck, hoffentlich kommt die nicht rauf!« So schnell es geht, fummeln wir die Einweghandschuhe und Schuhschoner aus dem Malerbedarf aus unseren Hosentaschen. Chris pustet in die Gummihandschuhe und seine Hände gleiten hinein. Meine Handschuhe scheinen mit einem Mal Kindergröße zu haben, ich bekomme sie einfach nicht über die Finger. Chris hilft mir.

»Schnell!«, flüstert er. Meine Hand zittert so stark, dass ich erst beim dritten Anlauf den Schlüssel ins Schloss bekomme. Eine Sekunde später stehen Chris und ich in meinem alten Nest.

»Das glaub ich nicht.« Mit weit aufgerissenem Mund starre ich die drei weiß lackierten Schuhschränke an. Marc, der Minimalist, ließ sich den Flur von Schuhschränken verstellen – ich hatte meine paar flachen Schuhe und die wenigen Pumps, die ich besaß, brav in den Kleiderschrank gepackt. Vorsichtig öffne ich die oberste Klappe. Und bringe die eigene nicht wieder zu.

»Boah«, sage ich.

»Boah«, sagt Chris.

Wir stehen vor ... einem Vermögen. Allein hinter der ersten Klappe verbergen sich ein Paar Pumps von Prada und zwei Sandaletten von Blahnik.

»Ich wusste gar nicht, dass es wirklich Frauen gibt, die sich so was kaufen«, hauche ich.

»Let's rumble!« Chris wirft den Rucksack auf den Boden und marschiert mit der Palme ins Bad. Zu Hause hatten wir den Grundriss der Wohnung aufgezeichnet, um keine unnötige Zeit zu verlieren. Doch die vielen neuen Schränke und der Nippes, der sich in den Regalen türmt, machen meinem Plan einen kleinen Strich durch die Rechnung.

»Du liebe Güte.« Das Wohnzimmer hat sich in einen lackroten Albtraum verwandelt. Auf der minimalistischen schwarzen Ledercouch kuscheln sich sieben Porzellanpuppen, die alle – bis auf die Größe – aussehen wie echte Kinder. Drei Jungs, vier Mädchen. Neben der Grafik aus dem MomA, Marcs ganzer Stolz und zu meiner Zeit einziger Schmuck der Wohnzimmerwand, hängen Dutzende winziger Bilderrahmen. In jedem steckt ein anderes Foto des glücklichen Paares: Marc und Melanie in Paris, Marc und Melanie beim Picknick. Mir wird schlecht. Aber es gehört nicht zur »Operation Affenarsch«, auf den Teppich zu reihern.

Ich gehe zum Sideboard. Die Sonne fällt durchs Fenster und das Licht bricht sich in den unzähligen Kristallfiguren. Alle original Swarowski. Gruselig. In der obersten Schublade finde ich auf Anhieb, was ich suche: den Zweitschlüssel für Marcs Cabrio. Ich lasse den Schlüssel in meine Hosentasche gleiten und husche zu Chris ins Bad. Der ist eben mit seiner ersten Mission fertig: Mitten in der Kloschüssel prangt die Yucca-Palme, sauber von Erde umgeben.

»Schade um die Pflanze«, sagt er. Doch sein Grinsen straft ihn Lügen – ich weiß, dass Chris sich in diesem Moment vorstellt, eine Palme im Klo seines ehemaligen Schatzes zu pflanzen.

Ich sause in die Küche und hole das Spülmaschinenpulver. Chris hat in der Zwischenzeit das Waschpulver in eine Tüte umgefüllt. Nun kippe ich das Spülsalz in den Waschmittelkarton und Chris schüttet den Behälter für den Geschirrreiniger mit Ariel Color voll. Zurück in der Küche werfe ich einen Blick nach draußen. Rolf lehnt gegenüber an einer Laterne, den Hauseingang fest im Blick. Er zieht lässig an einer Zigarette, und als er mich am Fenster entdeckt, hebt er den Daumen. Earl hat es sich zu seinen Füßen bequem gemacht – mit pikiertem Gesicht.

»Alles entspannt!«, rufe ich Chris zu.

»Aber hier chillt so schnell keiner mehr.« Chris hantiert weiter im Badezimmer. Mit einem winzigen Trichter füllt er Melanies Parfum in die Flasche von Marcs Aftershave. Der Herrenduft Marke Joop landet im Fläschchen von Gaultier.

»Boah, was für ein Stinkezeugs.« Chris rümpft die Nase. »Geschmack hat dein Ex jedenfalls nicht.« Angewidert schraubt er die Flakons zu. Dann fummelt er eine Packung von den billigsten Papiertaschentüchern, die wir finden konnten, aus dem Rucksack. Sorgfältig deponiert er das Tuch so in der Waschmaschine, dass man es nicht sehen kann. Ich lache, als ich an die Flusen denke, die Miss Melly nach der nächsten Wäsche finden wird.

»Da fällt mir was ein, was Marc so gar nicht leiden kann«, sage ich und schraube den Deckel der Zahnpastatube auf. Der Klassiker schlechthin – und eine Garantie, dass Mr. Marc auf die Palme geht.

»Sag mal, so richtig sauber finde ich das Klo aber nicht«, sagt Chris und beugt sich kopfschüttelnd über die Keramik. »Na, ich will mal nicht so sein«, sagt er und schnappt sich die beiden Zahnbürsten aus dem Becher neben dem Waschbecken. Hingebungsvoll schrubbt er unter dem Beckenrand, schüttelt die Bürsten aus und stellt sie zurück in den Becher.

»Gibt das dann Zahnstein? Oder Urinstein?« Chris gackert. Ich habe Skrupel, als ich die Zahnbürsten stehen sehe. Aber nur sehr kleine Skrupel – denn direkt neben dem Becher steht knallroter Nagellack. Von Melanie. Ich schraube den Deckel vom Lack halb auf und lege das Fläschchen hin. Der erste Tropfen fällt ins Waschbecken, als ich die Badezimmertür schließe.

»Ab in die Küche!« Chris ist kaum zu bremsen.

»Kannst du dir vorstellen, dass ich hier Stunde um Stunde gestanden habe, um dem Herrn ein Mahl zuzubereiten?« Ich lehne mich an den Herd.

Meinen Ex-Herd. Den ich stets mit teurem Spezialmittel auf Hochglanz getrimmt hatte. Jetzt sehe ich tiefe Kratzer auf dem Ceranfeld und angebrannte Essensreste rings um die Kochfelder.

»Das geht ja gar nicht«, sagt Chris. Mit traurigem Gesicht macht er sich daran, die drei vertrockneten, krüppeligen Kräutertöpfchen vom Fensterbrett zu wässern. Ich kenne die Prozedur aus unserer Küche: Mit einem Badethermometer aus der Babyabteilung (das Chris jetzt aber nicht dabei hat) wird die optimale Wassertemperatur von 32 Grad ins Spülbecken gelassen. Dann setzt unser Hausflorist die Töpfchen so sachte ins Wasser, als wären sie neugeborene Menschenkinder. Er schwenkt sie sanft hin und her, bis der Topf sich so weit vollgesogen hat, dass er nicht mehr schräg schwimmt, sondern stehen bleibt. Dann bleiben die Kräuter für exakt sieben Minuten im Wasserbad.

Die sieben Minuten stellt Chris mit der einst chromglänzenden Eieruhr ein, die jetzt von einer Staub- und Fettschicht überzogen ist. In der Zwischenzeit habe ich Mission Zucker gegen Salz erfüllt: Marc und ich hatten ein kleines Vermögen bei IKEA in Ludwigsburg ausgegeben, um 20 identische Aromabehälter in Chromoptik zu erstehen. Marc hatte die Etiketten am PC entworfen, damit sich Pfeffer und Majoran, gerebeltes Basilikum und Curry auf dem offenen Regal sehen lassen können. Ich freue mich darüber, den werdenden Eltern einen versalzenen Kaffee und ein gezuckertes Schnitzel zu bescheren.

Als Chris die sterbenskranken Kräuter wieder auf die Fensterbank stellt, habe ich die pervers teuren Lavazza-Kaffeebohnen gegen entkoffeinierte Billigböhnchen von Aldi ausgetauscht. Marc kommt morgens ohne kräftigen Koffeinschub nicht in die Puschen. Seine Augenlider heben sich beim Aufstehen zwar auf Halbmast, ganz geöffnet sind sie aber erst nach der zweiten Tasse Kaffee. Nun, morgen wird er die Welt wohl nur zur Hälfte sehen …

Chris beginnt damit, die enormen Magerquarkvorräte aus dem Kühlschrank zu fischen. Wir haben Frau Otto versprochen, ihr ausreichend Quark für drei Käsekuchen mitzubringen und Hildchen war begeistert, dass sie für uns backen darf. Hilde wird also Quark für eine ganze Kompanie bekommen.

Ich reiche Chris die lauwarmen Quarkbecher aus dem Rucksack. Seit Freitag standen sie auf dem Balkon in der Sonne. Bei den meisten wölbt sich der Deckel und zwei sehen so aus, als sei es nur eine Frage von Sekunden, bis sie explodieren.

»Möge der Gott des schwangeren Heißhungers Melanie gnädig sein«, betet Chris mit theatralisch erhobenen Händen. Rolf gibt von der Bushaltestelle weiterhin grünes Licht.

»Amen«, sage ich und mache mich auf den Weg ins Schlafzimmer. Mein Herz pocht, als sei ich eben einen Marathon gelaufen (was ich mangels Kondition und angesichts zu vieler Zigaretten nie schaffen würde). Vor mir steigt wieder das Bild auf ... Melanies gespreizte Knie, Marcs nackter Hintern ... ich schlucke trocken. Chris nimmt mich in den Arm und am liebsten würde ich jetzt heulen.

»Jetzt wird nicht geflennt«, sagt Chris und macht die Tür auf.

»Wie schön!«, ruft er.

»Wie kitschig!«, rufe ich. Das Zimmer, dereinst ein minimalistischer Ort der Rekreation, angelehnt an japanische Räume, hat sich in eine Plüschorgie verwandelt. Über dem Futon hängt ein zartblauer Betthimmel aus Organzastoff. Neben dem japanischen Hochzeitsschrank (für fast 3.000 € importiert) steht ein bunt bemalter Bauernschrank in Sissi-Optik. An der Wand hängt ein mächtiger Spiegel im Goldrahmen und auf den geblümten Kissen thronen drei Teddybären mit hellblauen Schleifchen um die Fellhälse.

»Das kannst du jetzt aber nicht wirklich schön finden?«, entrüste ich mich.

Chris schaut mich pikiert an. »Na ja, der Futon passt überhaupt nicht«, sagt er schließlich. Ich sage nichts mehr und bin innerlich dankbar, dass so gut wie nichts in diesem Zimmer daran erinnert, was Marc und ich hier erlebt haben. In diesem Ambiente kann ich mir den stundenlangen Sex, die wilden Stellungen und die Küsse an allen möglichen und unmöglichen Körperstellen nicht vorstellen. Hier riecht's nach Blümchensex und einmal die Woche nach der Sportschau poppen in Missionarsstellung.

Chris geht zum Kleiderschrank – ein Einbauteil, schweineteuer, aber genial – und zieht die Schiebetür auf, hinter der sich Marcs Anzüge verbergen. Chris pfeift anerkennend.

Ich öffne die andere Seite des Schrankes – und pfeife ebenfalls. Geschmack hat sie ja, das muss ich zugeben. Einen Moment lang bin ich versucht, ein winziges Designertop mitgehen zu lassen. Eins nur … sie hat doch so viele. Dann aber besinne ich mich: Tanja, wo bleibt dein Stolz? Du brauchst kein Gucci oder Prada, du regierst die Welt in C&A! (Okay, so ganz glaube ich mir selbst nicht).

Chris fummelt an den Anzügen und Hemden, während ich Melanies Schrank leise schließe. So bescheuert sie auch sein mag – nie im Leben würde ich es übers Herz bringen, Marc Cain oder Jil Sander ein Leid zuzufügen.

»Ach, so geht das!« Ich staune, als Chris mit einer Nähnadel beginnt, einzelne Knöpfe zu lösen.

»Hab ich von Schatz«, sagt er. »Für irgendwas muss der doch mal gut sein.« Ach ja, der Herrenschneider! Ich schätze, Marcs Knöpfe halten nach dem Schließen keine zehn Minuten. Nachdem Chris jedes dritte Teil bearbeitet hat und ich ihn grade noch davon abhalten kann, die Schublade zu öffnen, in der Marc seine Unterhosen aufbewahrt (das hätte ich nicht ertragen, ich sentimentale Kuh), ruft er: »It's your turn!«

Ich grabbele den knallig pinkfarbenen Lippenstift aus dem Rucksack und lasse mir von Chris sehr, sehr dick die Farbe auf die Lippen schmieren. Dann holt er den beigefarbenen Leinenanzug aus dem Schrank. Auf die rechte Reversseite, die hinten Richtung Schrankwand hängt, drücke ich einen fetten Kussmund. Chris hebt das Jackett an und ich wiederhole die Prozedur am Hosenschlitz. Tränen schießen mir in die Augen – der ganze Anzug riecht nach Marc. Seinem Aftershave und ja, am Hosenstall, nach Sex. Ganz leicht nur – aber meine Nase hat ihn nicht vergessen, diesen antörnenden Geruch.

»Hey, du sollst dich hier nicht festsaugen!« Chris lacht und verstaut den Anzug wieder im Schrank. Ich wische mir den nuttigen Gloss von den Lippen. Aus einem Tütchen zieht Chris nun drei 60 Zentimeter lange, tiefschwarze Haare und drapiert sie – je einmal durch das Knopfloch gezogen – am hellgrauen, am beigefarbenen und am khakigrünen Anzug. Die Haare sind eine milde Gabe von Chris' Kollegin Elke aus dem Callcenter, die dann und wann als Modell für Friseurazubis arbeitet. Die Haare sind beeindruckend – und ganz offensichtlich nicht von Blondchen Melanie.

»Ei, tei, tei!« Chris feixt und macht sachte den Schrank zu. »Was für eine feine Überraschung …«

»Und sie haben morgen ausreichend Zeit, um sich über die Haare zu unterhalten«, sage ich und gehe zum Bett. Aus den Kissen steigt Lavendelduft und … etwas Modriges.

»Riech mal«, sage ich und werfe Chris eins der Zierkissen zu. Der steckt seine Nase in die gestickten Röschen auf hellblauem Grund.

»Mottenpulver.« Er verzieht die Nase und schleudert das Kissen zurück. Vom Luftzug gerät der Betthimmel ins Schwanken. Feine Staubwölkchen rieseln auf das Bett.

»Hast du nicht erzählt, Marc sei Hausstauballergiker?«

»Hatschi! Ist er!« Ich nehme den Digitalwecker, der neben Chris' Bettseite auf dem verschnörkelten weißen Schränkchen steht.

»Ein Stündchen vorher aufstehen kann nie schaden«, sage ich und tippe auf die Tasten. Chris verstellt derweil den runden Ticktack-Wecker auf Melanies Seite.

»Gute Nacht«, sage ich und knalle die Tür zu. »Und jetzt ab ins Arbeitszimmer.« Das Arbeitszimmer ist Tabuzone. Marcs Reich. Wehe, klein Tanja wollte hier nur sauber machen … streng verboten!

Nach einigen Wochen, in denen ich Marcs Wunsch nach einem Rückzugsort respektiert hatte (schließlich standen eine schwarze Lederliege, zwei prall gefüllte Bücherregale und eine Bang & Olufsen im Zimmer), hat eines langweiligen Nachmittags dann doch die Neugier gesiegt. Zwischen »Der Name der Rose« und »Keinohrhasen – das Buch zum Film« stand ein roter Pappschuber. Bis zum Bersten gefüllt mit Tittenheften. Ich meine – richtigen Tittenheften, Zielgruppe Russ Meyers Erben, je größer die Hupe, desto geiler. Mein Tag war gelaufen (Körbchengröße 75 B ist nun mal höchstens so groß wie die Brustwarzen dieser Plastikmelonen). Ich war enttäuscht. Eifersüchtig. Fühlte mich wie ein wandelndes Bügelbrett. Aber Marc ansprechen? Nach meinem Einbruch in sein Allerheiligstes? Und, mal ehrlich, die Hefte waren alle älteren Datums, sehr zerlesen. Vielleicht stammten sie aus seiner wilden Zeit? Vor mir?

Wir hatten in Chris' Fundus jede Menge Fotos nackter Kerle gefunden. Sahneteilchen erster Rangordnung. Die Chippendales, zum Beispiel. Muskelpakete, Knackärsche und perfekt geformte Schwänze. Manche davon reckten sich keck in die Kamera.

»Sieht ja keiner, dass die Jungs schwul sind«, meinte Chris, als ich mit bedauerndem Blick auf die Fotos starrte. Wirklich schade für die Damenwelt, dass die besten Männer sich scheinbar nur für das eigene Geschlecht interessieren.

Diese Bilder wollen wir nun im Arbeitszimmer deponieren. Marc würde staunen, was seine

Melanie so treibt. Ich betrete den Raum – und schreie auf. Die Lederliege ist verschwunden, die Bücherregale haben sich in Luft aufgelöst. Stattdessen knallt uns eine hellblaue Wand entgegen, auf der geklebte Elefanten nach Luftballons jagen. Mitten im Raum prangt eine Wiege, deren Himmel fast noch üppiger ist als jener im Schlafzimmer.

»Upps.« Chris drängt sich an mir vorbei. »Da hat Papa Marc wohl sein Zimmerchen räumen müssen?«

»Aaaargh!« Mehr bringe ich nicht heraus. Die Wickelkommode scheint mich hämisch anzugrinsen. Auf einem Regal prangt ein knallrotes Blechauto, in der Ecke schaukeln Holzbärchen an einem Mobile.

Das. Ist. Nicht. Fair.

»Jetzt reicht's!« Die allerletzen, mikrofaserkleinen Skrupel lösen sich auf. Ich reiße Chris die nackten Kerle aus der Hand und deponiere sie unter dem Pampersstapel auf der Wickelkommode. Eines stopfe ich in die oberste Schublade, in der samtweiche Strampler liegen. Wütend stapfe ich aus dem Zimmer und mache den Fernseher im Wohnzimmer an.

»Wie löscht man einen Sender?«, rufe ich.

Chris streckt den Kopf herein. »Sollten wir nicht langsam gehen?«, sagt er und zeigt auf seine Armbanduhr.

»Nicht, bevor ich das hier nicht erledigt habe! Also, wie löscht man einen Sender?«

Chris zuckt mit den Schultern. »Keine Ahnung.«

Männer! Ich ziehe das Handy aus meiner Hosentasche und wähle Rolfs Nummer.

»Probleme bei euch?«, fragt er besorgt.

»Nein, aber sag mal, wie löscht man einen Sender im Fernsehen?«

»Tanja, was …?«

»Später, komm schon, wo muss ich drücken?«

Rolf räuspert sich. »Kommt auf das Gerät an.«

Ich nenne ihm die Marke. Einen Moment lang herrscht Schweigen in der Leitung. Dann lotst Rolf mich fernmündlich durch das Programm-Menü. Bye, bye DSF! Tschüss Eurosport! Adios DMAX! An eurer Stelle senden jetzt Homeshopping Europe, QVC und Bibel-TV. Irreversibel, wie Rolf mir versichert. Ohne Code wird hier nie wieder ein Bundesligamatch zu sehen sein. Aber dafür kann Miss Melly homeshoppen, bis die Plazenta brummt!

»Wir sollten uns beeilen.« Chris drängt zum Aufbruch. Ich werfe einen Blick in alle Räume (außer in das Kinderzimmer). Nein, das Alphateam hat keine Spuren hinterlassen. Wir hasten die Treppe hinunter, stürzen aus dem Haus und gehen eilig zum Parkplatz. Rolf und Earl, der offensichtlich bockig ist und sich jetzt tragen lässt, folgen in einigen Metern Abstand. Erst als wir im Auto sitzen und am alten Messegelände vorbeigefahren sind, bricht der Damm. Chris gackert als Erster los, dann fällt Rolf ein. Earl bellt und ich habe Mühe, die Straße zu erkennen, so viele Lachtränen schießen mir in die Augen. Mission erfüllt! Fehlt nur noch eine Kleinigkeit … und die parkt vor der Bank.

Rolf steigt aus, ich gebe ihm den Zweitschlüssel und ein Paar Einweghandschuhe. »MX5, knallrot«, sage ich.

»Weiß ich doch.« Rolf salutiert. »So einen wollt ich schon immer mal fahren!« Earl protestiert leise, als Herrchen ohne ihn loszieht – aber der Mops verliert mehr Haare, als Gerhard Meir an einem Tag von Promiköpfen scheren kann. Und Profis hinterlassen nun mal keine Spuren.

Chris kurbelt die Scheibe runter und ich das Radio lauter. »Die perfekte Welle« läuft. An uns schießt ein roter Blitz mit geöffnetem Verdeck vorbei. Rolf grinst verzückt, als er den MX5 in den Verkehr einfädelt. Ich habe Mühe, ihm zu folgen, denn der Gute wechselt die Spur wie andere Leute die Meinung. An einer roten Ampel Richtung Augustenstraße schließlich (Rolf wird hinterher sagen: »So richtig rot war die nicht«) verlieren wir das Cabrio aus den Augen.

»Also, ein Pampersbomber ist das ja nicht gerade«, meint Chris. Wieder bekommen wir einen Lachanfall, als wir uns vorstellen, wie Marc Miss Melly, den Stammhalter, Kinderwagen, Fläschchen und Windeln in den Zweisitzer quetscht.

»Ich schätze, demnächst kurvt Marc mit einem Passat durch die Gegend.«

»Genau, und hinten pappt ›Scheißbär an Bord‹ auf der Scheibe!«

Ich muss dermaßen lachen, dass ich es erst beim dritten Anlauf schaffe, den Wagen in die beachtlich große Lücke vor dem Café zu manövrieren. Das Pärchen, das unter der Markise Limonade schlürft, beobachtet mich interessiert.

Rolf schlendert über die Straße.

»Toller Wagen!« Den Autoschlüssel lässt er um den Zeigefinger kreisen. Earl begrüßt sein Herrchen überschwänglich. Und der lässt den Schlüssel los. Mit einem satten Plumpsen fällt er in den Gully.

»Ups!«

»Wie doof.«

»Na, so was aber auch!«

Geschüttelt von einem neuerlichen Lachkrampf setzen wir uns an den Tisch neben dem Pärchen. Die beiden winken dem Ober.

»Zahlen bitte!«, sagt er. Sie geht schon mal vor.

Wir bestellen drei extra große Latte Macchiato, drei Stück Himbeerkuchen und einen Käsekuchen auf einem Pappteller (was die Augenbrauen der Kellnerin in die Höhe schnellen lässt). Dann lehnen wir uns zurück. Und warten.

Lange müssen wir nicht ausharren. Earl hat grade mal den halben Pappteller angenagt, da taucht auch schon ein Streifenwagen auf. Eine junge Polizistin umkreist das Cabrio, als handele es sich um eine Bombe. Dann zückt sie das Walkie-Talkie und macht sich eifrig Notizen auf einem kleinen Block, während ihr Kollege sichtlich gelangweilt am Wagen lehnt und raucht. Wenige Minuten später rattert der Abschleppwagen an uns vorbei. Rolf linst auf die Uhr.

»Donnerwetter, keine vier Minuten!« Beeindruckt sieht er dem Abschlepper nach, der mit dem Cabrio huckepack davonfährt. Der Polizist tritt seine Kippe aus und steigt zu seiner Kollegin ins Auto.

»Sagt mal, was kostet das eigentlich?«

»Parken in der Einfahrt für den Notarzt? Vor einer Klinik?« Chris grinst so breit, dass ich befürchte, seine Ohren schlagen jeden Moment am Hinterkopf zusammen.

»So vier-, fünfhundert Euro ganz bestimmt.« Rolf schüttet Zucker nach.

»Ups!«, sage ich und genieße das prickelnde Gefühl der Schadenfreude, das wie Champagnerbläschen in meinem Bauch blubbert.

Earl rülpst. Der Pappteller ist spurlos im Mops verschwunden.

Den Abend verbringen meine Jungs, Mr. Mops und ich auf dem Balkon. Wir haben Klappstühle aus Rolfs scheinbar unendlichem Möbelfundus aufgestellt. An der Tankstelle haben wir einen Einmalgrill für 2,99 Euro erstanden. Dazu vier Würstchen und vier Schnitzel aus der Metzgerei. Chris hat einen Salat gezaubert, der jedes Vegetarierherz höher schlagen lassen würde: Rucola und Cocktailtomaten, frische Kresse, geraspelte Möhren, Radieschen und Gurken. Zwischen unseren Lachkrämpfen haben wir alle Hände voll damit zu tun, Earl davon abzuhalten, seine Wurst und sein Schnitzel vom Grill zu zerren, der auf dem Boden leise vor sich hin kokelt.

»Oh, Marc, das ist aber nicht mein Lippenstift da am Anzug«, äfft Chris Miss Melly nach.

»Aber das kann ich mir nicht erklären«, fällt Rolf mit verstellter Stimme ein.

»Hast du mich betrogen, Schatz? Sieh nur, die vielen schwarzen Haare!« Chris wedelt mit den Händen. Er ist halt doch eine kleine Tucke – mein süßer Chris!

Langsam senkt sich die Dämmerung über den Hof. Kitschig golden geht die Sonne über den Dächern unter und ich stelle mir vor, wie Marc, der Arsch, jetzt nach Hause kommt. Heute arbeitet bestimmt keiner mehr auf dem Abstellplatz! Da wird der Gute zu Fuß gehen müssen… und morgen 400 Euro löhnen!

Ich muss alle paar Minuten zur Toilette, denn die Lachanfälle schlagen in Kombination mit zwei kühlen Bier mächtig auf meine Blase. Frau Stiller ruft gegen 19 Uhr das erste Mal von unten zur Ordnung (»Geht's *noch* lauter?« – Ja, es geht!), dann alle 15 Minuten (»Jetzt langt's aber da oben!« – Nein, es langt noch nicht!)

Um 21.42 Uhr vollführt mein Handy auf dem Küchentisch einen Affentanz. Ich weiß sofort, dass der Anrufer Marc ist. Mir wird heiß. Kalt. Heiß. Eiskalt. Chris und Rolf nicken mir zu. Mit wackeligen Knien gehe ich zum Tisch. Mein Herz rast, als ich die grüne Taste drücke. Bemüht lässig hauche ich ein »Hallo?« ins Gerät.

»Ich weiß genau, dass du das warst!« Marcs Stimme überschlägt sich, so laut brüllt er. Ich halte den Hörer weg – und muss nicht mal den Lautsprecher einschalten, meine Mittäter verstehen auch so jedes Wort vom autolosen Marcarsch.

»Hallo Marc«, hauche ich. Chris steht mittlerweile hinter mir und legt mir eine Hand auf die Schulter. Mit einem Mal bin ich so ruhig wie ein Eisberg, der auf die Titanic lauert.

»Tanja!«

»Marc?«

Rolf flankiert nun meine andere Seite. Das Trio Infernal lauscht dem Wutausbruch aus dem Hörer.

»Spinnst du eigentlich?«

»Marc, bitte, was ist los?«, säusele ich.

»Jetzt tu nicht so blöd. Du warst heute in meiner Wohnung!« Aus dem Hintergrund höre ich ein lautes Kreischen.

»Unserer Wohnung!«, korrigiert Marc daraufhin.

»Marc, entschuldige bitte, bist du betrunken?«

»Ich bin völlig klar, aber du anscheinend nicht! Hier wurde eingebrochen! Mein Auto wurde gestohlen!«

»Wie bitte? Dein Wagen wurde aus deiner, sorry: eurer Wohnung geklaut? Hast du keinen Parkplatz mehr vor dem Haus?«

»Du kannst dir deine dummen Sprüche sparen, Tanja!«

Chris hebt den Daumen. Rolf grinst so breit, wie ich es noch nie bei ihm gesehen habe.

»Hör mal, Marc, ich sitze hier mit guten Freunden und habe weder Zeit, noch Lust, mir deine Hirngespinste anzuhören«, sage ich laut. »Ruf mich an, wenn du nüchtern bist!«

»Ich bin nüchtern, verdammtnochmalhimmelarschundzwirn! Wieso hast du das gemacht?«

»…«

»Tanja!«

»Marc, ich rede so nicht mit dir.«

»Gib mir das Telefon!« Miss Melly herself kreischt, das Telefon knackt und dann klingeln uns allen drei die Ohren, als sie mit einer detaillierten Beschreibung des Zustands der Wohnung begann. Sie könnte gut und gerne als Feuerwehrsirene arbeiten, mit dem Organ! Rolf hält sich die Faust vor den Mund und beißt hinein, um nicht laut loszulachen. Chris und ich drücken uns gegenseitig an den Händen und grinsen. Das Paar hat offenbar noch längst nicht alles aus der »Operation Affenarsch« bemerkt.

»… ich zeig dich an!«, beendet Melanie schließlich den Redeschwall. Mit einem Mal bin ich stocknüchtern. Chris und Rolf reißen erschrocken die Augen auf. Okay, wir hatten die Möglichkeit in Betracht gezogen, uns ja deswegen mit Handschuhen und Schuhschonern ausgestattet. Aber, dass sie das wirklich tun? Mir wird schlecht.

»Du wanderst in den Knast, das schwöre ich!«, brüllt Marc aus dem Hintergrund. Earl brummt unter dem Tisch, als verstünde er jedes Wort. Den Geräuschen nach wechselt der Hörer wieder zu ihm. »Einbruch, Diebstahl, Vandalismus!«, zählt Marc auf. Chris wird kreidebleich – und ich ganz merkwürdig ruhig.

»Das ist schön, Marc, wenn du die Polizei zu mir schickst. Ich bin mir sicher, sie interessieren sich auch für die Konten.«

»Welche Konten?«

Ja, weiß ich auch nicht, ehrlich gesagt. Ich rede trotzdem weiter: »Deine Konten. Ich habe Belege, Marc. Ich habe alles schwarz auf weiß.« Meine Jungs sehen mich erstaunt an. Marc schweigt und atmet hörbar. Melanie kreischt. »Was? Was hat sie?«

»Das wagst du nicht«, presst mein Ex schließlich hervor. Bingo! Was auch immer ich nicht wagen soll, es hat uns offenbar gerade vor einem mächtigen Schlamassel bewahr.

»Tanja! Das kannst du nicht machen!«

»Hör zu, Marc«, flöte ich. Oberwasser ist so, so schön! »Du legst jetzt auf und wir vergessen die ganze Kiste. Ich war nie bei dir, ich will nicht zu euch und hätte jetzt ganz gerne meine Ruhe.«

»…«

»Verstanden?«

»Ja. Aber so einfach kommst …«

Ich drücke die rote Taste. Und dann atmen wir alle mit einem Stoßseufzer auf. Sogar Earl sieht erleichtert aus mit seinen Knitterfalten.

»Coole Show, Tanja!«, lobt mich Chris.

»Was für Konten meint er?«, fragt Rolf.

»Das weiß ich auch nicht«, gebe ich zu. »Aber im Fernsehen funktioniert sowas ja auch immer!«

Meine Jungs strahlen mich an.

»Du bist super!«, ruft Chris und geht zum Kühlschrank. »Darauf eine Blubberbrause!«

Wir köpfen eine Flasche Prosecco auf den Abschleppunternehmer. Die zweite geht auf Frau Stiller. Earl liegt schwer schnaufend auf der Seite. Schnitzel und Wurst waren wohl doch zu viel für den Mops. Auch wenn sein Magen einiges gewöhnt ist. Als Rolf gegen Mitternacht Prosecco Nummer drei holen geht, rappelt der Hund sich mühsam auf und folgt seinem Herrchen in die Küche. Chris und ich lassen den Blick über die Häuserwand gegenüber schweifen. Nur noch in zwei Fenstern ist Licht. Hinter dem einen scheint ein schlafloser Rentner zu leben, hinter dem anderen ein kleiner Junge, der wohl Angst im Dunkeln hat. Frau Stiller hat ihre Tiraden aufgegeben. Ich vermute, sie hat das Hörgerät ausgeschaltet und liegt seit zwei Stunden im Bettchen.

»Ich sollte mich langsam mal hinlegen.« Chris gähnt. »Sonst verkaufe ich den Kunden im Callcenter morgen nur Matratzen oder Bettwäsche.«

Chris' Gähnen steckt an. Ich renke mir beinahe den Kiefer aus. »Rolf, lass doch die Flasche zu, wir sollten langsam schlafen gehen«, rufe ich in die Küche. In dem Moment gibt es einen lauten Knall. Gleich darauf kreischt Rolf. Chris und ich springen auf. Rolf steht mit kreidebleichem Gesicht vor dem Kühlschrank. Seine Hose ist mit Prosecco bespritzt. Zu seinen Füßen liegen die Flaschenscherben – und Earl. Der Mops zuckt und hechelt. Seine Stummelbeinchen verkrampfen sich und die rosa Zunge hängt aus dem Maul. Die Augen scheinen dem Mops aus den Höhlen zu treten.

»Mach was! Tanja, mach was!« Rolf zittert am ganzen Körper. »Du bist doch Krankenschwester!«

Ich verkneife mir, ihm den Unterschied zwischen Arzthelferin und Krankenschwester zu erklären oder den zwischen Human- und Tiermedizin. Ich falle auf die Knie und ziehe Earl vorsichtig aus der Gefahrenzone, sprich weg von den Scherben.

»Hat er einen Infarkt?« Chris heult leise.

Earl zieht eine Spur aus Speichel, Kot und Urin

hinter sich her. Ich kenne das noch aus der Landarztpraxis – dort hatten wir einen jungen Mann, der seit der Pubertät an epileptischen Anfällen litt.

»Nein, nein«, rufe ich. »Das ist ein Anfall. Epilepsie!«

Rolf heult wie ein Schlossgespenst und hastet aus der Küche. »Das kann ich nicht mit ansehen!« Er reißt die Wohnungstür auf.

Ich schubse Chris zur Seite, der sich neben Earl auf den Boden kniet und ihm den Kopf halten will.

»Finger weg, der kann jetzt aus Versehen übel beißen«, befehle ich. Meine Knie und Hände zittern. Earl ist ein Häufchen Elend. Jappst nach Luft und krümmt alle Glieder. Aus angsterfüllten Augen starrt er mich an. Im Hausgang höre ich Rolf heulen – und die Stimme eines Mannes. Kurz darauf fällt ein Schatten in die Küche.

»Hol mal eine Decke«, sagt der Schattenmann zu Chris und kniet sich neben mich. Chris saust los und kommt Sekunden später mit Rolfs Alpaka-Decke vom Sofa wieder.

Vorsichtig legt Schattenmann die Decke über den Hund. Dann setzt er sich, an die Spüle gelehnt.

»Ein epileptischer Anfall, nehme ich an«, sage ich, um irgendetwas zu sagen. Die Decke saugt sich mit Earls Exkrementen voll. Die ist ruiniert, denke ich. Rolf erscheint im Flur und presst die Faust vor den Mund.

»Oh Gott, oh Gott«, jammert er.

»Gut erkannt, Epilepsie«, sagt der Schattenmann. Earls Krämpfe lassen langsam nach. »Ich bin übrigens Arne«, sagt Arne.

»Hallo, Arne«, sage ich.

»Hallo Arne«, sagt Chris.

»Hi«, jammert Rolf.

»Ich wohne nebenan«, sagt Arne. »Wir haben uns noch nie gesehen.«

Das also ist unser mysteriöser Nachbar. Während Earl sich mehr und mehr entspannt, begutachte ich den Schattenmann. Die schwarzen Haare sind kurz geschnitten und beginnen, sich an den Geheimratsecken zu lichten. Das kantige Kinn ist übersät von Bartstoppeln. Unter den langen Wimpern, um die ich ihn aufrichtig beneide, blitzen schwarze Augen. Das alles passt so gar nicht zu den Bärchen auf dem Fußabtreter.

Earl seufzt und heult kurz auf. Und dann liegt er da. Totenstill. Regungslos.

»Oh mein Gott!« Rolf stürzt zum Mops. »Er atmet nicht mehr!«

Arne beugt sich vor und streicht Earl über den Kopf. »Doch, dem geht's wieder gut. Ich nehme an, er schläft jetzt ein paar Stunden wie im Koma.« Arne rappelt sich auf. »Moment mal«, sagt er und kommt gleich darauf mit einer schwarzen eckigen Tasche wieder. Er lässt die Schnallen knacken.

»Du bist Arzt«, sage ich, als ich den Notfallkoffer erkenne.

»Tierarzt«, sagt Arne und drückt mir eine in Folie verpackte Einwegspritze in die Hand. Mechanisch reiße ich die Folie auf und greife nach der Kodantinktur und einem Mullstückchen. Arne sieht mich an … irgendwie – anerkennend? Sein Blick geht mir durch und durch und beinahe hätte ich die Spritze fallen lassen.

»Am rechten Vorderbein bitte, Wadenhöhe«, sagt Arne. Ich gebe ihm die Spitze, und während er eine Flüssigkeit aus einem winzigen Gläschen aufzieht, sprühe ich Earls Bein großflächig ein und schlinge den roten Gummischlauch um den Oberschenkel. Weiß der Geier, wo bei einem Mops die Vene sitzt!

Arne schießt Earl die Spritze in den Blutkreislauf. Ich drücke das Mullstückchen gegen das Beinchen, bis kein Blut mehr tropft.

»Du bist aber auch vom Fach?« Arne reicht mir die leere Spritze. Ich breche die Kanüle ab und werfe beides in die Mülltonne unter der Spüle. Chris und Rolf stehen zitternd nebeneinander.

»Arzthelferin. Humanmedizin«, stammle ich. Diese Augen … saugen mich auf …

»Und du heißt Tanja.« Arne räumt seine Utensilien zurück in den Koffer. Rolf und Chris tragen Earl, der morgen erst einmal gebadet werden muss, vorsichtig zu seinem Kissen. Rolf bettet den Mops auf ein Badetuch, Chris deckt ihn mit seiner blauen Fleecedecke zu. Welche Ehre – die

Kuscheldecke darf außer ihm sonst niemand auch nur anschauen.

Ich sammle die Scherben ein und wische den gröbsten Schmutz mit Zewa auf.

»Wo habt ihr denn einen Schrubber?«

Bitte? Arne fragt nach einem Schrubber?

»Parkt auf dem Balkon«, sage ich einigermaßen fassungslos. Kurz darauf knien wir nebeneinander auf dem Küchenboden. Wenig später sieht die Küche aus, als wäre nie etwas geschehen.

»Danke«, sage ich.

»Gern geschehen.« Arne lächelt und sieht zum ersten Mal entspannt aus. Mein Blick bleibt an den Grübchen auf seinen gebräunten Wangen hängen. Mein Herz macht einen Sprung, der nicht auf den Prosecco zurückzuführen ist.

»Aber jetzt sollten wir uns über die Bezahlung unterhalten.«

Wumms. War ja klar. Gibt's einen Heteromann ohne Haken? Hier also präsentieren wir: Arne, den geldgeilen Tierarzt.

»Aha«, sage ich. Mein Herz setzt einen Schlag aus.

»Ich schlage vor, ein Abendessen sollte drin sein.« Arne grinst. »Ich bring auch den Wein mit, einverstanden?«

Mein Herz, eben noch auf die Höhe meiner Kniekehlen gerutscht, macht sich im Achterbahntempo auf den Weg zurück an seinen Platz.

Ich nicke. Heftig.

»Morgen Abend?«

Ich nicke noch heftiger.

»Gut, ich freu mich, ist mein freier Tag morgen«, sagt Arne und schnappt sich seine Tasche. »Ich muss dringend ins Bett, bin seit gestern mit dem Tiernotruf gefahren.«

Ein. Held. Ein. Echter. Held.

»Wenn noch was sein sollte mit dem Hund, dann klingelt einfach«, sagt Arne und verabschiedet sich von den Jungs, die neben Earls Kissen auf dem Boden knien und ihn abwechselnd streicheln. »Ich bring dann morgen ein Medikament mit«, spricht's und weg ist er.

»Wow«, sage ich und starre auf die Wohnungstür, als könnte Dr. Arne jeden Moment wiederkommen. Obwohl ich höre, wie er seine eigene Tür aufschließt und diese leise ins Schloss fällt.

»Oha, da schau, wie sie schaut!« Chris grinst schief. Rolf schwankt zwischen Besorgnis um Earl und einem ironischen Lächeln.

»Aha, Prinzessin denkt an einen weißen Schimmel«, flötet er dann. Ich strecke den beiden die Zunge raus. Nicht originell, aber angesichts der Uhrzeit, der Ereignisse und des Alkohols noch einigermaßen intelligent.

»Was für ein Tag.« Ich gähne so heftig, dass ein ganzes Weißbrot quer im Mund Platz hätte.

»Das kannst du laut sagen«, stöhnt Chris und rappelt sich hoch.

Zu dritt ziehen und schieben wir den schlafenden Earl samt Kissen in Rolfs Zimmer vor dessen Bett. Fünf Minuten später liege ich – ohne Zähneputzen und noch in Klamotten – in meinem Bett. Ähnlich komatös wie der Mops. Aber sicher mit einem angenehmeren Traum.

Sanftes Rütteln weckt mich am nächsten Morgen. Gefühlt allerdings ist es noch mitten in der Nacht und ich klammere mich mit aller Macht an meinen Traum. Arne kommt darin vor, Arne und dann nochmals Arne. Das widerliche Piepen des Weckers findet in meiner Traumwelt nicht statt. Und das Rütteln eigentlich auch nicht.

»Tanja, hallo, aufwachen!« Mühsam klappe ich das rechte Auge auf Halbmast. Rolfs verschwommenes Gesicht taucht auf.

»Kaffee«, sagt mein Mitbewohner, und als ich das linke Auge zu Hilfe nehme, sehe ich die Tasse in seiner Hand.

»Nur noch fünf Minuten«, jammere ich und will mir die Decke über den Kopf ziehen.

»Du bist schon zu spät dran.« Mr. Gnadenlos reißt mir die Decke weg und pfeffert sie auf den Boden. »Raus aus den Federn!«

Ich knurre ihn an. Rolf zeigt sich wenig beeindruckt.

»Was machst du eigentlich hier? Solltest du nicht längst Liebesbriefe und Rechnungen unters Volk bringen?«, blaffe ich.

»Sollte ich, aber ich hab mich krankgemeldet.

Ich kann doch Earl nicht alleine lassen.« Rolf drückt mir den Kaffee in die Hand. »Toast ist gleich fertig«, flötet er und verschwindet.

»Wie geht's denn dem Patienten?«, rufe ich und springe aus dem Bett, so schnell das mit Kopfschmerzen eben geht. Der Kaffee schwappt mir über die Finger und ins Bett. Als ich in der Senkrechten bin, dreht sich das ganze Zimmer. Ich halte mich am Kleiderschrank fest und fixiere die Tür. In meinem Kopf ist eine Baustelle, vermutlich wird gerade die Königstraße vom Bahnhof bis ganz oben aufgerissen. Ich erhasche einen ernüchternden Blick in den Spiegel meines Schminktisches – mir blickt ein graugrünes Wesen mit winzigen, aber verquollenen Augen entgegen. Als ich in die Küche schlappe, dreht Chris gerade die Dusche ab. Seit klar ist, dass weder er und ich noch Rolf und ich jemals etwas anderes als Mitbewohner sein werden, schaue ich nicht mehr ganz so intensiv auf die Knackärsche meiner Jungs. Trotzdem bringt der Anblick von Chris' Hintern meinen Kreislauf ein bisschen mehr in Schwung. Ich stelle mir vor, an diesem Hintern hängt Arne. Chris schnappt sich seinen Bademantel vom Haken.

»Prinzessin, du siehst scheußlich aus«, stellt er fest.

»Oh, schönen Dank auch, und guten Morgen übrigens«, motze ich zurück.

»Ich mein ja nur«, schmollt Chris und seift sich das Gesicht mit Rasierschaum ein.

»Solltest du nicht längst Miederwäsche an die Telefonkundin bringen?«

»Sollte ich, aber ich hab mich krankgemeldet, ich kann doch …«

»… Earl nicht alleine lassen«, ergänze ich.

»Genau.« Chris schnappt sich den Rasierer. Mit einem kratzenden Geräusch fährt die Klinge über seine Wangen. Mir fallen die schwarzen Stoppeln auf Arnes Kinn ein …

Rolf stellt ein Glas mit einer sprudelnden Flüssigkeit vor mich. »Bitte schön, die Dame, Magnesium mit Aspirin und Vitamin C.«

Ich versuche, den Fit-Cocktail möglichst in einem Zug hinunterzuschütten. Mag gesund sein – schmeckt aber wie eingeschlafene Füße. Mein Magenpförtner krampft sich zusammen und ich befürchte, dass das komplette Getränk in der nächsten Sekunde schwallartig auf dem Tisch landet. Mit aller Kraft halte ich die Flüssigkeit in meinen Innereien.

»Toast? Eier? Speck?« Rolf drapiert jede Menge Leckereien auf dem Tisch. Ich kann aber nur mit dem Kopf schütteln. Das Aspirin balgt sich mit dem Kaffee in meinem Magen. Jetzt noch etwas Fettiges und Tanja muss sich alles wieder durch den Kopf gehen lassen, buchstäblich.

»Okay, für Prinzessin ein trockenes Toastbrot zum Anfang«, sagt Rolf. Chris wäscht sich den restlichen Schaum vom Gesicht, langt beim Aftershave heftig zu (zu heftig für jemanden wie mich, dessen Kater gerade mächtig miaut).

»Ich muss los«, sage ich und will, mit dem pupstrockenen Toast in der Hand, schnell aufspringen. Doch der Tisch schwankt, ich schwanke … und muss mich wieder setzen.

»Alles klar«, sagt Rolf und greift zum Telefon. Er wählt die eingespeicherte Nummer des Tabakladens und teilt Onkel Fritz mit, dass seine beste und einzige Mitarbeiterin sich den Magen verdorben hat und bekümmert wegen des Ausfalles im Bett liege. Untröstlich sei sie, aber in ihrem Zustand und mit der Spuckschüssel auf dem Bauch … Ich weiß, dass Onkel Fritz panische Angst vor allem hat, was ein Virus oder Bakterium ist.

»Keine Ahnung, kann schon sein, dass das ansteckend ist, Chris und ich sind auch nicht ganz auf der Höhe«, spricht Rolf ins Telefon. Chris grinst und beißt mit Schmackes in sein Marmeladenbrot.

»Ja, ich sag es ihr. Danke und einen schönen Tag!« Rolf legt auf. »So, Prinzessin, du sollst dich erholen, bis wirklich alle Viren mindestens nach Waiblingen ausgewandert sind. Und nun hast Du Zeit bis heute Abend, um wieder zu einem Menschen zu werden.«

»Wieso bis heute Abend?«, frage ich.

»Aaaaarne!«, rufen Chris und Rolf im Duett.

Mit einem Schlag bin ich so wach, wie es unter Restalkohol eben gerade geht. Stimmt ja! Das Essen heute, Arnes Bezahlung für Earls Rettung!

»Oh Gottogottogott«, jammere ich und stütze

den Kopf in die Hände. »Und ich sehe aus wie ein Gespenst.«

»Noch, Tanja, noch.« Chris legt mir beruhigend die Hand auf die Schulter. »Wir machen das schon, schließlich hast du gestern unserem Earl das Leben gerettet.«

»Wie geht's dem kleinen Stinker denn?«

»Stinker ist gut!« Rolf lacht. »Der hat die ganze Nacht geschnarcht, unerträglich. Er schläft noch, aber sobald er aufwacht, wird er erst mal gebadet.« Rolf zeigt auf die Babybadewanne, die mitten in der Küche steht. Das knallrote Teil steht sonst auf dem Balkon oder wird von Rolf für Fußbäder benutzt, wenn er sich tagsüber mal wieder die Hacken ablaufen musste mit all den vielen Briefen.

»Da wird er sich aber freuen«, sage ich und denke an Tante Trudes Pudel, der so wasserscheu war, dass er bereits die Flucht ergriff, wenn in seiner Nähe ein Wasserhahn lief.

»Er muss, er mieft.« Chris schaufelt sich eine Portion Rührei auf den Teller. Langsam scheint der Wach-auf-Cocktail seine Wirkung zu tun. Mein Magen knurrt. Ganz leise – aber er arbeitet! Ich schaffe ein Buttertoast und eine kleine Portion Ei. Das Röhren des Entsafters kommt in meinem Kopf als fieses Presslufthammer-Getöse an. Doch der frisch gepresste Orangensaft ist herrlich kühl.

Rolf grinst. »Frauen haben ja so was von keine Ahnung, wie man einen Kater bekämpft!«

Ich schlürfe meinen Saft und versuche, die Augen zu verdrehen. Autsch! Am besten lasse ich meine Pupillen stur geradeaus gerichtet, ehe meine Augäpfel noch aus den Scharnieren krachen.

»Wisst ihr, woran ich grade denke?«, fragt Chris und schmiert sich Honig auf den Toast. »Ich stelle mir gerade vor, wie Mr. Marc jetzt im Büro sitzt und nach schwerem, süßen Damenparfüm riecht …«

Rolf gackert leise. »Ach, der Arme … Aber da kann Miss Melly ja dagegen halten, mit männlich herbem Duft …«

»… falls sie ihren Liebsten nicht gelyncht oder mit langen, schwarzen Haaren erdrosselt hat!«

Ich kann nichts tun – das Lachen steigt in meiner Kehle hoch. Bei jedem Glucksen habe ich das Gefühl, mein Gehirn schlackert wie ein Ball im Kopf hin und her. »Jungs, ihr seid gemein, der Arme hat doch heute mit koffeinfreiem Kaffee nicht mal die Augen aufbekommen.«

Chris verschluckt sich am Toast und schnappt sich mein Saftglas, um den Krümel aus seiner Kehle zu spülen.

»Schätzchen!«, ruft Rolf plötzlich und geht in die Knie. Earl watschelt in die Küche. Ein bisschen unsicher auf den Stummelbeinchen zwar, aber er watschelt. Das winzige Schwänzchen wedelt und ich deute Earls zerknittertes Gesicht als gut gelaunt. Der Mops schmiegt sich in Rolfs Arme. Der allerdings verzieht angewidert die Nase.

»Hund, du stinkst.«

Und wie … Earl of Cockwood mag sich sexy finden, aber das Odeur nach Gülle passt so gar nicht zu meiner körperlichen Verfassung.

»Willst du ein Fresschen?«, fragt Rolf.

»*Nein*!«, brüllen Chris und ich unisono. »Erst baden!«

Earl schwankt ein bisschen. Rolf stabilisiert den Mops mit spitzen Fingern.

»Böse sind die«, haucht er Earl ins Schlappohr. Ein leises Bellen kommt als Antwort. »Aber recht haben sie, du riechst fatal.«

Chris hievt die Babywanne in die Dusche und füllt warmes Wasser ein.

»Kiwi-Melone oder Ingwer-Vanille?«, frage ich und halte zwei enorm stark riechende Duschgels aus meiner Kollektion hoch. Ich benutze die nur im Winter und auch dann nur in homöopathischer Dosis. »Beides ph-neutral«, ergänze ich, als ich Rolfs skeptischen Blick sehe. »Ist garantiert gut für sein Fell.«

»Ingwer«, entscheidet Rolf und hievt den perplexen Earl hoch. Ehe der Hund sich versehen kann, steht er bis zum Bauch in warmem Wasser. Earl fiept leise und beginnt zu zittern.

»Alles gut, alter Knabe«, flüstert Rolf beruhigend. Chris schöpft mit den Händen Wasser und lässt es über Earls Rücken rinnen. Die Wärme entspannt den Mops sichtlich – allerdings färbt das Wasser sich im Nu grünlich. Wohl die Mischung aus Kot und Urin, die langsam im Fell aufweicht. Außerdem ist der Geruch alles andere als förderlich für meinen sich gerade mal so beruhigenden Magen. Ich reiße das Duschgel auf und drücke Earl eine faustgroße Menge auf den Rücken. Schätzungsweise hat der Köter jetzt Ingwer-Vanille im Wert von über zehn Euro im Fell. Dann massiere ich den Schaum ein. Earl grunzt.

»Das ist schön, gell, Schatz?« Rolf tschilpt wie ein Vögelchen. Earl legt den Kopf schief und macht ein Geräusch, das wie das Schnurren einer Katze klingt. So was macht er sonst nur, wenn er einen Pappteller zu fressen kriegt, der ordentlich mit Ketchup durchweicht ist.

Der Geruch des Schaums benebelt meine Sinne. Der Schaum bedeckt den kompletten Mops. Schwappt auf den Küchenboden. Aber er wirkt – langsam riecht Earl wieder annehmbar.

»Ich glaube, jetzt können wir das runterwaschen«, sagt Chris schließlich und dreht die Dusche auf. Mit dem Brausekopf in der Hand wartet er darauf, dass jemand ihm den Mops reicht. Ich kann nicht, denn meine Hände sind seifenglitschig. Und Rolf will wohl nicht. Jedenfalls nutzt Earl jene drei Sekunden, in denen keine Hand ihn berührt, um aus der Wanne zu springen. Das Badewasser schwappt über. Earl rutscht auf den seifigen Fliesen aus, landet auf der Seite, berappelt sich wieder und dann schüttelt er sich. Seifenfetzen fliegen durch die Luft, landen in meinem Gesicht, auf dem Spiegel, in Chris' Kaffee und auf dem restlichen Rührei.

»Nein!«, brüllen meine Jungs und ich. Earl stutzt einen Moment, dann macht er auf der Hacke kehrt und spurtet Richtung Tür. Geistesgegenwärtig kickt Chris sie mit dem Fuß zu – leider hat er immer noch den laufenden Brausekopf in der Hand, den er nun unkontrolliert in den Raum hält. Volltreffer auf Rolf, der nun seinerseits wie ein begossener Pudel aussieht.

Ich mache einen Hechtsprung und bekomme Earl am wulstigen Hals zu fassen. Der Mops bellt beleidigt und meine Hüfte knirscht, als sie auf die Fliesen knallt. Autsch. Das wird ein veritabler blauer Fleck, ich mag gar nicht dran denken.

Mit vereinten Kräften gelingt es uns schließlich, den Mops unter die Dusche zu zerren. Mittlerweile triefen wir alle vier und so ist es ein Leichtes, Earl abzuspülen, ohne dass er entwischen kann. Nasser als nass geht eben nicht. Und wir sind lernfähig: In dem Moment, als Chris die Brause abdreht, hat Rolf schon ein großes Handtuch parat und wirft es über den Hund. Mit nassen Füssen halten wir den Hund unter dem Tuch in Schach, bis er sich ausgeschüttelt hat.

»Musste das ausgerechnet meins sein?« Chris schmollt, als Rolf das Armani-Tuch vom Hund nimmt.

»Kann man doch waschen«, beruhigt er ihn und frottiert den Hund mit einem frischen Handtuch.

Diesmal aus seinem eigenen Besitz. Chris und ich trocknen uns selbst notdürftig ab.

»Ich muss noch mal duschen«, jammert unser Hausflorist. »Wie ich aussehe …«

»Erst duscht Tanja, vorher wischen wir aber noch die Küche trocken!«, befiehlt Rolf. »Aber zuvor haben wir uns eine kleine Belohnung verdient, was, Earl?« Der Hund kläfft leise.

Als Rolf das Handtuch vom Mops nimmt, staune ich nicht schlecht. Das fahlgelbe Fell ist mindestens drei Töne heller als sonst. Muss jede Menge Dreck am Hund geklebt haben!

»Na, das hat sich aber gelohnt«, sage ich und gehe zum Kühlschrank. Dann fülle ich den restlichen Prosecco in drei Gläser. Wenig später stoßen die Jungs und ich bei einer Entspannungszigarette auf das gelungene Bad an. Earl schlabbert seinen Wassernapf leer und knackt nebenbei genüsslich an seiner Trockenfutter-Mischung. Dann gähnt er und watschelt aus der Küche. Wenig später hören wir leises Schnarchen. Hund müsste man sein!

Leider schaffen es auch 20 Minuten unter der heißen Dusche nicht, mich in einen verführerischen, makellosen Vamp zu verwandeln. Mittelschwer verzweifelt starre ich in den Spiegel. Meine Gesichtsfarbe ist wie Earls Fell mindestens drei Töne heller als sonst. Anders gesagt: aschfahl. Ich wette, das kriegt kein Make-up der Welt überdeckt. Das Schlimmste sind die Augen. Viel kleiner als üblich und von tiefen Schatten umgeben. Und, ich krieg die Krise, von mehr Fältchen umgeben als noch gestern. Macht kriminelles Handeln alt? Oder war es doch der Alkohol? Und weil das alles noch nicht reicht, sehe ich meinen triefnassen Haaren genau an, dass heute ein bad-hair-day ist. Diese Spargelstrippen werden nur das tun, was sie wollen. Und das sieht nie besonders gut aus.

»Was dauert denn so lange?«, fragt Chris und schiebt den Vorhang, den die Jungs als »Badezimmerwand« an der Decke befestigt haben, zur Seite. Er steht nur in Unterhose da und wartet, dass »das Bad« frei wird.

»Ich frier mich ein. Taut mich auf, wenn Arne wieder weg ist«, jammere ich. »So geh ich nicht unter Leute.

»Herzchen, das machen wir schon, immer mit der Ruhe.« Hinter Chris taucht Rolf auf. »Jetzt komm mal und lass Chris duschen, ehe er völlig durchdreht.«

»Ich drehe nicht durch, ich rieche nach altem Hund«, sagt Chris schnippisch.

»Du darfst gerne meine Ingwerseife benutzen«, schlage ich vor und schleppe mich mit hängenden Schultern in mein Zimmer.

»Echt? Och, das ist aber lieb!« Chris' Augen leuchten und wenig später trällert er unter der Brause das Libretto aus dem »Barbier von Sevilla«. Oder das, was er dafür hält.

Ich will mich nur noch verkriechen. Decke über

den Kopf ziehen. Nichts sehen und vor allem nicht gesehen werden. Aber da habe ich die Rechnung mal wieder ohne meine Jungs gemacht. Die Fensterläden (ich liebe Fensterläden, Rollos kann jeder!) sind halb geschlossen und mein Zimmer liegt in angenehmem Halbdunkel. Aus dem CD-Player dringen sanfte Töne, irgendetwas zwischen Harfe und Geige. Das Bett ist ordentlich aufgeschüttelt und mit einem Badelaken abgedeckt.

»Ui«, mache ich. Rolf, der sich eben noch am Beistelltischchen zu schaffen gemacht hat, fährt herum.

»Ah, Kundschaft!«, ruft er. Dann befiehlt er mir, mich mit der bereitgestellten Bodylotion einzureiben und verschwindet. Auf dem Tischchen sehe ich allerlei Töpfchen und Tiegel, die definitiv nicht aus meinem Fundus stammen. Ich wickele mich aus dem Bademantel und schnuppere an der Lotion. Hmmm. Mango. Die Creme ist so perfekt, dass sie sofort einzieht. Meine Haut glänzt verführerisch und ich dufte so lecker, dass ich mich am liebsten selbst beißen würde. Rolf gibt mir von der Küche aus die Anweisung, etwas Bequemes anzuziehen. Ich schlüpfe in meine ausgeleierte Jogginghose (die allerdings bislang nur auf dem Sofa eingesetzt wurde) und ein verwaschenes Shirt aus Schulzeiten.

»Fertig?« Rolf späht in mein Zimmer.

»Fertig«, antworte ich.

»Dann mach es dir bequem in deiner Kemenate,

Prinzessin, und sinke auf dein Lager«, schnurrt der frisch geduschte Chris, der auf einer Ingwerwolke ins Zimmer schwebt. Ich tue, wie man mir befiehlt, und lege mich auf mein Bett. Die Jungs nesteln an den Tiegeln und Töpfen.

»Augen zu«, sagt Rolf und ich spüre eine kühle Creme auf meinem Gesicht. Mit sanft kreisenden Bewegungen massiert Rolf die Creme ein. Ich seufze.

»Herrlich«, nuschele ich, aber Rolf hält mir den Mund zu.

»Nicht reden, genießen«, sagt er. Dann spüre ich, wie Chris sich an meinen Füßen zu schaffen macht. Etwas kühles, öliges, tropft darauf und dann beginnt er mit gezieltem Druck, meine Reflexzonen zu bearbeiten.

»Wo habt ihr das gelernt?«, frage ich trotz des Verbotes.

»Naturtalent«, antwortet Chris. Rolf hält mir abermals den Mund zu. Also gut. Gewonnen. Ich schweige. Und genieße. Und schnurre. Rolf hat Zauberhände und ich denke zum x-ten Mal, dass der Frauenwelt mit diesen Jungs wirklich etwas entgeht. Warum kann ein Heteromann nicht so sein? Marc hätte mir nie die Füße so liebevoll und ausgiebig massiert, wie Chris das tut. Im Gegenteil, ich wette, mein Verflossener hätte sich zunächst ein Gesundheitsattest geben lassen, dass ich weder an Fußpilz noch an Warzen leide.

Als Rolf die Cremeschicht mit einem Kleenex

abnimmt, öffne ich vorsichtig die Augen. Ich sehe, wie er ein Gesichtswasser, das man nur für pervers viel Geld im Fachhandel bekommt, üppig auf Wattebäusche gibt. Chris schüttelt derweil ein Fläschchen mit knallrotem Nagellack. Ich mache schnell die Augen zu und genieße den kühlen Wattebausch auf meinem Gesicht und das sanfte Streichen des Lackpinsels an meinen Zehen.

Langsam werde ich müde. Aber es wäre eine Sünde, diese Behandlung zu verschlafen. Also schalte ich mein Kopfkino an. Aber heute läuft nichts. Nur schwarze Leinwand. Ich seufze wieder.

»Ah, Prinzessin genießt, gut so«, flüstert Chris. Ich höre, wie Tiegel aufgeschraubt werden. Chris nimmt meine rechte Hand und feilt an den Nägeln. Derweil landet eine kühle, nach nichts riechende Masse in meinem Gesicht.

»Wie gut, dass wir so viel Quark im Haus haben«, sagt Rolf und ich muss all meinen Willen aufbringen, um nicht laut zu lachen.

»So, noch ein paar Gurkenscheiben zur Dekoration und dann bleibst du mindestens 20 Minuten liegen. Regungslos«, befiehlt Rolf. Ich brumme etwas und höre, wie er aus dem Zimmer geht. Derweil feilt Chris schweigend meine linke Hand und ich spüre, dass er auch meine Fingernägel lackiert. Und dann massiert er jeden Finger einzeln. Ich könnte grunzen vor Wohlsein! Schließlich legt Chris mir sanft die Hände auf den Bauch und flüstert: »Entspannen, wir wecken dich!« Dass er aus dem Zimmer schleicht, nehme ich nur noch durch Nebel wahr. Dann gleite ich in einen kurzen, traumlosen Schlaf.

Als meine Jungs mich von der Quarkmaske befreit haben und ich mich im Spiegel betrachte, sehe ich frisch und rosig aus wie ein Neugeborenes am Po.

»Ihr könnt zaubern!«, rufe ich und knuddele erst meinen Masseur und dann meinen Fußpfleger. Die beiden lachen.

»Mäuschen, noch bist du nicht fertig«, sagt Chris und drückt mich zurück auf den Hocker vor dem Schminkspiegel.

»Ihr schafft das alleine?«, fragt Rolf. Chris scheucht ihn mit einer Handbewegung aus dem Zimmer. Ich höre, wie Rolf in der Küche werkelt.

»Was macht er denn?«

»Prinzessin, lass dich überraschen, Monsieur Bocuse zaubert ein festliches Abendmahl«, schnurrt Chris und fährt mir mit einer weichen Bürste durch die Haare. Ich erwarte, dass meine Spargelstrippen elektrisch aufgeladen in die Höhe steigen – aber nichts da. Die Haare bleiben unten.

»Sag mal, was ist das denn für eine Wunderbürste?«

»Echtes Wildschweinhaar«, sagt Chris. »Hat mich ein Vermögen gekostet, lohnt sich aber.« Kokett schüttelt er die eigene Mähne. Stimmt.

Dass ein Mann solches Haar hat wie Chris, diese Pracht und Fülle, das schmerzt jede Frau. Gene können verdammt ungerecht verteilt sein.

Jetzt sprüht Chris meine Haare ein. Es duftet nach einer Mischung aus Bubblegum und Kokosmilch.

»Hab ich von Elke geliehen«, sagt er. Ich beschließe, seine Kollegin zu lieben. Erst spendet sie schwarzes Traumhaar in dreifacher Ausfertigung und nun ein Zaubermittel für mein schütteres Haar.

»Das gibt Volumen, da kannst du staunen.« Chris langt hinter sich und zieht einen Beutel mit Lockenwicklern zu sich her. Strähne für Strähne wickelt er meine Haare auf die überdimensional großen Rollen. So was habe ich mal im Fernsehen gesehen, bei einem Backstagebericht über eine Modenschau. Alle Models liefen mit diesen klorollenbreiten Wicklern herum und hatten danach, tadaaa!, prächtige Haare.

»Chris, du denkst an alles!«

Er haucht mir ein Küsschen auf die Stirn. »Für dich doch gerne, Prinzessin. Ohne dich würde ich doch jetzt unter einer Brücke leben …« Chris schluckt trocken und wischt sich über die Augen.

»Nanana, nicht sentimental werden!« Ich knuffe ihn in die Seite. Er seufzt.

»Doch, Tanja, ich hätte niemals solch eine schöne Wohnung gefunden, mit so lieben Menschen. Weißt du, da reden alle von Toleranz, aber wenn sie merken, dass ich schwul bin, dann blocken die meisten ab. Es könnte ja ansteckend sein.« Chris lacht bitter.

»Ach komm«, sage ich. »Ist das heutzutage noch so?« In dem Moment, als ich das sage, finde ich es selbst blöd. Aber Chris überhört mein altbackenes Geschwätz. Er nestelt am Föhn, und ehe er damit beginnt, heiße Luft durch die Lockenwickler zu pusten, nickt er traurig.

»Meine Eltern haben immer gesagt, dass sie nichts gegen Homosexuelle hätten.« Das Wort »Homosexuelle« spricht er mit jeder Menge Verachtung aus. »Und dann kommt der eigene Sohn an und ist schwul. Stockschwul. Für meine Mutter ist eine Welt zusammengebrochen. Das einzige Kind! Niemals Enkel! Und mein Vater, der brave Beamte, wie peinlich, was wohl die Nachbarn sagen?« Chris schüttelt sich. Ich lege ihm die Hand auf den Arm.

»Das wusste ich nicht.«

»Schon gut, mittlerweile telefonieren wir immerhin wieder miteinander«, sagt Chris. »Und meine Mutter hat jetzt zwei Pudel. Die sind genauso anstrengend wie kleine Kinder!«

Da ist er wieder, mein Chris. Er grinst und dann pustet der Föhn los. Rolf kommt mit zwei Cocktailgläsern ins Zimmer. Dunkelrot leuchtet der Inhalt, dekoriert mit Kiwischeiben.

»Um Gottes willen, da bin ich ja sturzbetrunken!«, rufe ich.

»Keine Angst, Prinzessin, in diesem Zaubertrank verbirgt sich kein noch so winziges Tröpfchen Alkohol«, sagt Rolf und verschwindet wieder in der Küche. Chris und ich nippen an unseren Cocktails. Was auch immer drin ist – es schmeckt fantastisch.

»Meine Eltern waren auch das, was man Spießer nennt«, sage ich. Jetzt aber bitte nicht sentimental werden, Tanja!

»Wieso waren?« Chris stellt sein Glas ab und holt ein Köfferchen.

»Na ja, sie sind gestorben«, sage ich.

»Das wusste ich jetzt nicht.«

»Schon gut. Ich war 14. Sie hatten wohl keine Chance, als der Lkw sie gerammt hat. Die Straße war spiegelglatt.« Ich habe diese Geschichte so oft erzählt, dass sie mir längst vorkommt, als sei sie jemand anderem passiert. Trotzdem rührt es mich, dass Chris eine dicke Träne über die Wange kullert.

»Hey, nicht weinen«, sage ich. Chris schnieft.

»Ich hab dann bei meiner Tante Trude gewohnt. Die ältere Schwester meiner Mutter. Mit einem Herz so groß, das kannst du dir nicht vorstellen.«

»Ach, Prinzessin!« Chris schlingt mir von hinten die Arme um die Schultern.

Eine Weile baden wir uns im Mitleid für den anderen. Dann streckt Chris sich. »Dann ist es also umso wichtiger, dass du heute gut aussiehst«, sagt er und klappt den Koffer auf. Die Logik verstehe ich zwar nicht, wohl aber, dass Chris da ein ganzes Arsenal an professionellem Make-up, an Pinseln, Puder und Quasten hat.

»Donnerwetter!« Ich staune nicht schlecht, als er die einzelnen Etagen im Koffer auseinanderzieht. Zum Vorschein kommen Dutzende verschiedener Rougetöne, weit über 50 unterschiedliche Lidschattenfarben und Pinsel, so weit mein Auge reicht.

»Das ist noch aus meiner Zeit, als ich Stylist werden wollte«, sagt Chris. »Aber dann habe ich entdeckt, dass Pflanzen viel weniger dummes Zeugs quatschen, und bin eben als Florist geendet.« Chris lacht. »Das Puderzeugs wird ja nicht schlecht und ich wusste, dass ich es irgendwann mal brauchen würde.«

»Wow.« Mehr bringe ich nicht heraus. Chris schiebt mich samt Hocker vor das Fenster.

»Im Tageslicht schminkt es sich am besten«, sagt er und stößt den Laden auf. Die Sonne steht schon recht tief. Ich schätze, der Countdown läuft.

»Wie spät ist es denn?« Ich will mich zum Wecker umdrehen, aber Chris hält mein Gesicht mit beiden Händen fest.

»Früh genug«, sagt er. Ich seufze ergeben.

»Augen zu und erst wieder aufmachen, wenn ich den Befehl gebe!«

»Jawohl, Herr Generalfeldmarschall!«

Dann spüre ich weiche Pinsel, die über mein

Gesicht streichen. Über die Stirn fliegen. An den Wangen kreisen. Meine Nase betupfen. Ich muss an Marlene Dietrich denken, deren Biografie ich neulich gelesen habe. Sie hat auch immer Stunden in der Maske zugebracht, ob nun vor einem Filmdreh oder vor dem Date mit einem der zahlreichen Verehrer. Und auch sie hatte eine nicht perfekte Nase, die mit hellem und dunklem Puder in Form gemalert wurde. Meine Augenlider flackern, als Chris mit einem schmalen Pinselchen darüber fährt.

»Ganz kurz mal eben Augen auf«, sagt er. Ich bin es nicht gewohnt, dass jemand anders mir Mascara aufträgt und Chris muss ganz schön gegen meine Reflexe ankämpfen.

»Augen wieder zu und Mund leicht öffnen«, befiehlt mein Stylist. Das Lipgloss fühlt sich kühl an und riecht nach Erdbeeren. Das in Kombination mit der Bodylotion allein sollte mich doch zum anbetungs- und anbeißungswürdigen Vamp machen! Ob Marlene seinerzeit auch wie ein Fruchtcocktail duftete oder doch eher nach der Hühnerbrühe, mit der sie regelmäßig Freunde und Familie bekochte?

»Tadaaa!« Chris zieht das Handtuch von meinen Schultern. »Fertig!«

Ich öffne die Augen und blinzele in das immer schwächer werdende Licht.

»Eine Orchidee könnte nicht schöner sein«, meint Chris. Ich gehe zum Spiegel und ... stoße einen leisen Schrei aus. Die mich da anschaut, das ist nicht Tanja. Tanja hat Schlupflider und tief liegende Wangenknochen. Tanja hat eine leicht krumme Nase und zu dünne Lippen. Das Mädel im Spiegel aber hat einen perfekt rosigen Teint. Markante Wangenknochen, volle glänzende Lippen und Augen, in denen man versinken könnte.

»Ui.« Schöne Frauen sind ja gerne mal ein bisschen minderbemittelt in der Birne und so ist mein Kommentar angemessen.

»Gefällt es dir?«

Ich blinkere mit den Augen, auf denen grüner Lidschatten in unzähligen Schattierungen prangt, ohne dass ich überschminkt wirke, und schürze die rosa geschminkten Lippen zu einem Kussmund.

»Ui«, sage ich noch einmal. Wie gesagt – je schöner, desto doofer.

Chris nickt selbstgefällig mit dem Kopf. »Du bist schon ein ganz besonderes Pflänzchen, weißt du das?« Ich lächle ihm per Spiegelbild zu und mit einem Mal wird mir ganz warm ums Herz. Eine Kitschwelle droht mich zu überrollen – so wie Chris und Rolf hätte ich mir meine Brüder gewünscht. Sicher, Tante Trude war immer lieb und immer für mich da, und der Käsekuchen war sensationell. Ich konnte jederzeit mit jedem Problem zu ihr kommen und – ganz ehrlich – sie war mir in manchen Momenten näher als meine Freundinnen. Trotzdem habe ich mir oft gewünscht, ich wäre kein Einzelkind. Kein verwaistes Einzelkind. Hätte ich einen Bruder oder eine Schwester gehabt, dann hätten wir die Trauer um die Eltern gemeinsam tragen können. Und Geschichten erzählen, wie sie so waren als Eltern. Alleine und entwurzelt sein ist hart.

Ich habe immer viel mit Tante Trude gesprochen. Schließlich kannte sie meine Eltern länger als ich. Aber sie war eben »nur« die Schwester und nicht das Kind. Welche Werte wollten sie vermitteln? Wie hatten sie sich wirklich kennengelernt? Wovon hatten sie geträumt? Auf all diese Fragen werde ich nie eine wirkliche Antwort bekommen. Doch in meinen Träumen habe ich mir immer vorgestellt, mit einem Bruder oder einer Schwester darüber reden zu können.

Tränen treten mir in die Augen. Chris wedelt entsetzt mit einem Kleenex.

»Pass auf, das Mascara!«, ruft er und beginnt, wie wild in meinem Gesicht herumzutupfen. Ich schniefe laut. Rolf steckt den Kopf herein und mit ihm weht eine Wolke aus Oregano und Basilikum ins Zimmer.

»Mann, riecht das gut«, sagt Chris.

»Mann, sieht das gut aus«, sagt Rolf.

»Mann, ich hab nichts zum Anziehen«, sage ich, auch um mich von meiner Sentimentalität abzulenken. An Tagen wie diesem, wenn ich nicht ausgeschlafen habe, aber an denen eigentlich alles perfekt ist, ist das wieder typisch Tanja. Ein bisschen in der Vergangenheit wühlen, und schon fließen die Tränchen.

Rolf und Chris brechen gleichzeitig in Gelächter aus. »Klar, Frauen haben *nie* etwas anzuziehen«, gackert Rolf und reißt meinen Schrank auf. Während Chris die Wickler aus den Haaren rollt, wühlt Rolf sich durch meine Klamotten.

»Mensch, Tanja, wie wär's mal mit aufräumen?«

Ich weiß. Ich bin eine Schrank-Schlampe. Ich bemühe mich wirklich und ich schwöre, nach dem Einzug waren alle Shirts so akkurat gestapelt wie sonst nur in einer Designerboutique. Das versuche ich auch Rolf zu erklären, der jetzt Bügel für Bügel zur Seite schiebt und die Blusen und Kleider in Augenschein nimmt. Derweil wühlt Chris durch meine Haare und ich staune nicht schlecht, als ich mich selbst mit zwar glattem, aber voluminösem Haar im Spiegel sehe. Chris nebelt mich in einer Wolke aus Taft ein. Ich huste. Rolf hustet. Chris strahlt.

»Jetzt sag bloß, du räumst meinen Schrank auf«, scherze ich, während ich mich selbst betrachte. Und mir gefalle. Sehr sogar!

»Keine Angst, Prinzesschen, so langweilig ist mir selten.« Rolf streckt mir die Zunge raus. Ich strecke zurück. Dann legt er drei verschiedene Kombinationen auf das Bett.

»Anziehen!«, befiehlt er. »Und dann zeigen!« Die Jungs verschwinden in der Küche. Ich höre Teller klappern und den Mops bellen. Noch einmal betrachte ich mich von oben bis unten und von unten bis oben. Kein Wunder, dass bei Chris alle Pflanzen so prächtig gedeihen, wenn er sogar aus Mauerblümchen wie mir verführerische Ladies zaubern kann. Dann wende ich mich den Kleidervorschlägen zu. Ich muss zugeben: An diese Zusammenstellungen hätte ich niemals gedacht. Schnell schlüpfe ich in die erste Kombination, sorgsam darauf bedacht, mein Make-up und die Haare nicht zu ruinieren. Dann schwebe ich in einem kurzen schwarzen Rock (den ich seit Jahren nicht mehr getragen habe) und einem gelben Shirt, das einen verteufelt tiefen und mit Pailletten besetzten Ausschnitt hat (und das deswegen und mangels Wonderbra ebenfalls seit Jahren in der Lade lag) in die Küche. Rolf steht am Herd und rührt im dampfenden Topf, Chris gibt über der Spüle einem Blumenstrauß den letzten Schliff.

Als die Jungs mich sehen, zeigen beide mit dem Daumen nach unten.

»Zu nuttig«, meint Rolf.

»Zu takelig«, kommentiert Chris.

Nächster Versuch. Dieses Mal ein wadenlanger Rock im Hippiestil, letztes Jahr für 4,99 Euro bei H&M in der Königstraße im Ausverkauf erstanden. Darüber ein lila Top und ein weißes gestricktes Bolerojäckchen. Wieder zeigen beide mit dem Daumen nach unten.

»Zu urlaubsmäßig«, findet Chris.

»Das macht einen dicken Hintern«, ergänzt Rolf, der gerade eine große Schüssel mit buntem Salat auf dem Tisch parkt.

Versuch Nummer drei. Eine Shorts, die bis knapp über das Knie reicht und dazu eine eng sitzende, knallrote Bluse mit Stehkragen. Auf der Brusttasche sind Glitzersteine, die exakt die Farbe des Lidschattens haben. Ich wusste ehrlich gesagt gar nicht, dass ich solch ein Teil besitze!

Als ich zum dritten Mal in die Küche komme, gehen zwei Daumen nach oben und sogar Earl lässt sich zu einem müden Schwanzwedeln herab.

»Hinreißend!«, ruft Rolf.

»Zum Anbeißen!«, jubelt Chris. Dann zündet er die Kerzen auf dem silbernen Ständer an. »Das ist perfekt, Prinzesschen, du siehst aus, als ob du nichts getan hast, um so auszusehen, ganz natürlich wirkt das.« Die Jungs lächeln selig und als ich eben in ein paar grüne Flipflops schlüpfe, klingelt es. Mein Herz saust in die Shorts und Earl saust zur Tür.

»Oh mein Gott«, flüstere ich und flüchte in die Küche. Rolf schiebt Chris Richtung Eingang, damit der aufmacht, und mich schiebt er vor den Herd. Dann drückt er mir den hölzernen Kochlöffel in die Hand und ich rühre mechanisch in der Tomatensoße. Ich wusste gar nicht, dass Tomatensoße so gut duften kann!

»Hey, junger Mann, gut siehst du aus!« Arnes bassige Stimme hallt durch den Flur.

»Oh, Danke schön«, sagt Chris kokett.

Arne lacht.

»Eigentlich meine ich ja den Hund.«

»Schon klar«, höre ich Chris nuscheln und drehe brav den Kochlöffel im Uhrzeigersinn durch die Soße. Einen Moment später stürmt Earl in die Küche, gefolgt von Arne. Chris, der hinter dem Tierretter steht, leckt sich theatralisch über die Lippen und blinzelt mir zu. Ich werde rot. Tomatensoßenrot.

»Hi«, piepse ich.

»Das duftet ja lecker«, sagt Arne und stellt seinen schwarzen Koffer ab. »Hallo, Tanja, hallo, Rolf.«

Das hat alles Rolf gekocht, will ich sagen, doch der schiebt sich vor mich, verpasst mir mit dem Ellbogen einen Schubs und streckt Arne die Hand hin.

»Willkommen, edler Retter des Earl of Cockwood, an unserer bescheidenen Tafel. Jungfer Tanja bereitet das Mahl, darf ich euch derweil auf einen Becher einladen?«

Arne zeigt seine schneeweißen Zähne und lacht. »Gerne!« Aus der Medizintasche holt er zwei Flaschen Rotwein und gibt sie Rolf. Der reicht sie weiter an Chris. »Knappe, öffne diesen köstlichen Trank!«

Chris kichert.

»Ich würde aber erst mal gerne nach dem Patienten sehen«, verkündet Arne. »Tanja, hilfst du mir?«

Ich erstarre. Wie die Nudeln, die noch ins bereits köchelnde Wasser müssen. Zack! Wieder verpasst Rolf mir einen Schubs.

»Äh, ja, gerne«, stammle ich und mein Blick saugt sich an Arnes Grübchen fest. Ich würde gerne noch ganz woanders saugen. Aber erst einmal ist der Patient dran. Und der scheint Böses zu ahnen – von Earl ist keine Spur zu sehen. Arne und ich schleichen aus der Küche und erwischen den Mops eben dabei, wie er sich in Rolfs Zimmer stehlen will.

»Pommes!«, rufe ich. Earl macht auf der Hacke kehrt und saust auf mich zu.

»Alle Achtung«, grinst Arne. Ich hieve den Hund auf die Couch. Arne stöpselt das Stethoskop in seine Ohren, und während ich Earl mit Streicheleinheiten ablenke, kümmert unser Tierarzt sich um die Vitalfunktionen des Mopses. Rolf schaut besorgt zu.

»Im Prinzip ist wohl alles in Ordnung«, sagt Arne schließlich. »Allerdings solltest du mal checken lassen, ob der gute Earl vielleicht ein kleines Problem mit dem Herz hat.«

»Herzschwächen sind bei Hunden ein weit verbreitetes Phänomen«, ergänze ich.

»Bravo, Frau Kollegin.« Arne nickt anerkennend. Danke, Wikipedia und alle Hundeseiten im Internet, dass ich das vorhin noch schnell nachlesen durfte! Überhaupt weiß ich jetzt eine Menge mehr über Earls Organismus. Die Pommesorgien werden wohl bald der Vergangenheit angehören. Ist nicht gut für einen Hund.

»Ist das schlimm?« Rolfs Miene verdüstert sich.

»Aber nein«, sagen Arne und ich wie aus einem Mund.

»Das kann man medikamentös sehr gut in den Griff bekommen. Die Tiermedizin ist da fast so gut ausgestattet wie die Humanmedizin, wenn nicht sogar besser.«

Rolf stößt erleichtert die Luft aus, als er Arne zuhört. Der fummelt derweil in seinem Köfferchen und fördert schließlich ein Pillenglas zutage.

»Ich hab euch mal ein paar Tabletten mitgebracht, die die Anfälle unterdrücken sollten.« Arne lässt die Epilepsiepillen im Glas klackern. »Es kann jederzeit sein, dass der gute Earl noch mal so einen Anfall hat, da solltest du vorbeugen.«

Rolf nickt.

»Mach dir keine Sorgen«, sage ich und kraule Earl hinter dem Ohr. Ich weiß selbst nicht so genau, zu wem ich das sage – zu Hund oder Herrchen? Aber beide schauen mich aus großen Augen an.

»Phenobarbital ist ein erprobter Wirkstoff«, zitiere ich aus Wikipedia und bin selbst erstaunt, dass mein verkatertes Hirn dieses Wort behalten konnte. Ich heimse noch einen anerkennenden Blick von Arne ein und lasse meine grün schillernden Lider flackern. Arne gibt mir das Gläschen. Unsere Fingerspitzen berühren sich und, ja, es ist wie in einem kitschigen Roman: Mich durchzuckt ein elektrischer Schlag. Die Berührung dieser paar Millimeter Haut geht mir durch und durch. Arnes Augen blitzen.

»Frau Kollegin, sehr gut«, sagt er und zieht langsam seine Finger zurück. »Und welche Dosierung würden sie empfehlen?«

Bingo. Erwischt. Keine Ahnung. Tanja fliegt gleich auf.

»Öhäm«, mache ich.

»Stößchen!« Chris rettet mich, denn er balanciert ein Tablett mit vier Gläsern Prosecco zu uns. Rolf schnappt sich ein Glas und kippt es in einem Zug hinunter. Dabei haftet sein sorgenvoller Blick auf dem Mops.

»Uppsala!«, sagt Chris. »Steht es so schlimm um Earl?«

»Nein, im Gegenteil«, antwortet Arne und nimmt sich auch ein Glas. Ich angle mir meines und Chris stößt mit seiner Blubberbrause gegen Rolfs leeres Glas.

»Na, dann Prost!« Unser stylisher Florist leckt sich die Lippen. »Ich habe langsam Hunger.«

Das Blubberwasser prickelt in meinem Glas.

»Chin chin!« Arne und ich stoßen über Earls Kopf hinweg miteinander an. Am liebsten würde ich es Rolf gleichtun und den Prosecco in mich hineinschütten. Aber das würde mit Sicherheit nicht den besten Eindruck auf den bestaussehenden Tierarzt der westlichen Hemisphäre machen, der mich über den Rand seines Glases hinweg anschaut. Also nippe ich vorsichtig.

Und dann macht es »Zack!« und ich sage: »Die Dosierung des Medikaments, das kommt auf das Gewicht des Tieres an.« Oh, heiliger St. Internet – danke! Arne nickt.

»7,6 Kilo hat er«, sagt Rolf. Earl schaut betreten. Ich habe keine Ahnung, ob das für einen Mops seiner Größe normal oder fett ist. Aber da Arne nichts dazu sagt, wird Earl wohl noch im Maß liegen.

»Dann gebt ihr ihm am besten eine halbe Tablette. Immer abends. Die Dinger machen enorm schläfrig. Eigentlich ein prima Gong, wenn man jemanden ausknocken will.« Arne grinst.

Rolf schaut mich fragend an. »Der frisst doch freiwillig keine Tabletten!«

»Dann verpacken wir das eben in ein Stückchen Wurst oder Käse«, schlage ich vor.

Arne packt seine Tasche zusammen. »So, und nun hätte ich dann doch ein bisschen Hunger«, sagt er.

»Halleluja!«, ruft Chris in dem Moment, als die Eieruhr losrasselt und anzeigt, dass die Nudeln fertig sind.

Wenig später sitzen wir am Küchentisch, Rolf neben Chris, ich ihnen gegenüber und zu meiner linken wurde Arne platziert. Nach einigen Diskussionen und Begutachtungen meiner Optik hatten die Jungs einstimmig entschieden, dass links meine

Schokoladenseite sei. Earl, der seine Pille eingewickelt in ein Stückchen Schinken verschlungen hat, liegt unter dem Tisch und schnarcht.

»Gong!« Arne nickt bestätigend.

Die Spaghetti con ... – ja, was eigentlich? – sind extrem lecker. Ich könnte mich vergessen und mit dem Gesicht in meinen Teller tauchen. Aber erstens würde Chris mich lynchen, wenn ich das Make-up auf diese Art zerstöre und zweitens würde es nicht zu dem Kribbeln passen, das ich im Magen verspüre, seit Arne neben mir sitzt. Der rollt gerade professionell, als würde er den ganzen Tag nichts anderes tun, die Nudeln mit der Gabel auf und bugsiert sie kleckerfrei in seinen Mund.

»Meggt muuut!«

»Bitte?« Rolf sieht den Doc fragend an.

Der kaut, schluckt und spült mit einem kräftigen Schluck Wein nach.

»Schmeckt guuuut!« Er nickt mir anerkennend zu und ich merke, dass er eben zur Lobrede auf meine Kochkünste anheben will. Doch so viel Anstand habe ich und so rufe ich, ehe Arne sprechen kann: »Hat alles Rolf gezaubert!«

»Donnerwetter, Kompliment!«

Rolf strahlt und Chris zwinkert mir über den Blumenstrauß in der Mitte des Tisches zu.

»Ist doch keine große Sache«, sagt Rolf. Als Arne dann aber fragt, wie zum Geier er diese enorm bonfortionöse Soße gekocht hat, kommt er in Fahrt. Bei 42 Zutaten ist seine Liste beendet – und ich konnte mir davon grade mal einen Bruchteil merken. Knoblauch, Basilikum, Zucker und Oregano. Frisch gepellte Tomaten, Zwiebeln, etwas Lauch, Karotten, frische Minze … Schätzungsweise liegt der halbe Wochenmarkt auf unseren Tellern.

Und das war noch lange nicht alles, was Rolf zu bieten hat. In dem Moment, als ich versuche, so unauffällig wie möglich den Soßenfleck auf meinem Shirt mit einer künstlich gelegten Falte zu kaschieren (was Chris zum Kichern bringt), serviert unser Chef de Cuisine Panna Cotta. Was nichts anderes ist, als Sahne mit Zucker.

»Das kann ich mir ja gleich auf die Hüften schmieren«, nölt Chris gespielt, als er sich zum zweiten Mal aus der großen Auflaufform nachschöpft. Genussvoll lässt er Karamelsauce auf seinen Sahnetraum tröpfeln. Arne schmatzt leise, Rolf freut sich sichtlich und ich genieße. Sahne. Zucker. Vanille und Orangenlikör. Und drei schnuckelige Männer, deren Anblick jede Frau einer Ohnmacht nahe bringen würde. Und ich, Tanja, gescheiterte Arzthelferin und Verkäuferin in einem winzigen Tabakladen, habe die Ehre, das Vergnügen, die diebische Freude, mit diesen drei Prachtkerlen den Abend verbringen zu dürfen.

Leider hat meine Hose nur die Dehnkapazität für drei Portionen Panna Cotta. Dann ist Schluss, der Bund kneift und ohnehin ist die Schüssel leer. Arne hat sie ausgekratzt. Schweigend. Genussvoll. Als er jetzt über den Löffel leckt, stelle ich mir vor, dass ich gerne Besteck wäre. In seinem Mund. Haaaach …

»Du arbeitest also beim Tiernotruf?«, unterbricht Rolf meine Träumereien. Vor lauter Schlemmen haben wir doch glatt eine ordentliche Konversation zu Tisch vergessen!

»Ich kenn das nur aus dem Fernsehen«, fügt Chris hinzu und beginnt, das Geschirr in die Maschine zu stellen. Ohne dass man ihn gebeten hätte, nimmt Arne seinen Teller und das Besteck und räumt es weg. Alle Achtung!

»Na ja, bislang gab es so was nur in Berlin und München«, erzählt Arne, während wir alle vier auf den Balkon gehen. Rolf schmeißt eine Runde Camel, aber Arne lehnt ab. Er zieht ein Päckchen Zigarillos (die teuren, ich kenn mich aus) aus der Tasche seines karierten Hemdes. »Jetzt gibt es hier in Stuttgart ein Modellprojekt. Ich dachte, das wäre eine ganz gute Überbrückung für mich, nach der Zeit in der Kleintierklinik.«

»Überbrückung?«, frage ich und sauge genüsslich den Rauch in meine Lunge. Es schmeckt tatsächlich – der Kater scheint sich vom Acker gemacht zu haben.

»Die Stelle ist befristet auf sechs Monate. Je nachdem, wie der Notruf ankommt und vor allem wie die Spenden fließen. Oder eben auch nicht fließen. Wir waren quasi vorgewarnt, dass die Schwaben nicht ganz so schnell auf Neues einsteigen, wie die Nordlichter ... aber vielleicht irren wir uns ja auch!« Arne bläst einen Rauchkringel in den Nachthimmel. Außer Tante Trudes Nachbarn, Herrn Winze, kenne ich niemanden, der das tatsächlich kann. Punkt für Arne.

»Im Moment fahren wir mit einem ganz normalen Krankenwagen, den das Olgahospital ausrangiert hat. Eigentlich sollten wir noch einiges umbauen, aber tja, das Geld«, sagt Arne und zuckt mit den Schultern. »Dabei ist es wirklich eine sinnvolle Sache. Ich denke da nicht nur an die Tiere in Not, denen geholfen wird, sondern auch an die Menschen, an die Besitzer.«

»Genau«, pflichte ich bei und weiß mit einem Mal, was Arne sagen will. Ich fühle es einfach. Er denkt an all die alten Frauen, deren einziger Lebensinhalt das kleine Pudelchen ist. Und wenn nun Miez oder Bello etwas zustößt, dann kann ein Muttchen nicht mitten in der Nacht ein Taxi rufen und zum nächsten Tierarzt fahren. Geschweige denn, dass Tierarztpraxen Nachtdienst hätten.

»Es ist doch so«, sagt Arne, »dass viele ältere Menschen nicht mehr mobil sind. Sie leben allein und der einzige Gefährte ist eine Katze oder ein Hund. Geht es dem Tier schlecht, dann sind viele Menschen nicht in der Lage, zum Tierarzt zu gehen.« Ich bekomme Gänsehaut – gleich wird Arne erzählen, dass er als Tierretter auch für Fundvögel, zugelaufene Igel und angefahrene Katzen zuständig ist.

»Na, und dann die kranken Wildtiere, Igel, die gefunden werden, oder Streuner, die wir einfangen müssen, weil sie unter ein Auto geraten sind.«

Langsam wird mir das unheimlich. Rolf und Chris hören gebannt zu. Sie ahnen ja nicht, was gerade in meinem Kopf vorgeht. Tanja, die Hellseherin!

Aus der Küche hören wir ein herzhaftes Gähnen. »Ah, der Patient erwacht«, sagt Rolf. Earl tappt auf den Balkon, streckt sich, gähnt und pupst genüsslich. Ich laufe knallrot an – wie kann er nur? Zu allem Übel beherrscht Earl ein Kunststück, dass kaum einem Säugetier gelingt: Laute Pupse stinkend zu machen. Und dieser hier riecht erbärmlich. Rolf schaut ganz betreten drein, Chris hält sich die Hand vor die Nase und sagt »Püüüüh« und ich starre in den Himmel, als ob ich nicht da wäre.

»Sag mal, Earl, faulst du innerlich?« Arne lacht herzhaft. »Na, immerhin funktioniert die Verdauung«, fügt er hinzu und beugt sich zu Earl. Der sieht sehr, sehr stolz aus. Wahrscheinlich findet der Mops es unglaublich attraktiv, solche Düfte abzusondern.

»Ich denke, da schlägt eine der Nebenwirkungen durch«, meint Arne. »Ihr solltet mal besser eine Runde mit eurem Freund drehen, das könnte Durchfall bedeuten.«

»Aber nicht hier oben!«, ruft Chris und stürzt in den Flur. Fünf Sekunden später winkt er mit der Leine. Earl saust zu ihm hin.

»Ich geh mal mit«, sagt Rolf. »So ein bisschen frische Luft kann mir nicht schaden.« Verstohlen zwinkert er mir zu. Einen Augenblick später sind die drei verschwunden und ich! Bin! Mit! Arne! Allein!

»Noch ein Glas Wein?«, fragt er und räuspert sich. Ich nicke stumm und bin auch nicht in der Lage, irgendeinen Ton zu produzieren, als er mir das volle Glas aus der Küche reicht. Frau Stiller knallt die Balkontür zu. Wahrscheinlich hat sie genug gehört für heute, die olle Zimtzicke. Oder Earls Gase haben ihr das Lauschen verdorben.

»Deine Mitbewohner sind wirklich nett«, sagt Arne und prostet mir zu. »Ich hab auch mal in einer WG gewohnt, im Studium. Aber da gab es ständig nur Knatsch und Streit wegen des Abwasches, des Putzplanes und was weiß ich.«

»Oh, wir haben noch nie gestritten.« Hey, ich kann doch noch sprechen!

»Ich denke, die Leute hier sind auch anders, irgendwie … wärmer«, meint Arne.

Ich muss grinsen. Und wie warm, buchstäblich, meine Jungs sind!

»Äh, nein, also, so hab ich das nicht gemeint«, stottert Arne. Nun ist es am Tierarzt, die Gesichtsfarbe zu wechseln. Wobei man unter seiner gebräunten Haut nicht wirklich sieht, dass er rot wird.

Ich knispele am Lavendel, der im Blumenkasten Wurzeln geschlagen hat. Ich kann mich nicht erinnern, ob der auch in der Soße war.

»Eine Frau wie du und zwei Männer, auch wenn sie definitiv nicht auf dich stehen dürften, geht das denn? Ich meine, also …« Arne druckst herum. »Hat dein Freund nichts dagegen?«

»Ich habe keinen Freund«, rufe ich. Schnell. Viel zu schnell. Tanja! Reiß dich zusammen, flirten geht anders! Mein Gott, ich bin aus der Übung.

»Ah«, sagt Arne. »Ich auch nicht, äh, also, ich meine, Sabine und ich … egal.« Er zupft ein Blättchen vom Salbei ab und reibt es zwischen den Fingern.

»Das riecht wie Urlaub«, seufzt er. Ich kontere mit Zitronenmelisse und halte ihm das zerriebene Blatt unter die Nase.

»Für mich riecht Urlaub eher so«, sage ich.

Arne schnuppert an meinen Fingern und dann nimmt er meine Hand zwischen seine. Haucht einen zarten Kuss auf die Fingerspitzen. Ich erstarre. Nein, ich bebe. Nein, ich werde zur Salzsäule. Ich bin wackelig auf den Knien. Ich bin … Arnes Gesicht kommt immer näher. Ich kann seinen Atem riechen und spüren, die Mischung aus Wein, teurem Zigarillo und Mann, ganz pur. Unsere Lippen berühren sich, zart, ganz leicht, wie Schmetterlingsflügel. Ich rücke näher zu ihm hin, Arne hebt den Arm, legt ihn mir um die Schulter, zieht mich an sich … und da vibriert seine Hose.

»Verdammt!«, ruft er. Zack. Aus. Vorbei. Die Romantik löst sich auf und flattert davon.

»Ich hab Bereitschaft«, flüstert er, fummelt das

Handy aus der Tasche und streicht mir über die Wange. Klar, Arzt eben, ich hätte es ahnen können.

»Ja, nein, wo, fünf Minuten«, haspelt er ins Telefon. Traurig sieht er mich an und legt auf.

»Das tut mir so leid«, sagt er und reißt ein eben erst sprießendes Lavendelblütchen ab. Chris würde ihn umbringen. Theatralisch verneigt er sich und reicht mir das duftende Kräutlein.

»Verzeiht, oh holde Schönheit«, säuselt er.

Ich muss grinsen. Die ganze Erotik von eben scheint einem Lachkrampf zu weichen. Ist das hier nicht wie in einem billigen drittklassigen Hollywoodschinken?

»Schon gut, mein Ritter, rettet das Kätzchen«, gebe ich zurück. Am liebsten würde ich ihm das Hemd vom Leib reißen, doch ich schaffe es, nur nach dem Lavendel zu greifen.

»Es ist ein Hündchen, meine Holde«, haucht mein Ritter, schnappt sich den schwarzen Koffer und entschwindet in die dunkle Nacht. Zurück bleibt eine halb lachende, halb heulende Tanja, die sich schnurstracks auf den Weg in ihre Kemenate begibt. Mit dem Lavendel auf dem Kissen schlafe ich ein.

Meine Jungs waren so taktvoll, mich nicht nach dem Ausgang des Abends zu fragen. Vielleicht ist ihnen der Tierretter ja noch im Treppenhaus begegnet, vielleicht haben sie bei mir gelauscht und nichts gehört? Jedenfalls beginnt der nächste

Tag, wie unsere Tage stets beginnen: Rolf schält sich mitten in der Nacht aus dem Bett und bereitet Kaffee vor, ehe er Briefe austragen geht. Chris und ich treffen uns auf einen schnellen Toast in der Küche und dann hat mich der alltägliche Wahnsinn im Tabakladen wieder. Der dicke Onkel Fritz, dessen Laune wechselhafter ist als das Aprilwetter. Koslowski, der seine BILD holt. Zwölfjährige, die Kippen kaufen wollen, und Omis, die sich Rätselhefte in extra großer Schrift nehmen. So ist der nächste Tag. Und der übernächste. Und der Rest der Woche.

Arne bleibt verschwunden. Ich habe nicht die Traute, bei ihm zu klingeln, um ihn nicht zu wecken, wenn er sich von der Nachtschicht erholt. Und wenn ich abends nach Hause komme, ist es in seiner Wohnung still und dunkel – denn mein Ritter und Earls Retter fährt, wie er erzählte, dank ungerechter Einteilung viel mehr nachts, als ihm lieb ist. Earl geht es blendend und so habe ich keinen Vorwand, bei Arne zu läuten. Rolf war mit dem Mops bei seinem Haus-Tierarzt und der hat tatsächlich eine leichte Vergrößerung des Herzens festgestellt. Zur Epilepsietablette kommen nun noch Herzmittel. Diese aber erst nach einer dreitägigen medikamentösen Entwässerungskur, während der Earl undicht war wie ein alter Wasserhahn. Ich hätte niemals gedacht, dass so viel Pipi in so einen kleinen Hund reinpasst. Und ich hätte niemals gedacht, dass Rolf und Chris mit solch stoischer Gelassenheit hinter dem Mops herwischen würden. Ich war nach der siebten Pfütze entnervt. Und das nicht nur, weil ich mit frischen Socken mitten in sie hineingelatscht bin. Hundepipi riecht auch nicht besonders lecker – und das winzige Lavendelästchen, das ich tagsüber unter mein Kissen lege, verduftet auch mehr und mehr. Ich mag gar nicht daran denken, dass zwischen dem vertrocknenden Zweig und Arne ein Zusammenhang bestehen könnte. Was, wenn ich mir das neulich auf dem Balkon nur eingebildet habe? Was, wenn der Tierarzt ein Filou ist? Wenn er an jeder Ecke eine Sandra, Wiebke oder Jasmin hat?

Diese Gedanken sind nicht schön. Aber leider ist das, was mich vom Nachdenken abhält, auch nicht besser. Um nicht sofort nach der Schicht in eine leere Wohnung zu gehen, habe ich die Bahn bis zum Hauptbahnhof genommen. Einmal die Königsstraße rauf und wieder runter, habe ich gedacht, würde mich schon auf andere Gedanken bringen. Am Brezelstand direkt an der Rolltreppe nach oben habe ich mir ein gummiartiges Laugengebäck besorgt. Iss niemals Brezeln, wenn die Luftfeuchtigkeit etwas zu hoch ist, hatte Tante Trude mir stets eingetrichtert. Heute scheint das Hygrometer Überstunden zu machen, denn die Brezel hat keine einzige knusprige Stelle. Lustlos reiße ich mit den Zähnen ein Stück ab (durchbeißen geht bei der Konsistenz nicht) und fädle mich hinter zwei stark schwäbelnden Frauen in den Strom der Fußgänger ein.

»Ha no, häsch gsäh, lauder Pack am Bahnhof«, zetert die eine.

»Ha no, so äbbes händ mir en Tübinga ned«, lamentiert die andere.

Klar, es ist Freitagmittag und damit »Land-Tag« in Stuttgart. Das halbe Umland zwängt sich in die Autos, flucht über nicht vorhandene Parkplätze und stürmt die Fußgängerzone auf der Jagd nach Schnäppchen. Ich bleibe stehen und lasse eine Schülergruppe vorbeiziehen. Dann bummle ich weiter.

Wie immer zieht mich die große Buchhandlung magisch an. Und wie immer komme ich nicht mal in die zweite Etage, weil ich mich schon bei den Bestsellertischen im Eingangsbereich festlese. Mit dem frisch erstandenen Krimi von Willibald Spatz steuere ich die große Freitreppe neben der Buchhandlung an. Als ich mir eben einen Platz ausgeguckt habe, tippt mir von hinten jemand auf die Schulter. Ich zucke zusammen und erwarte, dass mich gleich zwei starke Arne-Arme umfangen.

»Du?«, quietsche ich stattdessen.

»Hi, Tanja«, flüstert Bernd Kube. Ich habe ja auf viel Lust, aber ganz bestimmt nicht auf einen durchgeknallten Nachbarn, der Filme mit bekloppten Untertiteln unterlegt.

»Auch da?«, fragt er und starrt den Boden an.

»Scheint so«, pampe ich.

»Du, magst du ein Eis?«

Bitte? Das hat mich keiner mehr gefragt, seit ich 14 war!

»…«

»Also ja? Ich würde dich einladen.«

Oh Mann. Bitte nicht!

»Ooookay«, sage ich gedehnt und hoffe, dass Bernd mir meine Unlust anhört.

»Cool!«

Aus der Nummer komm ich nicht raus. Ich folge Bernd und frage mich, ob er seinen Hintern zu Hause gelassen hat. Die ausgewaschene Jeans schlackert nur so um seinen Körper. Ein paar Kalorien können ihm nicht schaden.

Bernd steuert das Marché an. In dem Selbstbedienungstempel war ich seit Monaten nicht mehr – aber das Eis, das aus einer kleinen Theke am Eingang verkauft wird, ist durchaus gut. Bernd bestellt für sich vier Kugeln Stracciatella. Ich nehme eine Schoko. Mit unserem Eis suchen wir einen nicht besetzten Blumenkübel und werden vor H&M fündig. Eine Weile schlecken wir schweigend. Dann ergreift Bernd das Wort.

»Du bist doch eine Frau«, haspelt er. Boah! Blitzmerker!

»Ja, ich gehe davon aus.«

»Also, was ich fragen wollte … die Jasmin … also … ich würde gerne mal …«

Der spinnt. Niemals wird eine Barbiepuppe wie unsere Friseurin aus dem zweiten Stock mit einem

Nerd wie ihm ausgehen. Eher kracht der Fernsehturm zusammen.

»Und ich weiß halt nicht, wie ich das anstellen soll.«

Du liebe Güte, wie alt ist der Knabe?

»Frag sie doch einfach«, pampe ich. »Du weißt schon: Treppe hochsteigen, klingeln, Mund aufmachen.«

»Meinst du?«

»Warum denn nicht?«

»Ist das nicht zu plump? Wollen Frauen nicht immer Blumen und so?«

Heiliger Sankt Kehrwoche, da muss ich ja ganz von vorne anfangen!

»Doch, Bernd, aber das mit den Blumen kommt später. Erst mal lädst du sie zum Essen ein.«

»Echt?«

»Jaaaaaa.«

»Ich kann aber nicht kochen.«

»Doch nicht bei dir!«, rufe ich. Wenn Jasmin, das Tittenmonster, seine Bude sieht, macht sie auf der hohen Hacke kehrt. »Lad sie zum Italiener ein.«

»Ah ja«, sagt Bernd und wischt sich mit dem Handrücken über den Stracciatella-verschmierten Mund. »Und wo?«

Oh nein. Warum bin ich nicht zu Hause?

»Keine Ahnung«, stöhne ich.

»Und was redet man da so, bei einem ersten Date?«

Ich verdrehe die Augen, was Bernd hinter meiner Sonnenbrille nicht sehen kann.

»Weißt du was«, höre ich mich selbst sagen, »wir gehen jetzt zum Hans-Im-Glück-Brunnen. Irgendeine Pinte wird schon offen sein. Dann spendierst du mir ein Essen und ich tue so, als ob ich Jasmin wäre.« *Was* habe ich eben gesagt? War da Schnaps im Eis?

»Cool!«, brüllt Bernd so laut, dass sich ein paar Passanten umdrehen. »Du bist echt ein Schatz, Tanja!«

Nein, bin ich nicht. Ich habe erstens übel Hunger und zweitens will ich nicht nach Hause und drittens ist ein Abend mit Bernd immer noch besser, als alleine mit einem Krimi in der Fußgängerzone zu hocken.

Bernd hat sich nach dem fünften Radler gar nicht mal so doof angestellt. Ich dafür umso mehr, aber mit Absicht. Es dauerte sechs Trollinger, bis ich mich innerlich dem Niveau einer atombusigen Friseurin angenähert hatte. Dann aber war unser Gespräch so flach, dass mein Herr Nachbar mit Sicherheit einiges für sein kommendes Date gelernt hat. Der siebte Trollinger allerdings war schlecht, meinem Kater nach zu urteilen. Und zu allem Übel habe ich am nächsten Morgen Frühschicht im Tabakladen. Punkt halb neun marschiere ich an den Zeitungspaketen vorbei und will eben meine Tasche ins Büro werfen, als Onkel Fritz sich vor mir aufbaut wie ein Michelin-Männchen. So aus der Nähe betrachtet hat mein Arbeitgeber enorme Ausmaße.

»Guten Morgen!«, sage ich.

»Komm mal mit«, sagt Fritz und bugsiert mich ins Büro. Oh, wie, hab ich was angestellt? War die Abrechnung gestern Abend falsch? Hab ich eine Tageszeitung vom Vortag verkauft? Solche Sachen passieren. Mir sowieso.

»Setz dich mal«, sagt Fritz und ich wundere mich, warum seine Schultern so weit runterhängen. Schwerfällig lässt er sich auf den Stuhl mir gegenüber fallen.

»Was ist denn passiert?«, frage ich. »Ist jemand gestorben?« Immer vom Schlimmsten ausgehen, pflegt Tante Trude zu sagen, dann ist das, was wirklich kommt, nur halb so schlimm. Leider irrt meine Tante in diesem Fall gewaltig.

»Na ja, also … sterben … ich weiß nicht, ich glaube, der Laden pfeift aus dem letzten Loch, finanziell«, meint Fritz nach einer ganzen Weile, in der er an seinen Fingernägeln gekaut hat. »Seit man nirgendwo mehr rauchen darf in den Kneipen und seit die Zigaretten immer teurer werden … Na ja, ist zwar nicht das einzige Standbein, aber trotzdem, Zeitungen und Lotto allein …« Fritz braucht nicht weiterzusprechen. Ich weiß, dass der Umsatz rückläufig ist. Immer mehr Leute gewöhnen sich das Rauchen ab, was ja eigentlich etwas sehr Gutes ist (und was ich, zu meiner Schande, trotz einem halben Dutzend Versuche noch immer nicht geschafft habe – aber wie auch, wenn ich an der Quelle sitze?). Bonbons allein machen den Kohl eben auch nicht fett.

»Tja, und dann soll die Miete zum nächsten Quartal erhöht werden.«

»Scheiße!«, platze ich raus. Macht der Betreiber also doch Ernst. Ich frage mich, wie die Bäckerei oder der kleine Schlüsseldienst die jetzt schon horrende Pacht in Zukunft aufbringen sollen.

»Andererseits ist ja der Standort hier ideal, viel Laufkundschaft«, sinniert Fritz. Und dann sieht er mich aus großen, traurigen Augen an. »Tanja, ich kann dich nicht mehr bezahlen. Tut mir leid. Das tut mir so leid!« Fritz stützt den Kopf in die Hände. Ich starre ihn an. Dieser Berg von Mann fängt gleich zu heulen an.

»Hey, kein Problem«, sage ich. Denn noch habe ich nicht begriffen, was Onkel Fritz mir sagen will.

»Ich muss dir kündigen. Sofort.« Fritz hebt den Kopf und eine dicke Träne kullert über seine Wange. »Es tut mir so leid, so leid.«

»Oookay«, sage ich gedehnt. »Das heißt, ich bin arbeitslos?«

Fritz nickt. »Ab sofort«, presst er hervor.

»Scheiße«, sage ich. Langsam sickert in mein Hirn, was ich eben erfahren habe. Kein Job, keine Kohle für die Miete … keine Jungs mehr? *Nein*, auf gar keinen Fall.

»Ach, Fritz«, sage ich und nun rollt auch mir eine Träne runter. »Komm schon, du schaffst das mit dem Laden, ich gehe zum Arbeitsamt.« Man geht doch zum Amt, wenn man keinen Job hat?

»Tanja, das ... also ... scheiße!« Hinter Fritz sehe ich durch den Spiegel, dass Koslowski in den Laden kommt.

»Kundschaft«, sage ich. Onkel Fritz erhebt sich schwerfällig. Jetzt wirkt er wie ein Michelin-Männchen, dem jemand die Luft abgelassen hat.

»Bitte sei mir nicht böse«, sagt er. »Und komm die Woche noch mal vorbei, wegen eines Zeugnisses.«

Ich nicke stumm. Fritz geht hinter den Tresen und versorgt Koslowski mit der täglichen BILD-Zeitung. Ich schnappe meine Tasche und stehle mich aus dem Laden. Jetzt noch ein tränenreicher Abschied – das würde ich nicht ertragen.

Ich hole mir beim Bäcker den vielleicht letzten Grande Latte to go aus diesem Laden und ein Croissant. So bewaffnet trete ich auf die Straße. Berufsverkehr. Ich trotte neben der Fahrbahn her und lande irgendwann im Killesberg-Park. Setze mich auf eine Bank am Streichelzoo und starre die Ziegen an. Mir gegenüber sitzt eine Omi, die Tauben füttert. Über den Kiesweg schlappt ein Rentner heran. Die Sonne scheint und wenn ich Urlaub hätte, wäre das ein perfekter Tag. Ich habe aber keinen Urlaub. Langsam schlürfe ich den Kaffee und zerbrösele das Croissant. Sofort stürzt sich eine Horde Tauben auf die Krümel und die Omi schaut mich böse an.

»Ich wollte ihnen die Vögel nicht wegnehmen!«, rufe ich ihr zu. Sie reagiert nicht. Wahrscheinlich ist ihr Hörgerät falsch justiert. Und bei mir? Was läuft bei mir falsch? Das ist schnell gesagt:

Job weg.

Arne – vermutlich auch weg.

Marc sowieso weg.

Kohle – noch nie da gewesen. Also auch weg. Die letzte Lohnüberweisung vor knapp einer Woche hat mit Ach und Krach geschafft, mein Girokonto aus den roten Zahlen wieder in den schwarzen Bereich zu beamen. Das Geld auf dem Sparbuch reicht für zwei, vielleicht auch drei Monatsmieten. Und dann? Ich sehe mich selbst in ein, zwei Jahren. Ein Team von RTL II verfolgt mich tagelang mit der Kamera. Hier sehen sie Tanja, die beim Tafelladen halb verfaulte Äpfel kauft. Hier sehen sie Tanja, die zum Sozialamt geht. Hier sehen sie Tanja, die unter einer Brücke lebt. Hallo? Geht's noch? Nein, das bin ich nicht und so will ich auch nicht enden. Nicht bei RTL II.

Aber was dann? Die einzige Idee, die ich im Moment habe: ab nach Hause. Ab ins Bett und bewacht von meiner gläsernen Tiffanyfrau die Flucht antreten ins Reich der Träume. Ich bin müde. So müde …

Leider kann ich meine Vitalfunktionen, vor allem die des Verdauungstraktes, nicht über mehrere Stunden einschläfern. Vor allem dann nicht, wenn ich vorher Kaffee getrunken habe. Irgendwann drückt meine Blase dermaßen, dass ich aufwachen muss. Im Zimmer ist es dämmerig und aus der Küche höre ich Geschirrklappern und das muntere Plaudern meiner Jungs. Ich schlappe zum Klo, erledige mein Geschäft, putze mir notdürftig die Zähne (ich sabbele im Schlaf, leider, was nicht besonders sexy ist, nehme ich mal an) und folge dem Duft von frisch gebratenem Fleisch.

»Guten Morgen, Prinzessin!« Rolf wendet drei Steaks in der Pfanne. Wenn Rolf mit Einkaufen dran ist, gibt es meistens etwas sehr, sehr Leckeres. Während ich mich auf einfache Übungen (Vesperplatte, Salate) beschränke, durchstöbert er vor jedem Einkauf die Kochbücher und geht systematisch durch den Supermarkt oder besucht die Markthalle. Ich kaufe, was mir grade so in die Hände fällt – und stelle dann zu Hause fest, dass man daraus eigentlich nichts kochen kann.

Ich gähne herzhaft.

»Bist du krank?« Chris kommt mit einer Handvoll Kräutern vom Balkon und reicht sie unserem Chefkoch.

»Nein, wieso?«

»Na ja, du liegst den ganzen Mittag im Bett …«

Jetzt fällt es mir wieder ein. Job weg, Arne weg,

Wohnung vielleicht bald weg. Fassung auf jeden Fall in diesem Moment weg. Schwerfällig lasse ich mich auf meinen angestammten Platz sinken. Kaum hat mein Hintern das Stuhlkissen berührt, schießen oben die Tränen aus den Kanälen. Zwischen Brokkoli mit Mandelstiften, perfekt durchgebratenem Steak und Pommes (fettarm, weil aus dem Ofen), das ganze garniert mit Kräuterbutter (damit es nicht zu fettarm bleibt) schildere ich den Jungs meine Misere. Ich brauche anderthalb Packungen Tempos. Chris und Rolf hören schweigend zu. Earl schnarcht unter dem Tisch. Als ich an der Stelle »... und die Miete kann ich so auch nicht zahlen« angekommen bin, steht Chris auf. Zieht mich vom Stuhl und nimmt mich in den Arm.

»Ach, das machen wir schon irgendwie«, flüstert er mir ins Ohr.

»Tanja, das machen wir schon irgendwie«, sagt auch Rolf und klopft mir auf die Schulter. »Aber heute nicht. Heute brauchen wir das Tanja-heult-sich-aus-Programm«, sagt's und bugsiert mich zum Sofa. Earl folgt uns gähnend. Der Mops streckt sich, stupst mich mit der platten Nase an und rollt sich dann auf seinem Kissen zusammen. Chris kommt mit einem ganzen Stapel DVDs aus Rolfs unerschöpflichem Fundus. Ich sitze zwischen den Jungs auf dem Sofa, vor uns Schalen mit Chips, Erdnüssen, Flips und anderen ungesunden Sachen nebst Rotwein, Cola und einer Familienpackung Fürst-Pückler-Eis. Der Reihe nach arbeiten wir uns bis morgens um halb fünf durch »Love Story«, »Jenseits von Afrika« (Rolf schläft in der Mitte des Films ein) und »Schtonk« (gucken wir nur halb), »Wie im Himmel« (Chris und ich heulen wie die Schlosshunde, was Earl aus dem Hundetraum hochschrecken lässt), »Magnolien aus Stahl« und »Bridget Jones«. Irgendwo zwischen Götz George und Julia Roberts döse ich weg, aber Chris herzzerreißendes Heulen, als die arme Diabetikerin das Zeitliche segnet, holt mich auf den Boden der Hollywood-Tatsachen zurück.

Während Rolf sich am nächsten Morgen leise duscht, kuscheln Chris und ich uns zu zweit unter die Fleecedecke und schlafen bis halb elf. Er hat heute frei (Überstunden abfeiern) und ich habe Zeit. Unendlich viel Zeit. Zu viel Zeit.

»Jetzt nehmen wir uns erst mal Zeit für ein gemütliches Frühstück«, meint Chris. Gemeinsam mit Earl geht er zum Bäcker. Der Mops kommt mit leerer Blase wieder, mein lieber Mitbewohner mit einer vollen Croissanttüte. Während Earl sich über die Reste der Chips und Flips im Wohnzimmer hermacht, schlürfen Chris und ich starken Kaffee und knabbern die Croissants. Eigentlich sollte ich den Tag genießen. Die Sonne scheint, es ist angenehm warm und wäre perfekt, um sich mit einem guten Buch in den Park beim Landtag zu begeben. So früh am Tag sind die besten Plätze sicher noch nicht alle besetzt. Ich könnte Earl mitnehmen. Wir könnten uns ein Eis kaufen, wenn der kleine Italiener mit seinem Wagen vorbeikommt. Wir könnten den Müttern zuschauen, die ihren Kindern zuschauen, die sich gegenseitig beim Umfallen und Knie Aufschürfen zuschauen.

»Ich sollte zusehen, dass ich zum Arbeitsamt gehe«, sage ich, als das kleine Männchen namens »Vernunft« nach der dritten Tasse Kaffee wach wird.

»Agentur für Arbeit heißt das heutzutage«, korrigiert mich Chris und verdreht die Augen. »Aber mach dir keine Hoffnung …«

»… ich weiß. Außer ein paar Formularen wird nicht viel dabei rumkommen. Trotzdem … vielleicht kann ich wenigstens ein bisschen Geld rausleiern, von irgendwas muss ich ja leben und die Miete zahlen.«

Nach einer heißen Dusche, noch einem Croissant, einem Glas O-Saft und einer aufmunternden Umärmelung von Chris, der sich mit Earl auf den Weg in den Park macht, bin ich gerüstet für meinen Gang zur wahrscheinlich florierendsten Behörde Deutschlands. Das Arbeitsamt ist in einem nagelneuen und pervers teuren Bau untergebracht. Als ich vor der Betonfassade stehe, fasse ich den Beschluss, den Architekten dieses Monsterbaus, sollte ich ihn erwischen, zu erschlagen. Hätte es eine Nummer kleiner nicht auch getan? Verdient hätte er es. Die Foltermethoden überdenke ich bei einer Zigarette, die ich unter dem Vordach im Kreise von sieben Männern rauche. Keiner spricht auch nur ein Wort, jeder ist bemüht, nur ja nicht den Blick des anderen zu kreuzen. Der Aschenbecher, der neben dem Eingang steht, quillt über.

Drinnen ist das Gebäude auch nicht besser. Ich hatte das verdrängt – aber seit meinem letzten Besuch hat sich nichts getan. Hinter dem Tresen sitzt noch immer dieselbe vertrocknete Mittfünfzigerin wie vor einigen Monaten, als ich zum letzten Mal hier war. Und wenn ich mich nicht irre, sind auch die grauen Gestalten, die sich im Internet nach Stellen umschauen, noch dieselben.

Da ich das Prozedere von meiner Suche nach einer Stelle als Arzthelferin anno Zwieback noch kenne, halte ich mich gar nicht lange mit der Trockenpflaume auf. Ich schnappe mir aus dem Ständer das Anmeldeformular, ziehe eine Nummer und hocke mich zu den knapp 40 anderen, die wie ich darauf warten, einen Arbeitsberater zu sprechen. Ich bin Nummer 187. Die Anzeigentafel verkündet, dass Nummer 125 aufstehen und sich in die Höhle des Löwen begeben darf.

Auch das Formular hat sich nicht geändert. Ich fülle es aus (dafür brauche ich etwa viereinhalb Minuten) und starre in die Luft. Bei Nummer 136 muss ich Pipi. Als ich wiederkomme, ist Nummer 138 dran. Also ziehe ich einen Kaffee aus dem Automaten. Bis 143 habe ich die labbrige Brühe geschlürft. Von 144 bis 176 beobachte ich eine Mutter beim Stillen, Wickeln und Beruhigen eines knatschrosa Bündels. Das unverwechselbare Pampers-Odeur wabert durch den Wartesaal. 177. Noch mal aufs Klo. 179: In meiner Handtasche finde ich einen halben Müsliriegel. Nicht viel, aber eine erste Hilfe gegen das Knurren in meinem Magen. Mittlerweile ist es fast 15 Uhr und ich überlege, ob das Warten noch Sinn macht. Schätzungsweise in einer halben Stunde beginnen die Beamten in ganz Deutschland, die Schreibtische aufzuräumen, die Büroklammern zu sortieren und die Palmen auf dem Fensterbrett zu gießen. Schließlich sollte um 16 Uhr Feierabend sein.

182. Ein Türke mit gebeugtem Rücken. 183. Ein Knabe, der beinahe in seiner eigenen Hose zu ertrinken scheint (das, was an den Po gehört, sitzt deutlich auf Kniehöhe). 184. Eine ondulierte Wasserstoffblondine, die seit drei Stunden auf ihrem Handy herumgetippt hat. 185. Niemand. Schon gegangen. 186 ist eine 150-Kilo-Frau, wovon gut 50 Kilo allein auf den aufgebockten Busen entfallen. 187. Ich.

Um 15.52 Uhr betrete ich das Zimmer, über dem die 187 blinkt. Es ist die siebte Tür, beinahe am Ende des Ganges. Von meinem Berater bekomme ich zunächst die Rückansicht zu sehen. Sein Flachpo steckt in einer abgewetzten Jeans, trotz des sommerlichen Wetters trägt er über dem Hemd eine wohl von der Gattin selbst gestrickte Weste. Er steht am Fenster, die kleine grüne Plastikgießkanne in der Hand, und tröpfelt Wasser in den Topf eines kleinen Alpenveilchens mit weißen Blüten. Vom Türschild her weiß ich, dass er Lehr heißt. Herr Dirk Lehr. Ob er mit seinem Veilchen spricht?

»Nehmen sie Platz«, schnurrt Dirk. Ich platze mich auf den abgewetzten Stuhl, der vom Vorgänger noch warm ist. Dirk pult ein Blättchen aus dem Veilchen und setzt sich dann an den Schreibtisch. Jetzt schaut er mich zum ersten Mal an.

»Guten Tag, Frau …?«

»Böhm. Tanja Böhm.«

»Sind Sie bereits Kunde bei uns?«

Wie bitte? Bin ich bei Neckermann?

»Äh?«

»Waren Sie schon einmal hier? Sind Sie bereits in der Kartei eingetragen?« Dirk klingt leicht genervt und schaut mich mit stierem Blick an.

»Äh, ja, doch, bin ich.«

»Haben Sie eine Kundennummer?«

»Bitte?«

Herr Lehr seufzt. Mithilfe meines Geburtsdatums gelingt es ihm schließlich, den Vorgang »Böhm, Tanja« in seinem Computer zu finden. Na bitte.

»Sie sind also Arzthelferin«, sagt er. Ach was! Schlaues Kerlchen. »Und Sie suchen eine neue Stelle?« Ui. Blitzmerker.

Ich schildere ihm meine Lage, wobei ich auf Stenografiestil achte. Die Uhr hinter Dirks Rücken zeigt 16.02 Uhr an. Sorge dafür, dass ein Beamter

Überstunden machen muss und du kannst dich gleich selbst einsalzen.

Mein Arbeitsberater überfliegt das Formular, das ich vor Stunden im Warteraum ausgefüllt habe. Dann knallt er einen Stempel auf das gelbliche Papier und legt es auf den Stapel neben dem Computer. Dort harren ungefähr 150 solcher Formulare darauf, dass Dirk sie datentechnisch erfasst. Dann starrt Herr Lehr auf den Bildschirm, klickt wild mit der Maus und schüttelt den Kopf.

»Tut mir leid, so auf die Schnelle kann ich Ihnen kein Angebot in Ihrem Beruf machen. Aber Sie haben ja Erfahrung im Verkauf, wie ich sehe.« Wieder klickt er, dann rattert der Drucker auf dem Schränkchen unter dem Fensterbrett. Das Veilchen wiegt sich sacht im lauen Lüftchen, das durch das gekippte Fenster streicht.

Herr Lehr rollt mit seinem Stuhl zum Drucker, fischt die Blätter heraus, rollt zurück und streckt sie mir entgegen. »Das sind einige offene Stellen, die infrage kommen könnten«, sagt er. Und dann schnurrt er das herunter, was er Tag für Tag geschätzt 786 Mal sagt: »Ich mache Sie darauf aufmerksam, dass Sie verpflichtet sind, sich bei den ausgeschriebenen Stellen zu bewerben. Diese Bewerbungen haben Sie zu dokumentieren. Parallel dazu erwartet die Arge, dass Sie sich initiativ bewerben. Die Kosten für die Unterlagen, wie Kopien und Briefumschläge, kann das Amt Ihnen gegen Vorlage entsprechender Quittungen erstatten. Sollten Sie diesen Pflichten nicht nachkommen, so werden Ihnen Bezüge gekürzt oder ganz gestrichen.«

Ich nicke so stark, dass ich beinahe Nackenschmerzen bekomme. »Klar, natürlich, verstanden.«

Herr Lehr kritzelt etwas auf einen Zettel, den er mir reicht. »In vier Wochen kommen Sie bitte wieder, und halten Sie den Termin pünktlich ein«, sagt er und zeigt zum ersten Mal so etwas wie ein Lächeln. »Eine Nummer müssen Sie dann nicht ziehen, Sie können direkt kommen.« Bingo.

Um 16.06 Uhr stehe ich auf dem Gang, einen Stapel Papiere in der Hand und dazu die Auskunft, dass ich in den nächsten Tagen Post bekommen werde, was die Höhe meiner »finanziellen Ansprüche« angeht. Wie nett von Dirk, dass er nicht Hartz IV gesagt hat. Ich falte die Ausdrucke zusammen und stopfe sie in meine Tasche. Raus hier. Bloß raus!

Vor dem Eingang steht immer noch ein ganzer Pulk Menschen. Alle rauchen. Warum kaufen die ihre Kippen nicht bei Fritz? Ich hätte gute Lust, ihnen die dünnen Selbstgedrehten aus dem Mund zu reißen. Solche Typen sind schuld daran, dass ich meinen Job verloren habe! Die und die ganzen Frischlufttanten. Letzten Sommer hatte ich solche Exemplare im Biergarten kennengelernt. Marc, der Arsch, und ich saßen zweisam allein an einer langen Bank, schwiegen uns an und mampften jeder ein halbes Hähnchen. Vier Grazien hochmittelalterlichen Alters stürmten den Biergarten und setzten sich an unsere Bank. Die schnatternden Gänse bestellten Mineralwasser und Salat mit Putenbruststreifen. Nachdem ich mein Hähnchen zerlegt und die Knorpel von den Knochen genagt und darauf gewartet hatte, dass die Nebensitzerinnen allesamt ihr Grünzeug gefuttert hatten, zündete ich mir eine Marlboro an.

Lady Nummer eins hüstelte gekünstelt. Lady Nummer zwo verzog das Gesicht. Nummer drei wandte sich pikiert ab. Und Nummer vier, die Dickste von allen, ließ den mächtigen Busen beben: »So eine Sauerei, müssen Sie uns hier vollstinken? Ich hab keine Lust, wegen Ihnen an Lungenkrebs zu sterben.«

Hallo? Wir saßen im Freien! An der frischen Luft! Und der Rauch zog – oh Wunder! – nicht mal in die Richtung der Mädels.

Marc schwieg und kramte nach seinem Geldbeutel. Ich schwieg und kochte innerlich.

In ähnlicher Stimmung bin ich auch jetzt. Die Sonne scheint zwar immer noch, aber mir ist regnerisch im Gemüt. Kurz vor Sturm. Die steife Brise spüre ich schon. Langsam trotte ich die Straße entlang. In einer kleinen Eisbude mache ich Halt, lasse mir eine Waffel mit vier Kugeln Nutellaeis füllen und fühle mich gleich ein bisschen besser. Dass die Waffel nicht dicht hält und ich mein Shirt versaue, ist mir egal. Schokolade und Sahne – welche Seelentröster! Bis ich zu Hause ankomme, hat sich meine Stimmung so weit gebessert, dass ich mich in der Lage sehe, die Ausdrucke von Herrn Lehr wenigstens mal anzuschauen. Ist ja irgendwie Bürgerpflicht.

Aus den Zimmern der Jungs plärrt Musik in den Flur, wo der schnarchende Earl sich auf seinem Kissen zusammengerollt hat. Dieser Mops wäre der wahrscheinlich mieseste Wachhund aller Zeiten – nicht einmal mein Eintreten in die Wohnung entlockt ihm ein müdes Bellen. Ich knalle meine Tasche auf die Couch, schüttele die Schuhe von den Füßen, spüre den Druck meiner Blase, mache die Klotüre auf – und schreie wie am Spieß. Sofort fliegen die Türen meiner Mitbewohner auf und zwei sehr besorgte Männer rennen in den Flur. Selbst Earl schält sich von seinem Kissen und kläfft.

»Was ist passiert?«, ruft Rolf.

Ich kann nicht sprechen. Mit zitterndem Arm zeige ich in das Klo. Also in mein Badezimmer. Oder das, was einmal mein Bad war.

»Da … dada … das…«, presse ich schließlich hervor. Ich stehe vor einer Wolke aus weißem Taftstoff. An den Wänden ist Stoff, an der Decke, um den Spiegel herum. Und überall hängen Rosen. Rote Stoffblüten und hellbeige, weiße und rosafarbene. Große und kleine. Künstlicher Efeu umrankt den Spiegel und das Fenster. Eine Vase mit – ich nehme an echten – tiefroten Baccararosen thront auf dem Spülkasten. Auf dem Regal stapeln sich

Pappkistchen im Rosendesign, in denen sich vermutlich meine Kosmetiksachen verbergen. Auf dem Klorollenhalter hängt rosa Papier mit eingestanzten Blüten. Langsam trete ich einen Schritt zurück aus dem Rosendschungel.

»Gefällt es dir?« Chris strahlt mich an. »Ich dachte, ich mache unserer Prinzessin eine kleine Überraschung, nach so einem Tag heute.«

»Oh«, sagt Rolf und schürzt ein Husten vor. Ich sehe aber ganz genau, dass er hinter vorgehaltener Hand grinst.

»Öh.« Ich stiere Dornröschens Bidet an. »Es ist … üppig«, sage ich schließlich.

Chris macht einen Luftsprung und nimmt mich in die Arme. »Wusste ich doch, dass du es magst!«

Der Gute freut sich dermaßen, dass ich nichts mehr sagen kann. Rolf hustet derweil in der Küche weiter. Ich kann förmlich durch die Wand sehen, wie er sich die Lachtränen von der Wange wischt. Earl streckt seine Plattnase in Turnhöschens Rosenzimmerlein und niest. Dann verzieht er sich zu Rolf in die Küche.

»Wenn ich sonst noch was für dich tun kann …« Chris schaut mich erwartungsvoll an.

»*Nein*!«, rufe ich. »Ich meine … ich muss mal. Dringend.« Ich winde mich aus seiner Umarmung, stürze ins Klo und knalle die Tür zu. Der Rosenbehang schwankt im Luftzug. Durchatmen, Tanja, tief durchatmen. Er meint es nett.

Aaargh!

Jetzt sehe ich, dass die weiße Standardklobrille einem altrosa Teil aus der Omaabteilung im Baumarkt gewichen ist. Egal, ich muss mal. Als ich den Deckel hochklappe, quillt ein Schwall künstlichen Rosenduftes aus der Schüssel. Nase zu und durch, denke ich. Während ich tue, was Prinzessinnen tun, fällt mein Blick auf das Schild, das hinter der mit Stoff beschlagenen Tür hängt: »A rose is a rose is a rose«. Feinste Keramik, ganz bestimmt handbemalt von bemitleidenswerten chinesischen Kindern.

Aus dem Spülkasten kommt – oh Wunder! – völlig normales Wasser. Ich wasche meine Hände mit der Rosenseife in Blütenform und trockne sie an einem mit Rosen bestickten Tüchlein ab. Chris erwartet mich draußen und sieht mich prüfend an.

»Es ... also ... passt ja alles zusammen«, sage ich schließlich. Unser Hausflorist klatscht begeistert in die Hände.

Für Herrn Lehrs Ausdrucke hatte ich dann keinen Nerv mehr und so sitze ich am folgenden Morgen alleine am Küchentisch. Vor mir ein frisch gebrühter Kaffee, zu meinen Füßen ein schnarchender Mops. Ich blättere die Ausdrucke durch und lege sie nebeneinander auf den Tisch. Einige Minuten lang starre ich sie einfach nur an. Die Buchstaben verschwimmen und formen von selbst das Wort

»Arne«. Der hat sich vom Acker gemacht – in seiner Wohnung ist es totenstill. Zwar verschwindet die Post im Kasten auf merkwürdige Weise (ich nehme an, Frau Otto hat einen Zweitschlüssel), aber vom Mieter selbst fehlt jede Spur. Urlaub? Neuer Job? Herrjeh, wenigstens eine Karte hätte er schreiben können, die Adresse kennt er ja!

Ich wische mir über die Augen, hole in meinem Zimmer Block, Stift und Telefon. Dann schnappe ich mir den ersten Zettel und wähle die angegebene Nummer. Als Stellenprofil steht dort »Pflegerin«. Nach dreimal klingeln hebt jemand ab. Es knattert in der Leitung, dann sagt ein Mann: »Hallo?«

»Ich rufe wegen der Anzeige an. Sie suchen eine Pflegerin?«

»Jaaaa …«

»Mein Name ist Tanja Böhm, ich bin gelernte Arzthelferin.«

»Soooo …«

»Ich habe auch Erfahrung im Umgang mit Kranken und Pflegebedürftigen!«

»Aaaaaach …«

»Wie sieht denn die Stelle aus? Ich meine, was müsste ich machen?«

»Schätzchen, wie siehst du denn aus?«

»Wie bitte?«

»Na, Oberweite, so was …«

»…«

»Biste gut gebaut?«

Zack. Ich lege auf. Frechheit. Der kann sich und seinen kleinen Hannes mal fein selbst pflegen. Ich glaub's ja nicht! Also notiere ich auf meinem Block: »Pflegestelle unzumutbar«.

Und dann geht's weiter im Text: Unter der Nummer für eine Reinigungskraft meldet sich niemand. Zum Glück, darauf hätte ich auch keine Lust. Notiz: »Arbeitgeber nicht erreichbar.« Das gleiche Spiel ist es mit der Aushilfskraft in einer Bäckerei (davon kann kein Mensch leben, wetten?), der Dreiviertelstelle in einer Reinigung (den ganzen Tag Hemden bügeln? Nein danke – wenn ich das wollte, hätte ich einen Mann) und der Urlaubsvertretung in einer Blumenhandlung (Chris wäre begeistert, aber zu viel Grün auf einmal ist auch nicht gesund).

Eine Stunde, zwei Tassen Kaffee, zig Zigaretten und ein halbes Paket Prinzenrolle später wähle ich die Nummer, unter der eine Empfangsdame gesucht wird. Das kenne ich aus guten Hotels (lange ist es her, damals noch mit Marc, dem Arsch). Schicke Mädels sitzen mit adretten Frisürchen am Empfangstresen, gekleidet im feinen Zwirn, und lächeln die ankommenden Gäste an. Das dürfte nicht allzu schwer sein. Ich setze mich aufrecht hin, das soll sich positiv auf die Stimme auswirken, pinne mir ein Lächeln ins Gesicht und höre dem Freizeichen zu. Nach dem siebten Tuten meldet sich eine tiefe, raue Stimme.

»Emmie am Apparat, hallo?«

Mein Lächeln verrutscht für einen Moment. Das kann kein Fünfsternehotel sein. Nun gut.

»Tanja Böhm, guten Tag«, schnurre ich los. »Ich habe ihre Anzeige gesehen und würde mich gerne als Empfangsdame bewerben.«

»Ah, ja?«, sagt Emmie mit Vibrato in der Stimme. »Hast du denn Erfahrung in der Branche?«

Sie duzt mich? Na, das scheint ja eine moderne Firma zu sein. »Ja, doch schon, gewissermaßen«, sage ich und straffe die Schultern. »Also, ich komme aus der Medizinbranche und da gehörte es auch zu meinen Aufgaben, telefonisch Termine zu vereinbaren.«

»Perfekt«, meint Emmie und ich höre, dass sie einen tiefen Zug nimmt. Ich tippe auf Rothändle ohne Filter oder einen Zigarillo, wie sonst sollte sie an eine so raue Stimme kommen?

»Ich hab hier schon einige schlechte Erfahrungen mit Mädels gemacht, die waren zu blöd, sich die Namen der Kunden zu notieren und solche Sachen.«

»Ja, klar, das darf nicht passieren«, sage ich.

»Ganz genau. Meine Rede! Wann kannst du denn vorbeikommen?«

Ui, Emmie hat es aber eilig. Ich eigentlich auch, wenn ich an meinen Kontostand denke.

»Wie wäre es jetzt gleich?«, höre ich mich sagen. Im selben Moment fällt mir ein, dass meine Haare nicht gewaschen sind, dass ich wahrscheinlich keine einzige gebügelte Bluse im Schrank habe und Nagellack selbstverständlich auch nicht an den Fingernägeln ist.

»Gut, freut mich«, brummt Emmie und gibt mir die Adresse durch. Ich notiere die Straße und sause in mein Zimmer. Die Tiffanydame wird von der Sonne durchleuchtet und scheint mir zuzuzwinkern. Ich nehme das als gutes Omen, friemle aus den ungewaschenen Haaren etwas, das an einen Dutt erinnert, und fische das nachtblaue Kostüm (getragen zu Tante Trudes 65. Geburtstag) aus dem Schrank. Tatsächlich sind alle Blusen zerknittert, also entscheide ich mich für ein weißes T-Shirt. Das ist zwar am rechten Ärmel eingerissen, aber unter der Jacke sieht das ja keiner. Schnell noch ein bisschen Parfum, dezenten Gloss und ab die Post.

Keine halbe Stunde später stehe ich vor dem Haus in der Augustenstraße, das Emmie mir angegeben hat. Wie ein Hotel sieht das nicht aus. Auch nicht wie das Gebäude einer Firma, die sich den Luxus eines Empfangsfräuleins leisten kann. Von links umhüllt mich der Gestank aus einer Dönerbude, von rechts hält eine miefige Fritteuse aus einem Imbiss dagegen. Das Haus, in dem mein neuer Arbeitsplatz sein soll, hat vier Stockwerke. Hinter allen Fenstern sind dieselben Vorhänge, weiß mit roten Rosen. Die Fassade besticht ansonsten durch den abblätternden Putz. Ich schätze, vor Jahrzehnten war der mal weiß. Der Eingang liegt um die Ecke in einem schmalen Durchgang, in dem offensichtlich der Abfall aus der Pommesbude gelagert wird. Die Haustür ist knallrot gestrichen und neben der Klingel hängt nur ein einziges Schild: »Bei Emmie«.

Ich bimmele bei Emmie und streiche meinen Rock glatt. Die Chefin muss ja nicht sofort sehen, dass direkt über dem Knie eine Laufmasche Richtung Po läuft. Dann setze ich ein – wie ich hoffe – kompetentes Gesicht auf. Wenige Augenblicke später wird geöffnet – und mir bleibt der Mund offen stehen: Im Türrahmen erscheint ein mit schwarzer Lackmaske und Lederhose angezogener Mann.

»Tretet ein, die Herrin erwartet euch«, schnurrt das Wesen.

Ich widerstehe dem Impuls, einen Schritt zurückzutreten. Stattdessen folge ich, quasi gegen meinen Willen, dem Lackmann ins Haus. Der Flur ist dämmerig. An den Wänden hängen Peitschen und Handschellen. Du liebe Güte!

Der Lackmann schnauft schwer hinter seiner Maske und öffnet die erste Tür. Mit einer tiefen Verbeugung bittet er mich in das Zimmer. Ich bin auf alles gefasst – und stehe in einer stinknormalen Küche, wie sie auch Tante Trude haben könnte: Eckbank, Gasherd und in die Jahre gekommene Resopalmöbel. Von der Decke baumelt eine mit Stoff bezogene Lampe im Schwarzwalddesign. Auf der Eckbank sitzt eine Frau, die fast die gesamte Sitzfläche für sich allein beansprucht. Ihr gewaltiger Busen liegt auf dem mit einer Plastikdecke dekorierten Küchentisch auf. Der Maskenmann betritt hinter mir den Raum und macht sich an der Kaffeemaschine zu schaffen.

»Geh den Keller fegen!«, herrscht die Dicke ihn an. Sofort lässt er Kanne Kanne sein und geht rückwärts und mit tiefen Verbeugungen aus dem Raum. Dabei murmelt er wie ein Mantra »Jawohl, Herrin, gerne, Herrin …«

Ich räuspere mich. Das nicht ganz taufrische Shirt unter meiner Kostümjacke wird nass vor Schweiß. »Böhm mein Name«, stottere ich.

»Jessas, Mädchen, das ging aber schnell«, sagt die Dicke. »Ich bin die Emmie, setz dich.«

Ooookay. Das also ist Emmie. Emmie schiebt den Teller mit mundgerecht zerlegter Schokolade zur Seite. In dem Moment fällt mir ein, warum Frau Emmie mir so bekannt vorkommt – sie heißt wie Chris' Lieblingsgjoghurt, mit dem er den halben Kühlschrank füllt.

»Wie lange bist du schon im Geschäft?« Frau Joghurt mustert mich aus blitzenden Äuglein.

»Im Geschäft? Ich? Also, ich habe eine Ausbildung zur Arzthelferin gemacht«, stottere ich.

»Also Anfängerin«, unterbricht die Chefin mich. Ich schweige.

»Dein Job wäre es, die Kunden zu begrüßen und vor allem auch, mit ihnen am Telefon die Termine abzusprechen. Im Moment sind alle meine Mädchen auf Zimmer, aber wenn du wartest, kannst du sie kennenlernen.« Emmie fischt eine Pall Mall aus der Schachtel und nimmt einen Zug. Ihr mächtiger Busen hebt sich ein paar Zentimeter von der Tischplatte.

»Die Coco kann dir sicher ein paar Tipps zum Outfit geben, mit so einem Kostüm geht das hier gar nicht.«

»Nein?«

»Na ja, Strapse, ein Korsett, so was. Das zahl ich aber nicht, meine Mädchen kommen für die Dienstkleidung selbst auf.«

Mir kommt auch was auf – ich, Tanja Böhm, bewerbe mich gerade um einen Job im Puff. Mit einem Mal sehe ich meine Zukunft klar vor mir: Ich werde in Lackstiefeln zur Arbeit gehen, die Männer so lange bei Laune halten, bis die Hure der Wahl frei ist. Ich werde billigen Sekt als Schampus deklarieren, werde Männer sehen, die ich nie sehen wollte, und eines Tages werde ich für eine kranke Kollegin einspringen und »auf Zimmer gehen«.

»Ich muss gehen«, stammele ich und springe auf. »Das ist ein Missverständnis, ich dachte …«

Emmies Busen beginnt zu wackeln und zu wogen, als sie lacht. »Ja, klar, Mädchen, Missverständnis!«, kreischt sie.

Ich haste Richtung Ausgang. Den Weg nach draußen werde ich auch ohne den Sklaven finden.

»Wir sehen uns wieder, ihr kommt alle wieder!«, brüllt Emmie mir lachend hinterher. Ich reiße die Tür auf und stürze nach draußen. Oh nein, Frau Emmie, nicht alle kommen wieder – Tanja Böhm hast du zum ersten und letzten Mal gesehen, schwöre ich mir.

Allerdings kommen mir zu Hause dann doch leise Zweifel, als ich mich samt Taschenrechner, Block und Stift unter den Blicken der Tiffanydame auf meinem Bett einkuschele. Zahlen lügen nicht – und lange kann ich mit meinem dünnen Finanzpolster nicht durchhalten. Ich rechne hin und her – aber es bleibt knapp. Mehr als knapp.

In dieser Nacht träume ich von Arne, der mir in Strapsen ein Glas Champagner serviert …

Das Wetter passt nicht zu meiner Situation. Überhaupt nicht: Während ich in einer grauen Stimmung versinke, tobt draußen der pure Sommer. Seit Tagen ist der Himmel verboten blau und die Sonne gibt ihr Bestes, um schon um 10 Uhr früh das Thermometer an die 30-Grad-Marke zu rücken. Zwischen den Häusern staut sich die Hitze. Summer in the Swabian City. Im Radio spielen sie Songs von Sonne, Strand und Meer, von Liebe und Leidenschaft. Songs, die perfekt wären, um mit Arne aus der Stadt zu fliehen, raus an den Baggersee. Songs, um unter dem Sternenhimmel zu knutschen. Aber ich habe weder die Kohle für einen Kurztrip noch einen Mann zum Knutschen. Arne bleibt verschwunden.

Eigentlich sollte ich wütend sein. Stinkwütend.

Aber zu meinem großen Erstaunen legt sich immer dann, wenn ich an Arne denke, ein kitschiges Päckchen Sehnsucht über meine Wut. Wut kann gesund sein – Sehnsucht macht schlank. Fast könnte ich dem Tierdoc dankbar sein, dass er sich klammheimlich in Luft aufgelöst hat, denn seit seinem Verschwinden habe ich genau die dreieinhalb Kilo abgenommen, gegen die ich seit Marc, dem Arsch, hart gekämpft habe (und hey, ich hatte keine Chance bei all der Eiscreme, die meine Jungs und ich in langen Videonächten gegessen haben!).

Während die Temperaturen also weiter und weiter steigen und die Leute Richtung Mallorca flüchten, sinkt meine Laune tiefer und tiefer. Klar, Chris und Rolf kümmern sich rührend um mich und betonen Tag für Tag, dass wir zu dritt das mit der Miete schon wuppen würden, bis ich einen neuen Job gefunden hätte. Aber Arbeitsberater Lehr ist im Urlaub (Mallorca, 14 Tage all inclusive, schätze ich). Die Stellenangebote in der Zeitung tendieren gegen null und ich frage mich, ob ich nicht doch eines Tages noch einmal bei Emmie klingeln werde.

Der einzige Lichtblick in diesen Wochen ist Earl. Der Mops und ich streifen, sobald die Sonne nicht mehr ganz so fies vom Himmel sticht, durch die Straßen. Im Treppenhaus achte ich allerdings immer sehr genau darauf, keinen Lärm zu machen – nicht, dass Bernd Kube noch auf die Idee kommt, mich um weitere Tipps in Sachen

Jasmin zu bitten. Für einen Ausflug in den Park ist es mir und dem Mops zu weit und zu heiß, das haben wir nur einmal gemacht. Und ich schwöre, meine Zunge hing weiter raus als die des Köters. Der Mops konnte sich immerhin noch im Brunnen erfrischen – ich hatte nicht mal zwei Euro für ein Eis im Etat.

Unser täglicher Weg führt uns vorbei an der Frittenbude (immer noch unsere Hauptnahrungsquelle, wenn die Jungs keine Lust zum Kochen haben) und dem kleinen Antiquitätenladen, die Straße hinunter durch das Bohnenviertel, um die Ecke und zum nächstgelegenen Spielplatz. Die Anlage stammt offensichtlich noch aus früherer Zeit, zu der es noch nicht als sofort tödlich galt, wenn Kinder und Hunde sich auf demselben Gelände aufhalten. Zwar steckt im Boden neben dem Sandkasten ein grünes Schild, auf dem ein kackender Hund mittels roter Streifen durchgestrichen ist, doch ein Teil der Wiese ist klar als Hundespielplatz ausgewiesen. Hier sitzen Herrchen und Frauchen auf den Holzbänken und starren hinüber zur Kinderecke. Dort wiederum fläzen die Mamis und ganz selten auch mal ein Papi und starren mit verbissenem Blick zu Bello und Co. Wenn sie nicht gerade Kevin davon abhalten müssen, mit seiner gelben Plastikschaufel dem Dennis ein Loch in den Schädel zu hauen. Oder Schantall davon überzeugen wollen, der Dschässikaaa bitte schön keine Ladung Sand in die Augen zu reiben. Sagt denen im Standesamt eigentlich keiner, dass französische Namen auf Schwäbisch grenzdebil klingen?

In unserer Ecke geht es sehr gesittet zu. Earl und ich sitzen stets auf der mittleren Bank unter dem Kastanienbaum. Im Herbst ist der Platz wegen der herunterfallenden Kastanien sicher nicht sehr beliebt. Und während Niels-Alexander, Michelle-Marie und Leon-Maurice mit markerschütternden Schreien ihre Eltern zum Schaukeln, Wippen und Buddeln abkommandieren, setzt Earl sein Häufchen, das ich mit der Plastiktüte einsammle. Dann rollt er sich neben mir auf der Bank zusammen und schaut zu, wie ein Dackel im Kreis rennt und dabei versucht, seinen Schwanz zu fangen. Bei der Hitze käme dem Mops so was nie in den Sinn. Aber vielleicht ahnt er auch, dass er seinen Ringelschwanz niemals zu fassen bekäme?

Mit den anderen Hundehaltern habe ich in den ersten Tagen so manches interessante Gespräch über die Vorlieben der Vierbeiner für bestimmte Hundefuttersorten, die Qualitäten diverser Hundefriseure und das Unverständnis der meisten Eltern auf der Gegenseite geführt. Irgendwann aber waren die Gesprächsthemen doch erschöpft und so gehört zu meiner Grundausstattung mittlerweile immer ein gutes Buch, empfohlen meistens von Rolf. Im Augenblick fesselt mich ein Krimi aus Bielefeld, in dem ein Kommissar Weinbrenner einen irren Puppenspieler jagt. Zuvor habe ich mich mit einer gewissen Alice in die Niederungen eines Dorfes begeben, in dem nichts so ist, wie es scheint.

Als Kommissar Weinbrenner in Bielefeld eben eine Tasse Kaffee trinkt, zerreißt ein gellender Schrei die Stille des Stuttgarter Spielplatzes. Waldi lässt seinen Schwanz los und bleibt wie angewurzelt stehen. Schantall fällt das Schäufelchen aus der Hand und Jason-Fabian fällt vor Schreck auf den Windelpo. Irritiert lasse ich den Roman sinken und will Earl beruhigend über die Schlappohren streicheln – doch der Platz neben mir ist leer.

Im Sandkasten herrscht Tohuwabohu. Eine aufgebrezelte Blondine mit Dauerwellen, wie man sie zuletzt bei Dallas oder Denver Clan sah, stakst kreischend durch Schantalls Sandburg und ruiniert mit ihren Stilettos die Zinnen. Hinter dem Burggraben ist eine Sandwolke zu sehen – aus der immer mal wieder Earls Ringelschwänzchen und ein sehr lockiges, sehr schwarzes Fell auftauchen. Tierisches Grunzen übertönt das empörte Geschrei der Mamis und Papis, die ihre Kinder in Sicherheit bringen und die matschverschmierten Gesichtchen mit Lätzchen abdecken, auf dass der Zweijährige das Schauspiel der Natur nicht sehe. Dabei wäre das durchaus sehenswert, wie ich bemerke, als ich zum Sandkasten schlendere: Earl hat sich mit seinen Stummelbeinchen auf den Pudel gewuchtet (der dieselbe Frisur hat wie sein Frauchen, nur etwas kürzer und viel dunkler) und lässt die speckige Hüfte kreisen. Frau Pudel wiederum dreht verzückt den Kopf gen Himmel. Weißer Schaum aus Earls Maul tropft auf ihr onduliertes Fell, jedes Mal, wenn der Mops keucht und grunzt.

»Püppiiiieeee!«, kreischt die Blondine. »Mein armes Püppilein!« Verzweifelt rudert sie mit den Armen, an denen gut und gerne ein Dutzend goldene Reifen klappern. Ich trete nun meinerseits in den Sandkasten, erwische dabei Schantalls Schäufelchen, das mit einem lauten Knacken in zwei Teile bricht, und starre auf die poppenden Hunde.

»Ich glaub, sie hat auch Spaß an der Sache«, versuche ich zu scherzen. Die Blondine fährt herum und schickt mir aus ihren mit einer halben Tonne Kajal umrandeten Augen einen dermaßen giftigen Blick zu, dass ich mein Grinsen sofort wieder zurückziehe.

»Das ist nicht witzig«, keift das Dämchen. »Püppi ist reinrassig, sie ist eine Zuchthündin!«

Blondie macht einen Schritt auf mich zu. Ihr rechter Absatz steckt allerdings bis zum Anschlag in der Sandburg. Sie macht eine ungeschickte Bewegung, ein dämliches Gesicht und knallt dann vor mir auf die Knie.

»Hinfallt!«, kreischt Schantall verzückt und ich hoffe sehr, dass das Gör erst später (viel später!) die kaputte Schaufel bemerken wird.

Frau Hinfallts Teint verfärbt sich von Solarienbraun zu Knallrot. Steht ihr überhaupt nicht, denke ich, verkneife mir aber jeden Kommentar, denn zum wohligen Grunzen des Mopses kommt jetzt noch ein wollüstiges Fiepen der Pudeldame. Blondie rappelt sich hoch und klopft den Sand von den Knien. Ihre Strumpfhose ist aufgerissen. Unfein!

»Ist das ihr Köter?«, schnaubt sie mir direkt ins Gesicht.

»Nicht direkt.«

»Aber *Sie* sind hier verantwortlich, ich hab doch gesehen, wie sie mit dem Mops auf der Bank saßen.«

»Ja, also, Earl gehört meinem Mitbewohner. Und er ist übrigens auch reinrassig. Also, der Hund, meine ich jetzt …«

»Das wird Konsequenzen haben«, faucht Blondie.

»Das glaube ich auch«, denke ich und frage mich, wie lange so ein Pudel wohl trächtig ist und ob auf Rolf die Zahlung von Alimenten zukommt. Ein letztes tiefes Grunzen zeigt an, dass seine Durchlaucht, Earl of Cockwood, sein Werk verrichtet hat. Die Pudeldame schüttelt ihn ab, schüttelt sich selbst und kommt dann mit hoch erhobener Schnauze und – ich schwöre! – verschlagenem Grinsen zu Frauchen gelaufen. Blondie nimmt Püppie sofort auf die bereiften Arme.

»Mein armes Mädchen«, flüstert sie dem Pudel ins Ohr. Earl trabt aus dem Sandkasten, strebt zum nächstgelegenen Busch und pinkelt in hohem Bogen. Männer! Auch Menschenmännchen halten selten etwas von trauter Zweisamkeit nach dem Liebesakt und ich kenne kaum einen, der nicht nach dem Poppen aufs Klo muss. Offensichtlich liegt das in der Natur des Penis, dass nach erfolgreicher Entleerung der Wasserpegel enorm steigt.

»Könnten Sie bitte den Sandkasten freigeben?« Schantalls Mama baut sich mit in die Hüften gestemmten Armen vor uns auf. »Und ich rate Ihnen, meine Damen, Ihre Köter auf der Hundeseite zu lassen, beim nächsten Mal rufe ich die Polizei.«

»Bolledsei!«, tritt Schantall nach und ich bemerke einen fiesen Unterton. Menschen, die knapp einen Meter groß sind, sollten die Klappe halten, denke ich.

»Verzeihung«, murmele ich und mache einen Satz auf die Wiese. Natürlich sieht das Gör auf den ersten Blick, dass die Schaufel in zwei Teile zerbrochen ist.

»Dabudd, Mama, dabuhuhuuuuuddd!«, brüllt Schantall los und presst zwei dicke Tränchen aus den Augen.

»Jetzt sehen Sie sich das an!«, faucht die Mama und hebt die Plastikteile auf, mit denen sie mir vorwurfsvoll vor dem Gesicht herumwedelt.

»Mäuschen, das muss die Frau bezahlen«, sagt sie und Blondie pflichtet ihr wild nickend bei. In der Zwischenzeit haben sich die anderen Mamas und der eine Papa in einem Kreis um uns formiert und ich rechne damit, jeden Augenblick in einen Boxkampf »Mutter gegen Hundebesitzerin« verwickelt zu werden. Ich höre schon das blutrünstige Schnauben der Menge, als Earl sich einen Weg durch die Beine der Damen und des Herrn bahnt und mir einen feuchten Stupser mit der Schnauze gibt.

»Schon gut«, murmele ich und fummle den letzten Fünfer aus meiner Hosentasche. »Das reicht ja wohl?«, sage ich und fuchtele mit dem Schein in der Luft, auf dass die Meute meine Reue sehe.

Schantalls Mutter schnappt sich die Kohle (Adieu, du mein Feierabendeis!) und macht auf der Hacke kehrt. »Wir gehen!«, ruft sie.

Gemeinsam mit ihr treten die anderen Eltern den geordneten Rückzug an. Ich atme tief durch und gehe in die Knie, um Earl zu streicheln.

»Belohnen sollten Sie *den* aber nicht auch noch«, faucht Blondie hinter mir.

Jetzt reicht's.

»*Der*, meine Liebe, ist seine Durchlaucht Earl of Cockwood, der ist so was von reinrassig, dagegen ist ihr Köter eine Promenadenmischung ... Und ich will mal hoffen, dass ihre Lockenratte keinen Tripper hat!« Jawoll. Auch Tanja kann gemein sein.

Blondie schnappt nach Luft und drückt Püppie fester an ihre Brust. »Frechheit«, stößt sie nach einer Weile hervor.

»Genau«, pampe ich zurück. Einige Augenblicke lang starren wir uns schweigend an. Dann richte ich mich auf. »Wir sollten das wie Erwachsene regeln«, schlage ich vor.

Blondie rümpft die Nase, aber aus der Dame ist nun spürbar die Luft raus. »Wissen Sie, ich habe übermorgen einen Decktermin, der Rüde ist schon bezahlt …« Verwirrt sieht sie mich an. »Na ja, und wenn der Mops nun … das wäre nicht auszudenken.«

»Aber wieso lassen Sie denn eine läufige Hündin auch frei laufen?« Das kann ich mir nicht verkneifen. »Da kann Earl ja gar nicht anders, als sie zu … besteigen.«

Blondie antwortet nicht. Verzweifelt krault sie ihr Püppchen hinter den gelockten Öhrchen. Tränchen steigen ihr in die Äugchen.

»Vielleicht gibt's ja so was wie die Pille danach auch für Hunde?«, überlege ich. Wär ja möglich – wo Earl doch auch Medikamente aus der Humanmedizin bekommt gegen seine Epilepsie.

»Meinen Sie?« Hoffnung keimt auf.

»Kann ja sein«, beruhige ich sie. »Warten sie mal.« Ich gehe, Earl dicht hinter mir, zurück zu unserem Stamm-Sitz und krame das Handy aus der Tasche. Seit Earls Zusammenbruch habe ich die Nummer der Tierrettung unter »Kurzwahl 1« gespeichert. In Zeiten, in denen frau unbemannt ist, kann eine solche Nummer schnell mal zur wichtigsten überhaupt werden. Früher gehörte die »Kurzwahl 1« einmal Marc, dem Arsch. Arne hat es noch nicht in mein Nummernverzeichnis geschafft. Arne, der Abwesende ... für einen Moment beginnen meine Hände zu zittern – was, wenn er drangeht? Es tutet dreimal. Dann knackt es und eine Stimme – unverkennbar die einer Frau – sagt: »Tierrettung Stuttgart, was kann ich für Sie tun?«

»Böhm hier, also, wir haben einen absoluten medizinischen Notfall, zwei Hunde ... also, bitte kommen Sie schnell«, sage ich und nenne ihr die Adresse des Spielplatzes. Dann lege ich auf, ohne zu sagen, worum es geht – es wäre mir doch zu peinlich, das am Telefon zu bereden. Als ich das Handy in meine Tasche zurückstopfe, frage ich mich, wer eigentlich den Einsatz bezahlt ... Rolf? Ich? Für mich wäre das der finanzielle Genickbruch.

Blondie verbringt die nächsten Minuten damit, auf den Stilettos durch das Gras zu stapfen und Püppchen in den Armen zu wiegen. Earl und ich nehmen auf der Bank Platz. Schade, dass die Müttermafia nebst Kreischkindern schon abgezogen ist, denke ich. Für die Blagen wäre der Auftritt der Tierretter sicher eine Schau gewesen: Wenige Minuten nach meinem Anruf hält der ausrangierte Krankenwagen vor dem Spielplatz und eine Frau springt heraus. Routiniert reißt sie die Schiebetür auf, greift sich einen schwarzen Koffer (in meinem Herz gibt es einen Stich ... solch einen Koffer hat Arne auch) und trabt neben ihrem Kollegen, der am Steuer saß, auf uns zu.

»Was ist passiert?«, fragt sie und schaut verwundert vom offensichtlich sehr gesunden Earl zu Püppie, die sich genauso offensichtlich pudelwohl fühlt.

»Hoffentlich nichts!«, sage ich und grinse. Blondie drängt sich vor uns und schildert der Ärztin in allen Einzelheiten den tierischen Akt und ihre daraus resultierenden Bedenken betreffs der Fruchtbarkeit der Pudeldame. Mit jedem Wort, das Miss Locke spricht, wird das Grinsen im Gesicht der Ärztin breiter. Ihr Kollege versteckt sein Grinsen hinter vorgehaltener Hand. Und auch ich kann mich nur noch mit Mühe beherrschen.

»Ja, und nun braucht meine Püppie die Pille danach«, beendet Blondie schließlich den Bericht.

Die Ärztin täuscht ein Husten vor, aber ich sehe genau, dass sie sich vor Freude fast in die orangefarbene Sanitäterhose pinkelt. »Die gibt's nicht für Hunde«, presst sie schließlich hervor.

Blondie wird blass und lässt sich auf die Bank neben meiner plumpsen. »Und nun?«, haucht sie tonlos.

»Nun, ich würde mal sagen, für uns ist der Fall abgeschlossen. Gesünder als dieses Liebespaar hier kann ein Hund ja wohl nicht sein.«

»Aber als einer der letzten Einsätze war das gut«, sagt der Kollege und zeigt, wie breit er grinsen kann.

»Letzter Einsatz?«, frage ich.

»Ja, leider«, sagt die Ärztin und wendet sich zum Gehen. »Die Tierrettung wird wohl eingestellt. Uns will keiner bezahlen, es fehlt wie überall an Geldern. Von der Stadt gibt's nichts und die Leute spenden immer weniger. Und leider tragen die Einsätze bislang die Kosten bei Weitem nicht«, sagt sie und geht neben dem Kollegen her zum Einsatzwagen.

Eingestellt. Aus. Ende. Ist Arne deswegen verschwunden? Haben sie ihm schon gekündigt?

»Moment mal!«, rufe ich, doch die beiden steigen schon in den Wagen. Ich will zu ihnen rennen, aber Blondie packt mich am Arm.

»Hey, Sie werden sich jetzt nicht aus dem Staub machen«, faucht sie.

»Loslassen!«, fauche ich zurück.

Blondie krallt sich fester und erst jetzt bemerke ich schmerzhaft, dass sie messerscharf gefeilte Nägel hat. »Nein!«, brüllt Löckchen.

Ich winde mich unter ihrem Griff, der sich langsam lockert … aber zu spät: Als ich eben freikomme, springt der Motor an und der Rettungswagen braust davon.

»Scheiße!«, rufe ich.

»Ganz genau«, pflichtet Püppchens Mama mir bei, obwohl sie ganz sicher etwas anderes meint als ich. Nach einigem Gekeife haben wir es dann doch geschafft, die Adressen auszutauschen. Ich gebe als Halter Rolf an (okay, ich will keinen verpfeifen oder reinreiten, aber für die Triebe des Hundes scheint mir eindeutig das Herrchen zuständig zu sein). Dann wackelt Blondie davon und Earl macht sich mit mir auf den Heimweg.

Chris verbirgt das Gesicht in den Händen und lässt den Tränen freien Lauf. Rolf wälzt sich neben Earl auf dem Boden und keucht beinahe lauter als ein Mops beim Sex.

»Das ist zu gut, zuhuhuuuu gut!«, kreischt Chris vor Vergnügen und wischt sich die Lachtränen von den Wangen. »Ein poppender Mops!«

»Ich kann nicht mehr, ohohohoho … Wehe, Earl, wenn ich Alimente zahlen muss …« Rolf rappelt sich hoch, sieht mich an und gackert von Neuem los.

»Tanja, Tanja … hahahaha!«

»Hihhihihi!«

Junge, Junge … immerhin haben die beiden Humor und Rolf hängt offensichtlich nicht sehr am adeligen Sperma seines Hundes.

»Und ich dachte, Earl sei schwul«, presst er zwischen zwei Lachattacken hervor. Chris springt auf und rast in Dornröschens Toilettenpalast.

»Ich mach mir gleich in die Hose«, ruft er und knallt die Tür zu.

»Das werden lauter kleine Mudel – Mops und Pudel: Mudel …« Rolf klatscht sich auf die Schenkel.

Mudel! Jetzt muss ich auch lachen. Ich lache,

bis sich die Balken biegen – ein gelockter Mops! Ein plattnasiger Pudel! Viele, viele kleine Mudel!

Dann macht der Sommer sich langsam vom Acker. Die Tage werden kürzer und kühler. Earl und ich ziehen auf die Nachbarbank um, denn der mächtige Baum lässt langsam, aber sicher alles fallen, was er an Kastanien fallen lassen kann. Drei Wochen nach Earls Liebesabenteuer erhält Rolf einen Anruf von Blondie. Püppchen wird tatsächlich Mutter und wird die Welpen wohl oder übel austragen müssen. Der Arzt hat eindringlich von einer Abtreibung abgeraten, um die spätere Zuchtfähigkeit der Hündin nicht zu gefährden. Opa Rolf ist sichtlich stolz auf das Werk seines Mopses – und sichtlich gekränkt, als die Pudelmama sich jeglichen Kontakt und die Einladung zu einem gemeinsamen Abendessen ausdrücklich verbittet. Schnepfe!

Mein persönlicher Supergau sitzt im Arbeitsamt. Ich steuere direkt auf Hartz IV zu und Dirk Lehr im Pullunder hat nichts anderes zu tun, als mir von Mal zu Mal zu erklären, dass ich für meinen Beruf im denkbar schlechtesten Alter bin: »Wissen Sie, Frau Böhm, die meisten Arzthelferinnen ihres Jahrgangs bekommen jetzt Kinder und das will verständlicherweise kein Arbeitgeber.« Klar. Logisch. Schon gar nicht der Vater sein.

Wenn also meine Eierstöcke dafür verantwortlich sind, dass ich trotz mittlerweile 76 Bewerbungen an vermutlich alle praktizierenden Ärzte der Stadt inklusive Proktologen, keine Anstellung bekomme … Soll ich warten bis zum Klimakterium? Mich sterilisieren lassen und den OP-Bericht den Bewerbungen beilegen? Oder bereits im Anschreiben darauf hinweisen, dass Arne sich vom Acker gemacht hat, kaum dass unsere Beziehung hätte beginnen können, dass also mein Uterus unterbeschäftigt ist und seit Urzeiten kein Spermium mehr gesehen hat?

Die Sache mit den Kleinanzeigen habe ich mittlerweile aufgegeben. Ich mag weder als Pizzakurier noch als Tellerwäscherin arbeiten. Und meine vorsichtige Anfrage bei Onkel Fritz, ob denn zuuufällig nun wieder mehr Menschen rauchen und er sich eine Angestellte leisten könnte, verlief im Sande. Und so bin ich Tanja, die Arbeitslose. Tanja, die sich die Tage damit vertreibt, einen potenten Mops durch die Stadt zu führen. Tanja, die sich auf den Stamm-Spielplatz nicht mehr traut, denn wer riskiert schon freiwillig die erneute Begegnung mit Schantall, deren Mutter oder gar einer Plastikschaufel mitten auf die Zwölf?

Es hat einige Anläufe gedauert, ehe Earl und ich einen akzeptablen Platz gefunden hatten. Der Erste, den wir getestet hatten, lag in einem Hochhausgebiet Richtung Cannstatt, aber mit der Bahn gut zu erreichen. Außer den Gerippen einer Rutsche und dem, was mal eine Wippe war, gab es auf dem Platz nur Beton – und der war sogar auf dem

Boden mit Graffitis übersät. Vorteil: Hund und Tanja waren allein. Nachteil: Earl hätte sich beinahe die Pfote an einer zerdepperten Bierflasche aufgerissen, die dekorativ neben einem Spritzbesteck neben dem überquellenden Mülleimer lag.

Platz Nummer zwei lag mitten in Rohrdorf am Speckgürtel der Stadt. Earl mochte das Rindenmulch sehr, das zwischen Sandkasten und Schaukeln auf dem Boden lag. Die Kinder mochten Earl sehr. Die Mütter hatten nichts gegen den Mops (»So ein bisschen Dreck hält gesund!«). Allerdings hatte ich etwas gegen die Ökomamas – bereits nach 15 Minuten auf dem Spielplatz machte sich meine Öko-Allergie bemerkbar: Unkontrolliertes Zucken der Fäuste, das kaum zu bezwingende Verlangen, den Tanten gegen die Knie zu treten, wenn sie über das aktuelle Stillverhalten von Jonas oder Frieda tratschten oder über die besten Waschnüsse zur Reinigung von Tristans vollgeschissenen Jutewindeln.

Spielplatz drei, vier und fünf schieden sofort aus, denn die Schilder »Hunde verboten« prangten in Plakatwandgröße direkt am Eingang. Nummer sechs allerdings zog uns magisch an: große Wiese zum Bolzen, kleine Wiese für die Hunde. Sandkasten für die Kinder und … ein Sandkasten nur für Hunde. Das größte Hundeklo der Stadt!

Als der Mops zum ersten Mal seine Nase in den mit Hundepipi sicher von Generationen von Teckeln, Schäferhunden und Settern gut getränkten Sand steckt und gleich darauf einen beachtlichen Haufen in die rechte Ecke des Klos setzt (den ich vorschriftsmäßig sofort mit einer Tüte wieder aufsammele … igitt!) weiß ich: Earl und Tanja haben eine neue Zuflucht für die öden Nachmittage der Arbeitslosigkeit gefunden. Und während Earl sich einen Winterpelz zulegt (was wir in der WG durch vermehrtes Aufkommen von Hundehaaren auf den Fliesen bemerken) und ich mich von Woche zu Woche in wärmere Klamotten schmeiße, geht die Zeit dahin. Chris telefoniert Tag für Tag im Callcenter. Rolf trägt Tag für Tag die Post aus. Und Tanja dackelt Tag für Tag mit dem Mops zum Spielplatz und liest sich durch einen Roman nach dem anderen aus Rolfs Fundus. Kaufen kann ich mir längst keine Bücher mehr. Ich entdecke Fannie Flagg, die Meisterin der »Grünen Tomaten«, und ich lerne Arturo Bandini kennen, die literarische Figur von John Fante. Ich verliebe mich in Dante Alighieris »Göttliche Komödie« (für die ich allerdings 14 Tage und zahlreiche Gespräche mit Rolf, immer mit mindestens einer Flasche Rotwein, benötige). Ich entdecke Arto Paasilinna für mich und träume zehn Tage lang davon, nach Finnland auszuwandern. Und ich beschließe, mir einen Ausweis für die Stadtbücherei zu besorgen. Rolfs Buchregale sind zwar bis zum Bersten gefüllt und wöchentlich kommen neue Werke hinzu. Doch nicht alles, was da steht, ist nach meinem Gusto – schwule Literatur mag wichtig sein, Reiseberichte in die Mongolei sehr spannend, Thriller etwas für Hartgesottene. Doch ich habe Blut geleckt und will wissen, was die Welt zwischen all den Buchdeckeln noch zu bieten hat. Zu meiner Schande muss ich gestehen, dass gezieltes Lesen für mich bislang vor allem eine Tätigkeit war, die ausschließlich Menschen mit dicken Brillen und dicken Hintern jenseits der 50 Jahre ausüben. Meinen Deutschlehrern sei Dank, waren mir Bücher seit der achten Klasse vergällt. Stundenlang einzelne Sätze zerpflücken? Entsetzlich! Doch ohne Pauker im Nacken kann Lesen die (zweit-)schönste Sache der Welt sein.

Diese Erkenntnis treibt mich an einem Novembermittwoch in die heiligen Hallen der Stadtteilbücherei nach Degerloch. Laut Rolf, der einige Jahre da oben gewohnt hat, die schnuckeligste Adresse, zumal die Bücherei im Wilhelmspalais von einer Vision eines schneeweißen Bücherturms überlagert wird. Earl muss an diesem Tag zu Hause bleiben, denn ich gehe fest davon aus, dass es zwischen den Bücherregalen keine Hundeklos gibt. Als ich die gläserne Flügeltür öffne, schlägt mir der Mief von nassen Jacken und Mänteln entgegen, die an den Garderobenständern im Eingangsbereich vor sich hin tropfen. Scheinbar ist es in Leserkreisen nicht üblich, sich einen Schirm zu nehmen, obwohl es draußen seit Tagen nieselt. Ich schüttele also meinen Regenschirm mit dem Sparkassenaufdruck (ein Überbleibsel aus jener Zeit, da ich noch mein Sparschwein zum Weltspartag schleppte, um anschließend ein Werbegeschenk nach Hause zu tragen) aus und stelle ihn in den dafür vorgesehenen Ständer. Einsam und verloren parkt mein Schirmchen. Meine Jacke hingegen hat feudale Gesellschaft – neben ökologisch korrekten Parkas und Fleecejacken hängt eine Lederjacke (sicher echt) und ein Pelz (hoffentlich nicht echt!).

Und dann ist es so weit: Ich schwebe in die Bibliothek. Der Teppich auf dem Boden ist so saugfähig, dass meine ausgelatschten Allwetterwanderschuhe im Nu zu trocknen scheinen. Zum Glück ist er bei dem Wetter auch schmutzig, so dass meine ausgelatschten Allwetterwanderschuhe nicht weiter auffallen. Ohnehin würde niemand auf meine Schuhe starren – an den locker im Raum verteilten Tischen sitzen Menschen, die sich tiefer über die vor ihnen liegenden Bücher beugen, als es selbst im Yoga gesund wäre. Keiner hebt den Kopf, jeder bleibt mit der Nase ganz nah dran an den Buchstaben. Manche haben sich regelrecht hinter Bücherstapeln verschanzt. Im hinteren Teil, halb verborgen von Regalen, erkenne ich eine mit Gummibäumen abgetrennte Ecke, in der Kaffeehaustische stehen. Hinter einem halbrunden Tresen thront eine Richtung nette Großmama tendierende Frau. Ohne Brille, aber mit Dutt und Rüschenbluse. Ich nehme an, das ist die Empfangsdame. Sie würde nicht in Frau Emmies Etablissement passen!

»Guten Tag!«, rufe ich fröhlich.

»Pscht«, zischt die Omi.

»Pscht!!!«, zischt es hinter mir an den Tischen.

Ich ziehe den Kopf ein und schleiche zum Tresen.

»Guten Tag«, flüstere ich.

»Guten Tag«, antwortet die Dame in ganz normaler Zimmerlautstärke. Dieses Mal bleibt das vielmundige Zischen aus.

»Ich hätte gerne einen Ausweis, also, einen Bücherausweis, ich meine, ich will Kunde werden …«, stammele ich. Die Rüschenbluse gepaart mit dem strengen Blick der Wächterin aller Bücher bringt mich aus dem Konzept. Blüslein aber lächelt milde und greift ohne hinzusehen nach einem Formular.

»Dann sollten Sie das hier ausfüllen«, erklärt sie mir. »Ich bekomme dann fünf Euro Bearbeitungsgebühr. Die Nutzungsgebühr beträgt regulär zehn Euro, drei Euro für Studenten, sieben Euro für Alleinerziehende.« Blüslein schnurrt die Nutzungsbedingungen herunter und tippt dann mit ihren dürren Fingern auf das Formular. »Hier unterschreiben, Sie können den Betrag auch abbuchen lassen.«

Ich nicke und entschwinde an einen der freien Tische. Zehn Euro? Mannomann – Bildung ist ganz schön teuer. Fast zu teuer für jemanden wie mich. Hartz IV sieht keine Bücher vor. Andererseits ... ich bin hier, um zu lernen. Also quasi als Studentin der Literatur. Ein ganz klein wenig muckt mein Gewissen, als ich mich per Kreuzchen auf dem Zettel als Studentin ausgebe. Aber nur ein wenig, denn mit den sieben gesparten Euros kann ich mir fast zehn Kugeln Eis kaufen. Oder jeden Monat beinahe ein Taschenbuch für das Bücherregal, das ich noch nicht besitze, das aber sicher gut zu meiner Tiffanydame passen wird.

Mit dem ausgefüllten Formular gehe ich zurück an den Tresen. Die Lady dahinter wirft einen kurzen Blick darauf und stellt mir dann einen vorübergehenden Bibliotheksausweis aus. »Der reguläre Ausweis wird Ihnen per Post zugesandt, sobald die Nutzungsgebühr abgebucht ist.«

Ich stelle mir vor, dass Rolf an jenem Tag Dienst in unserem Bezirk haben wird und staunend vor Ehrfurcht die Post der Bibliothek an Tanja, die Arzthelferin mit der Tabakladenkarriere, einwirft. Oder, besser noch, mir selbst übergibt. »Tanja«, wird er sagen, »ich bin stolz auf dich, willkommen in der Welt der Wissenden.«

Bis dahin allerdings liegt eine Forschungsreise quer durch die Regale vor mir. Ich beschließe, erst einmal einen Kaffee aus dem Automaten im Flur zu ziehen. Mit dem dampfenden Pappbecher in der Hand trete ich in die kalte Novemberluft und blase zum ohnehin vorhandenen Nebel noch ein paar Rauchzeichen aus meiner Zigarette. Mit dem schwarzen Rollkragenpullover und der kokett gehaltenen Kippe sehe ich fast schon intellektuell aus, wie mir mein Spiegelbild in der Glastür verrät.

Der Kaffee ist allerdings schnell kalt und die Zigarette zu Ende geraucht. Also zurück in die Höhle der Löwin in der Rüschchenbluse. Dieses Mal schweige ich beim Betreten der Bibliothek. Vom Tresen schnappe ich mir eine Info-Broschüre und erfahre, dass 13.057 Sachbücher auf mich warten. Dazu über 5.000 Romane. Wow. Blüschen schaut nur kurz auf und so steuere ich in den ersten Gang. Fast endlos reihen sich Bücher um Bücher in den Metallregalen. Von gediegenem Holz, von Leitern für die oberen Regale oder gar von antiquierten Büchern im Ledereinband fehlt jede Spur. Klar, ich bin ja auch nicht in Ecos »Der Name der Rose« (ich kenne allerdings nur den Film und nicht das Buch), sondern in der Degerlocher Stadtteilbücherei. Immerhin scheint die Auswahl System zu haben: Nach Anfangsbuchstaben sortiert, lehnen sich die Autoren aneinander.

Es macht fast kein Geräusch, als ich mit dem ausgestreckten Zeigefinger über die Buchrücken fahre, während ich durch die Reihen schlendere. Ist ja auch kein Stöckchen am Gartenzaun – müsste also selbst von Blüslein gestattet werden. Ich schleiche an den Romanen vorbei, durch die Selbsthilfeabteilung, komme zu den Reiseführern für alle möglichen Länder, die ich mangels Budget sowieso nicht bereisen werde, mache kehrt und studiere die Titel jener Bücher, die mir schnelle Hilfe bei allen möglichen Problemen versprechen: »Erste Hilfe bei Magenkrämpfen« (habe ich keine), »Loslassen« (das Buch, oder was?), »Konzentration einfach gemacht« (mit Koks?), »Einschlafen mit der Schäfchenmethode« (klar, ein Buch mit tausend gemalten Schafen drin, oder wie?) und Büchern, die ich eigentlich eher in die Komikecke stellen würde. Beispiel? »Fröhlich durch die Depression«. »Toller Trauern«. »Abnehmen mit Schokolade«. Überhaupt das Thema schlanke Linie: Gut drei Viertel aller Regalplätze nehmen dicke Schwarten zum Dünnsein ein. »Siebzig Pfund weniger in drei Tagen«. »Die Kokosnuss-Diät«. »Garantiert schlank mit der Sumo-Ringer-Diät«.

Ich bemerke, dass ich Hunger bekomme. Schnell lasse ich die Ratgeberabteilung hinter mir – und stehe plötzlich in der Fachbuchabteilung. Unterabteilung Veterinärmedizin. Mein Hungergefühl ist so schnell verschwunden, wie es kam. Stattdessen macht sich eine Mischung aus Magengrimmen und Kribbeln bemerkbar. Arne. Der Veterinär. Andererseits … so ein kleiner Blick in ein, zwei Bücher kann ja nicht schaden. Ich muss ja beim Lesen nicht an meinen verschwundenen Nachbarn denken. Denke ich. Und ehe ich weiter denken kann, finde ich mich an einem der Tische wieder, vor mir sieben Bücher. Das Skelett des Hundes. Behandlung von Amphibien. Katzenkrankheiten, Pferde-Wehwehchen und Geburtenkontrolle bei Rindern. Ich blättere etwas unsicher. Schaue die Bilder an. Dann aber saugt mein Blick sich an einem Text über Eierstockentzündungen bei Kaninchen fest … und ehe ich mich versehe, beginnt rings um mich herum das große Stühlerücken. Die Wanduhr über Blüschens Platz zeigt 17.59 Uhr. Eine Minute noch und die Bibliothek schließt. Schnell raffe ich die Bücher zusammen. Veterinärmedizin ist ganz schön sperrig und schwer. Ich will eben an Frau Bluse vorbeirennen, als diese sich mir in den Weg stellt.

»Sie da!«, ruft sie. Ich erstarre vor Schreck und der Bücherstapel in meinen Armen beginnt zu schwanken. Oh Gott. Glaubt die Aufseherin, ich wollte die Bücher klauen? Ich bin doch registrierter Nutzer!

»Sie müssen das nicht mitnehmen«, gurrt Blüslein. Erstaunt reiße ich die Augen auf.

»Wenn Sie ein paar Minuten Zeit haben, dann kann ich Ihnen einen Spindschlüssel geben. Unser Angebot für Studenten. Die brauchen ja immer viele Bücher …« Das Wort »Studenten« zieht Bluse extrem lang und dabei noch die Augenbrauen hoch. »Tiermedizin?«, fragt sie.

Ich nicke. »Erstes Semester«, knödele ich.

»Fern-Uni, was? Hier gibt's diesen Studiengang nicht.«

Mir wird heiß. Und kalt. Und wieder heiß. Aber

das Blüslein nickt nur und wenig später habe ich ein schwesterliches Augenzwinkern und einen eigenen Spind von ihr bekommen.

Zwei Wochen später weiß ich, dass Blüslein Dorothea Schneider heißt, seit 32 Jahren in der Bibliothek ihren Dienst versieht und vermutlich genauso lange dieselbe Frisur hat. Außerdem kenne ich mich im Uterus einer Katze aus, habe alles über die Diagnose von Schuppenflechte bei Karpfen gelesen und weiß, wie und wo man bei Hund, Katze oder Maus eine Spritze setzt, Fieber misst und die Vitalfunktionen überprüft. Eigentlich ist das alles nicht viel anders als bei Menschen. Mit dem einen Unterschied, dass die meisten (aber längst nicht alle!) Homo sapiens weniger Haare als die Tiere haben.

Zwei Wochen später weiß ich allerdings irgendwie auch, dass Arne Geschichte ist. Der hätte sich längst gemeldet – und außerdem ist die Bärchenfußmatte verschwunden. Chris und Rolf schieben das auf die Kehrwoche, die Frau Otto für den aushäusigen Mieter mit übernommen hat. Wahrscheinlich, behauptet Rolf, befindet sich die Matte gerade in Trudchens spezieller Reinigung. Ich wünsche mir, dass er recht hat – aber glauben kann ich das nicht.

Die Nachmittage in der Bibliothek werden zu einer festen Einrichtung im Leben der Tanja B. Der arme Earl kommt ein bisschen zu kurz, doch

Rolf meint, ich solle mir wegen des Mopses keine Gedanken machen: »Der hält locker den ganzen Tag dicht!«

Dorle, wie ich Blüslein insgeheim nenne, hat mich mittlerweile in das elektronische Suchsystem der Bibliothek eingeweiht. Was meine Arbeit enorm erleichtert – ich muss gar nicht Regal für Regal abschreiten, um ein Buch zu einem passenden Stichwort zu finden! Mein Selbststudium treibt mich tiefer und tiefer in die Geheimnisse der Tiermedizin und ich lasse mich von Stichwort zu Fußnote und zurück durch die Wissenschaft treiben. Aktuellste Suchanfrage: »Blasenvolumen – Trocken bleiben.« Ergebnisse: 17. Zu finden, wie merkwürdig, in der Ratgeberabteilung, Unterabteilung Kinder. Nun gut, Kinder und Hunde spielen auf denselben Plätzen, warum sollten sie nicht auch ähnliche Verdauungsprobleme haben?

Zum ersten Mal bin ich nicht allein in der Selbsthilfeabteilung. Eine Frau mit müde hängenden Schultern schiebt einen massigen Kinderwagen durch den Gang. Ihr Hintern ist eindeutig zu groß für die Hose und das Arschgeweih über dem Bund merkwürdig verzogen. Aus dem Wagen höre ich leises Quengeln. Sind Kinder in der Erwachsenenabteilung erlaubt? Ich mache größere Schritte, um zu der Dame aufzuschließen und sie darauf hinzuweisen, dass ein schreiendes Kind garantiert in dieselbe Kategorie fällt wie ein klingelndes Handy.

»Entschuldigung«, spreche ich die Mutter an.

Die dreht sich langsam zu mir um. Die ausgewachsene Dauerwelle fällt dabei schlaff über die Schultern. Ich blicke mitten in das blasse und von mächtigen Augenringen dominierte Gesicht von Melanie. Marcs Melanie.

»Jaaa?«, sagt sie lahm und dann sehe ich die Erkenntnis in ihrem fahlen Gesicht und den mit verschmiertem Kajal gezierten Augen.

»Ach, hallo«, sagen wir gleichzeitig. »Auch hier?«

Alles andere als originell, aber was sagt man zur Ex seines Neuen beziehungsweise zur Neuen seines Ex? Eben.

»Das Baby?«, frage ich und zeige auf den Wagen. Wie blöd ist das denn? Klar muss da das Baby drin sein, Miss Melly wird kaum einen Kasten Bier in dem schicken Designerteil durch die Bücherei gurken.

»Ja, das Baby«, sagt Melly und macht einen Schritt zur Seite. Ich interpretiere das als Aufforderung, in den Wagen zu schielen. Unter dem Verdeck sehe ich das kreisrunde und rote Gesicht mit eingedellter Nase und verquollenen Augen.

»Wie süß«, sage ich. Meine ich aber nicht. Sollten nicht alle Babys niedlich sein? Dieses hier ist es definitiv nicht. Es sieht aus wie … ein zerknautschtes Marzipanschwein. Und das hat es von Marc, dem Arsch, der nach dem Aufwachen aussieht wie ein zerknautschtes Marzipanschwein. Armes Kind. Aber das kann ich ja unmöglich sagen.

»Junge oder Mädchen?«, frage ich stattdessen.

»Das ist Deeeehvid«, sagt Melly.

Aha. Hat Marc sich also durchgesetzt: David wie Beckham und Coulthard. Klar, wer selbst zu doof ist, einen Ball zu treffen oder schneller als 120 zu fahren, der muss seinen Sohn nach sportlichen Vorbildern nennen.

»Schöner Name«, nicke ich. Meine ich aber nicht wirklich. Ich richte mich wieder auf und starre Melly an. Dabei habe ich Mühe, nicht auf ihre breiter gewordenen Hüften oder die massigen Schenkel zu glotzen. Auf Melanies Busen gucken will ich auch nicht – denn was sie da zur Schau trägt, sind enorm, enorm, e-n-o-r-m große Titten. Wahrscheinlich prall voll mit Milch für David. Bei Kaninchen jedenfalls und bei Katzen schwellen die Zitzen nach der Geburt der Jungen an.

»Wie geht's denn so?«, frage ich nochmal.

»Och, geht so«, antwortet Melly und unterdrückt ein Gähnen. »Mal wieder durchschlafen wäre schön.«

Ha! Selbst schuld! Hättest du Kondome benutzt, dann … Tanja! Stopp! Sei nicht gemein!

»Ach, schreit der viel?«, frage ich und versuche, so etwas wie Verständnis in meinen Blick zu zaubern. Offensichtlich mit Erfolg, denn nun wird Melly redselig und zeigt auf den Stapel Bücher, die sie im Einkaufsnetz des Kindercabrios geparkt hat: »Schlaf endlich, du blödes Gör« – »Jedes Kind kann schlafen lernen« – »Durchschlafen leicht gemacht«.

»Deeehvid hat Koliken«, beginnt Melly und mein Gehirn rattert automatisch alles runter, was es bei Pferdekoliken zu beachten gilt. Ich nehme aber an, dass permanentes Herumführen am Zügel der schlaflosen Mutter kaum helfen wird.

»Kaum ist er nachts eingeschlafen, geht's schon wieder los mit dem Geplärre. Echt nervig. Ich hätte nicht gedacht, dass ein Kind so viel Arbeit macht. Und dann muss man dauernd wickeln …«

Melly fuchtelt mit den Händen und ich sehe, dass sie ihre künstlichen Fingernägel eingebüßt hat.

»Das mit dem Stillen klappt auch nicht richtig, ich hab ständig wunde Brustwarzen.« Igitt – *Das* wollte ich nicht wissen. Melly beschreibt ausführlich Aussehen und Konsistenz von Davids Kackhäufchen. Wie oft der Knabe rülpst. Wie lange sie nachts durch die Wohnung tigert. Ich kann mir ein innerliches Grinsen nicht verkneifen, als sie erzählt, dass auch Marc an die Grenze seiner Kräfte und Nerven kommt. Tja, Kondome … Aber ehe ich mich weiter nach dem Wohlbefinden der jungen Familie erkundigen kann, meldet der kleine David sich lautstark aus dem Wagen.

»Der kleine David möchte aus dem Kinderparadies abgeholt werden«, lache ich.

Melly verdreht die Augen. »Ich muss dann mal los«, ruft sie gegen das Gebrüll ihres Söhnchens an.

Von den Tischen her ist mehrstimmiges Zischen zu hören. Eilig macht Melly sich davon und ich fühle mich gut. Richtig gut. Sauwohl, könnte man sagen. So wohl, dass ich nach einem Check meiner Bargeldvorräte beschließe, heute früher Schluss zu machen mit meinen Studien und den Jungs ein Abendessen zu kochen.

Bewaffnet mit einer Packung Vollkornspaghetti, die man wegen ihrer Konsistenz gar nicht zu weich kochen kann, zwei Dosen Tomatenstückchen und einem Bund Möhren schlängle ich mich an Earl vorbei in die Küche. Der Mops hechelt um mich herum und gibt erst Frieden, als ich ihm eine Scheibe Wurst aus der Gemeinschaftsdose gebe. Dann mache ich mich an die Zubereitung der Pasta (weiter reicht mein Küchenhorizont nicht, ich gestehe) und bin Chris dankbar für seinen reichhaltigen Fundus an getrockneten Kräutern, alle von den selbst gezogenen Pflanzen vom Balkon. Ich staune über mich selbst, wie verführerisch die Sauce duftet!

»Mann, das riecht aber lecker!« Chris steht plötzlich hinter mir. Ich lasse den Salatkopf, den ich eben zerpflücken wollte, vor Schreck auf den Boden fallen.

Hinter Chris steht Rolf und grinst. »Knoblauch, der Duft, der Frauen provoziert«, lacht er, als ich den Salat aufhebe und gleich darauf ein zweites Mal fallen lasse.

»So wird das aber nix«, sagt Chris.

»Mann, ihr habt mich erschreckt!«

»Entschuldigung, aber wir wohnen hier«, kontert Chris und zieht einen Flunsch.

»Und es ist das erste Mal, dass du, edles Fräulein, am Herde stehst«, ergänzt Rolf.

»Was mag wohl der Anlass sein?« Chris reckt kokett das Kinn.

»Abwarten«, sage ich und reiße den Salat in Stücke. »Abwarten und Tisch decken!«

Meine Jungs salutieren, schlagen die Hacken zusammen und gehen dann ans Werk. Und als wir wenig später am und Earl unter dem Tisch sitzen, vor uns die dampfende Pasta, kann ich nicht mehr an mich halten und platze mit *der* Neuigkeit des Jahres heraus: »Ich bin über Marc hinweg!«

Chris lässt die Gabel in den Teller fallen, dass die Soße nur so auf sein weißes Shirt spritzt.

»Scheiße!«

»Ach du Schande.« Rolf starrt entgeistert von mir zu Chris und wieder zurück.

»Was meinst du jetzt? Dass ich den Arsch aus meiner Seele verbannt habe oder die Flecken auf Chris' Shirt?«

»Beides, irgendwie …«

»Ja, und wie kam das so plötzlich?« Chris tupft sich mit der Serviette auf der Brust rum und arbeitet die gekochten Tomaten noch weiter in den Stoff.

»Aaalso«, sage ich und erzähle von Melly, dem breit gewordenen Arschgeweih und dem schreienden David. Und dass ich *solch* ein Leben, wie die beiden es im Moment führen, ganz bestimmt nicht haben wollte und schon gar nicht neidisch darauf bin. Dass es mich aber diebisch freut, wenn ich daran denke, dass klein David mit voller Wucht auf das Designersofa kotzt. Als ich fertig bin mit meiner Erzählung, hebt Chris sein Rotweinglas und Rolf klatscht in die Hände.

»Bravo, kleines Mädchen!« Stolz klopft Rolf mir auf die Schulter.

»Da kann unsere Nachricht ja nicht mithalten«, seufzt Chris.

»Was?«, rufe ich. »Wollt ihr heiraten? Bekommt ihr ein Kind?«

Rolf verschluckt sich am Rotwein. Jetzt hat auch er rote Flecken auf dem Hemd und ich frage mich, was schwerer rausgeht, Rotwein oder Sauce.

»Nein!« Chris kreischt gespielt. »Ich bin nicht schwanger!«

»Ach, und ich dachte schon, es hat einen Grund, warum ihr die Zwischentür aufgemacht habt«, rutscht es mir raus. Meine Männer schauen sich tief in die Augen. Gut, auch eine Antwort …

»Nein, Schätzchen, besser. Viel besser«, sagt Rolf schließlich.

»Obwohl unsere Nachricht durchaus fruchtbar ist.« Chris kichert. Rolf grinst.

»Habt ihr aus Versehen eine Frau geschwängert?«

Die Jungs prusten los und ich befürchte weitere Fleckendesaster.

»Nein, wir haben einen Garten gemietet.« Peng. Rolf schaut mich an, als habe er eben den Everest bestiegen und Chris guckt, als sei Freddy Mercury höchstpersönlich und quicklebendig in sein Bett gestiegen.

»Was?«

»Wir haben eine Parzelle in der Gartenkolonie gepachtet«, sagt Chris so langsam, als habe er eine halb debile Seniorin vor sich. Wahrscheinlich mache ich auch so ein Gesicht. Wo bleibt mein Zivi?

»Moooment«, sage ich nach, wie mir scheint, 30 Minuten. »Ihr habt einen spießigen Schrebergarten gemietet?«

Chris will etwas sagen, doch Rolf kommt ihm zuvor. »Das ›spießig‹ überhöre ich mal«, sagt er. »Schrebergarten stimmt aber.«

»Toll«, nöle ich gedehnt.

»Du kannst ruhig ein wenig begeisterter sein«, zischt Chris.

»Bin ich doch, aber daran muss ich mich erst mal gewöhnen. Versteht mich nicht falsch, aber bei Schrebergärten denke ich an Gartenzwerge, künstliche Brünnlein und akkurat gestutzte Hecken vor winzigen Gartenhäuschen …«

»Das nennt man Lauben!« Chris schnaubt und verschränkt beleidigt die Hände vor der Brust. Okay, er hat seine zwei Minuten. Länger dauert es nie, bis er wieder ausschnappt.

»Wir dachten, du freust dich«, sagt Rolf.

»Ich freue mich doch!«

»Super! Weißt du, wir können an den Wochenenden rausfahren, im Grünen sitzen, die Sonne und die Stille genießen …«

»… im November?«

»… natürlich nicht.« Zwei Minuten sind um und Chris redet wieder mit mir. »Erst im Sommer logischerweise! Aber die Parzelle war jetzt frei und wir mussten uns schnell entscheiden.« Um ihn nicht noch weiter zu verärgern, höre ich scheinbar gespannt zu, als er von all den Pflanzen und Beeren, Kräutern und Bäumchen berichtet, die er anzupflanzen gedenkt. Rolf hängt förmlich an seinen Lippen und zwei Flaschen Wein später lasse ich mich breitschlagen, am kommenden Samstag mit den beiden in die Kolonie zu fahren, um den Vertrag perfekt zu machen.

Obwohl meine Tage ohne Arbeit verdammt lang sind und sich ziehen wie Kaugummi, kommt der Samstag früher, als ich dachte. Okay, ich bin arbeitslos – aber nicht ohne Beschäftigung. Ich habe mich um Earl zu kümmern und darum, dass er ordnungsgemäß seine Epilepsietabletten einnimmt und ebenso ordnungsgemäß zweimal am Tag kackt. Und ich habe mich in den tiermedizinischen Büchern festgefressen, ab und zu aufgelockert durch Brehms »Tierleben«. (Und, ich geb es zu, in meinen Automatenkaffeepausen auch mal eine »Brigitte«, »Freundin« oder »Für Sie«, die man ebenfalls bei Blüschen leihen kann). Aber: Ich stehe jeden Tag um 8 Uhr auf. Pünktlich. Ich habe nämlich keine Lust, im Sumpf der Hartz-IV-Bedröhnung zu versacken und Tag für Tag später aus, dafür aber auch immer später in die Federn zu kriechen. Und mir nächtelang drittklassige Talkshows, Quizsendungen für Grenzdebile oder Werbung für nackte Titten per SMS anzusehen.

Und deshalb nehme ich mir das Recht heraus, am Wochenende länger zu schlafen.

Punkt.

Das ist Chris und Rolf aber herzlich schnuppe. Rolf steht jeden Tag noch vor Sonnenaufgang auf und auch Chris hat Bett, Bad und Wohnung längst verlassen, wenn mein Wecker bimmelt. Wahrscheinlich interpretiert ihre innere Uhr 9.30 Uhr an einem Samstagmorgen deswegen als »schon sehr spät«. Denn um 9.29 Uhr zerrt Rolf an meiner Decke, Earl beschnuppert meinen rechten Zeh und Chris klappt die Läden auf und lässt dabei eiskalte Nebelluft ins Zimmer strömen.

»Oh nein«, brumme ich und will meine Decke zurück.

»Oh doch«, brummt Rolf und verschwindet mit der Decke aus dem Zimmer.

»Oh doch«, brummt auch Chris und lässt mich bei geöffneten Fenstern allein.

»Grrrr«, brummt Earl und sabbert meinen Zeh ein.

Ich gebe mich geschlagen. Um 9.32 Uhr sitze

ich, mehr schlafend als wach, am Küchentisch und versuche, mich mit Kaffee einigermaßen wach zu beamen. Lange Zeit bleibt mir nicht, denn um 9.59 Uhr sitzen wir alle vier in meinem Auto. Rolf hinterm Steuer und so kann ich wenigstens noch ein paar Minuten dösen. Chris und Rolf plappern aufgeregt irgendwas von wildem Wein und Petunien. Einzig der gute Earl schweigt neben mir auf der Rückbank.

Die Heizung meines Fiat hat gerade mal lauwarm erreicht (trotz voll aufgedrehtem Gebläse), als Rolf den Wagen auf einem Schotterparkplatz irgendwo zwischen Bauhaussiedlung und Bahngleisen zum Stehen bringt. Mit einem Ruck haut er die Bremse rein, und selbst wenn ich tief geschlafen hätte – spätestens jetzt wäre ich wach geworden. Leider ist das alles kein Traum: Ich muss meinen Jungs in den kalten Nieselregen folgen. Dabei versaue ich mir meine weißen Stoffturnschuhe, die ich mir in der Eile übergestreift hatte. Die Herren sind professioneller: Beide haben klobige Wanderschuhe an den Füßen. Die zwar keinen schlanken Fuß machen, dafür aber die Zehen auf dem vom Regen durchweichten und nicht befestigten Weg trocken halten, den wir nun entlanggehen. Earl bildet das Vorauskommando und fast scheint es, als würde der Mops jeden einzelnen Busch anpinkeln wollen. Chris und Rolf eilen dem Tier hinterher. Ich fluche leise und versuche, einer Pfütze auszuweichen. Was mir zwar gelingt, dafür trete ich aber in eine Matschlache. Der Dreck spritzt mir bis zu den Knien. Prima. Jetzt ist die Hose auch noch hin.

Meine Laune ist trüber als das Wetter, als wir endlich am Tor der »Schrebergartenkolonie Wonne« ankommen. »Wanne« wäre passender, bei all dem Wasser, das von oben tropft und auf den Wegen liegen bleibt. Chris schiebt das Gitter auf, das sich quietschend öffnet. Earl saust den – endlich! – gekiesten Weg hinunter. Rechts und links des Pfades, der so schmal ist, dass zwei Schubkarren nicht aneinander vorbeipassen, liegen die einzelnen Parzellen. Mit Hecken und ohne. Mit Bäumchen und ohne. Mit Teich und ohne. Mit Laube in Flachdach- oder in Spitzdachausführung. Alle aber mit Zaun. Klar, damit die Gartenzwerge nicht ausbüxen!

»Mann, ist das spießig«, nöle ich.

»Nöl nicht!« Chris lässt sich seine gute Laune nicht verderben. »Du musst dir das im Frühling vorstellen, wenn alles grün ist und blüht.«

»Tiriliiii«, gebe ich zurück. »Und die Bienchen und Blümchen …«

»Tanja, komm schon, verdirb uns nicht die Freude«, schaltet Rolf sich ein. »Ich gebe zu, so grau in grau sieht das hier nicht schön aus. Aber wenn du dir den Regen wegdenkst …«

»… und die Zwerge und Zäune und spießigen Kleingärtner – schon klar.« Ich kann nichts dafür, dass ich pampig bin. Ich bin immer pampig, wenn ich kalte Füße habe. Und oberpampig, wenn meine Socken nass sind. »Meine Socken sind nass«, sage ich.

»Wir sind ja schon da«, gibt Rolf bekannt und drückt die winzige Klinke eines winzigen Gartentörchens herunter, das in einem winzigen Zäunchen steckt.

»Leben hier die sieben Zwerge?«

»Mensch, Tanja, lass gut sein.« Rolfs Blick wird ein wenig eisig. Also lasse ich es gut sein und folge den Jungs auf dem schmalen Weg in den – gar nicht so winzigen – Garten. Zwischen Buchsbäumchen, die zu akkuraten Kugeln gestutzt wurden, lungern drei vom Raureif überzogene Zwerge auf der nackten Erde. Eine verlassene Gartenbank erinnert an den Sommer. Hinter einem Apfelbaum entdecke ich einen gemauerten Grill. Rolf nimmt Earl an die Leine, ehe er anklopft. Keine zwei Sekunden später wird die Tür aufgerissen und ich sehe … Miss Emmie! Die Puffmutter höchstpersönlich! Beinahe hätte ich sie nicht erkannt in ihrem bis zum Kinn gehenden Rollkragenpullover, den zerschlissenen Jeans in geschätzt Größe 56 und den nach hinten gekämmten Haaren.

»Grüß Gott«, sagt Emmie und ich kann mich grade noch bremsen, ehe ich »Hallo, Emmie!« rufe. Mein Gott – die Jungs dürfen nicht erfahren, dass ich mich in einem Puff beworben habe …

Emmie mustert uns der Reihe nach. Als ihr Blick auf mich fällt, werden ihre Augen erst ganz groß, dann winzig klein. Ich schüttele unmerklich mit dem Kopf. Emmie begreift und nickt kaum sichtbar. Gebongt. Die Damen aus dem Gewerbe halten scheinbar zusammen.

»Wir kommen wegen des Vertrages für Parzelle 42«, sagt Chris.

»Ach ja. Sie sind das also«, sagt Emmie und blökt ein herzhaftes »Karl, komm mal!« in die Tiefen der Laube. Es dauert ein paar Momente, dann kommt Karl. Ohne seine Latexmaske hätte ich ihn beinahe nicht erkannt – aber der schmächtige Kerl im Holzfällerhemd ist der Stimme nach unverkennbar der Haussklave meiner Beinahe-Arbeitgeberin.

»Grüß Gott«, sagen Chris und Rolf wie aus einem Mund. Und dann, Rolf alleine und zu mir: »Das ist Herr Wichert, der Vorsitzende der Kolonie.«

»Tag, Herr Wichert«, sage ich. Karl fixiert mich einen Moment zu lange, läuft dann knallrot an und täuscht einen Hustenanfall vor. Als er sich wenig später gefasst hat und ich immer noch nicht »Hey, Sklave!« gerufen habe, merkt Karl wohl, dass von mir keine Gefahr ausgeht. Der Vorstand höchstpersönlich ist also bereit, uns in seiner Laube zu empfangen.

Drinnen sieht es fast so aus wie in der Küche des Puffs – nur alles ein wenig kleiner. Beinahe fühle ich mich wie Schneewittchen, nur dass die Zwerge fehlen. Emmie serviert uns Kaffee und Kekse, wobei sie Mühe hat, sich zwischen den Stühlen durchzuzwängen. Karl blättert derweil in einem abgegriffenen Leitzordner und zieht einige vergilbte Blätter heraus.

»Das ist die Kolonie-Ordnung«, erklärt er. »Die sollten Sie sich ansehen. Wir legen großen Wert darauf, dass in der ›Wonne‹ alles sauber bleibt.« Ich verschlucke mich beinahe an meinem Butterkeks – klar, in der Wanne soll's sauber sein!

Emmie, die konsequent an mir vorbeisieht, füttert Earl mit Keksen, während meine Jungs den Pachtvertrag unterschreiben. Karl händigt ihnen die Schlüssel, den Plan der Kolonie und eine Einladung zur Jahreshauptversammlung aus. Kaum haben wir unseren Kaffee ausgetrunken, stehen wir auch schon wieder im Regen.

»Die hat wohl was gegen Frauen«, sagt Chris und meint damit Emmie. »Wie die Tanja angestiert hat … fast schon unverschämt.«

»Pscht«, zischt Rolf und zieht ihn außer Hörweite der Laube.

»Genau, pscht«, mache ich. »Ihr wollt es euch doch mit Karl, dem Großen, nicht gleich von Anfang an verderben?«

Die Jungs grinsen. Grinsen breiter. Grinsen so breit, dass ich meine, ihre Zähne kullern auf den Schotterweg.

»Wir haben es!« Chris jubelt und fällt erst Rolf, dann mir um den Hals.

»Land! Das ist das Einzige, wofür es sich zu

leben lohnt, Scarlett«, zitiert Rolf aus »Vom Winde verweht«.

»Verschieben wir es auf morgen?«, frage ich mit den Worten von Scarlett O'Hara. Die Jungs starren mich entgeistert an.

»Ich meine, der Garten ist doch auch noch da, wenn es nicht wie aus Kübeln schüttet?« Ich versuche, ein flehendes Gesicht zu machen – aber die Jungs tippen sich an die Stirn.

»Nichts da, jetzt wird die Laube besichtigt.« Unterwegs gesteht Rolf, dass sie den Garten und die Laube von außen kennen – nicht aber wissen, wie das Häuschen von innen aussieht. Ich ahne etwas … und behalte leider recht.

An Parzelle 42 angekommen, die in der dritten Seitengasse abseits des Hauptwegs liegt, nestelt Chris den Schlüssel in das hölzerne Gartentor. Ich nehme mal an, dass das wurmstichige Holz nur durch den abblätternden Lack zusammengehalten wird, der wohl einst hellblau gewesen sein muss. Rolf bückt sich und wuchtet Earl auf die Arme, wobei der Matsch, der am Mops klebt, seine Windjacke versaut.

»Tadaaa!«, ruft Chris, als das Törchen aufschwingt. Mit einer ausholenden Bewegung bittet er Rolf hinein. Und der trägt tatsächlich den Köter über die Schwelle.

»Sag mal …«, rufe ich, doch die Jungs hören mir nicht zu. Chris läuft hinter Rolf, der Earl wieder abgesetzt hat, in den Garten. Neben den ausgetretenen Platten, die einen Gehweg simulieren sollen, türmt sich Reisig auf. »Da drunter sind die Blumenrabatten«, erklärt Chris. »Aber ich werde das alles neu gestalten.« Klaro. Die bröseligen Tannenzweige sind wirklich keine Schau.

»Da hinten stellen wir eine Hollywoodschaukel hin«, schwärmt Rolf und zeigt auf das Buschwerk, vor das Earl eben einen Haufen setzt.

»Genau, und hier kommt das Gemüsebeet hin.« Chris' Augen funkeln und ich lasse mich dann doch von der Begeisterung der Jungs anstecken.

»Du könntest eine Kräuterschnecke bauen«, schlage ich vor. In der vorvorletzten »Brigitte« war ein Artikel über ökologischen Gartenbau.

Bibliothek sei Dank nimmt Chris mich in die Arme und drückt mich so fest an sich, dass mir die Luft wegbleibt. »Genau! Klasse Idee!«

Ich keuche, als Chris mich wieder loslässt. Gemeinsam gehen wir auf die Laube zu. Das Häuschen mit Satteldächlein hat ein Türchen und ein Fensterlein. Die Wändchen sind mit Resten von roter Farbe angemalt. Unter dem abblätternden Rot linst das Holz in die fahle Novembersonne. Ich glaube, dass ein Holzwurm aus seinem Loch schaut und uns die Zunge rausstreckt. Aber ich sage lieber nichts. Direkt neben der Tür steht ein Gartenzwerg, der eine Laterne in der Hand hält, in der ein abgebranntes Teelicht vor sich hin modert.

»Den Kerl habt ihr wohl mitgekauft«, sage ich.

Rolf bückt sich und tätschelt dem Plastikzwerg die rote Mütze. Dann nimmt er den Schlüssel von Chris entgegen. Das Schloss weigert sich zunächst, seinen Dienst zu tun. Rolf rüttelt an der Klinke, die bedenklich hin- und herwankt. Flucht leise. Tritt gegen die Tür. Rüttelt wieder. Und dann schwingt das Pförtchen mit einem lauten, lauten Quietschen auf.

Im Gänsemarsch betreten wir die heiligen Hallen. Nur Earl zieht es vor, sich das Buschwerk genauer anzusehen, und bleibt draußen. Miefige Luft schlägt uns entgegen.

Das riecht nach Schimmel, denke ich.

»Ich glaub, hier schimmelt was«, stöhnt Chris und hält sich die Nase zu. Rolf tapert an der Wand entlang und trifft schließlich den Lichtschalter. Eine nackte Birne flammt auf.

»Oh nein!« Chris reißt die Augen auf und kneift sie gleich darauf zusammen.

»Ach du Schande!« Rolf dreht sich einmal um die eigene Achse. Entsetzen macht sich in seinem Gesicht breit.

»Uff!« Ich kann nicht glauben, was ich sehe. Will es nicht glauben: Decken und Möbel sind überzogen von Spinnweben. Chris kreischt auf und rennt nach draußen, wo er heulend und zitternd neben dem Zwerg stehen bleibt. Tote Fliegen und tiefgefrorene Spinnen hängen leblos in den Netzen. Das, was eine Eckbank sein soll, ist unter alten Zeitungen und leeren Konservendosen nebst Bierflaschen begraben. Auf dem wackeligen Tisch steht altes Geschirr, in dem sich mehrere Kolonien feinsten Schimmels niedergelassen haben.

Mit spitzen Fingern schiebe ich den Vorhang zur Seite, der den Raum teilt. Dahinter kommt ein miefiges Bett zum Vorschein, auf dem eine dreckstarrende Decke liegt. Rolf stiert auf das Spülbecken, in dem Dinge liegen, die vielleicht einmal essbar waren.

»Wer war denn euer Vorbesitzer?«, frage ich und trete den Rückzug an.

»Keine Ahnung«, keucht Rolf, als wir draußen stehen. Chris wirft sich ihm an den Hals und heult hemmungslos.

»Ein Alki, wetten?«, mutmaße ich.

»Mach das weg, oh Gott, mach das weg!« Chris zieht laut die Nase hoch und zittert am ganzen Körper. Rolf streicht ihm beruhigend über den Rücken. Earl trabt heran, von oben bis unten mit Matsch bespritzt. So kommt mir der Mops nicht ins Auto, denke ich. Sage aber nichts.

»Das müsst ihr plattmachen«, stelle ich nach ein paar Minuten fest, in denen meine Jungs eng umschlungen ihr Schicksal bedauerten. »Da hilft nix.«

»Chris, wir bauen uns das schönste Gartenhaus in der ganzen Kolonie Wonne«, flüstert Rolf. »Mit großen Fenstern und einem wunderschönen Essbereich.«

Chris bekommt Schluckauf und kiekst vor sich hin.

»Ver-hiek-spro-hiek-en?«

»Versprochen!«, ruft Rolf.

»Versprochen!«, rufe ich.

»Wuff!«, verspricht Earl.

Durchgefroren und in der Seele eisgekühlt kommen wir am frühen Nachmittag nach Hause. Earl hechelt als Erster die Treppe hoch und ist offensichtlich immer noch beleidigt, weil er im Kofferraum sitzen musste. Seine Pfoten hinterlassen blassbraune Spuren auf den Treppen. Müde hangeln wir uns hinter ihm her und kommen exakt bis in den zweiten Stock. Dort kommt die alte Stiller aus ihrer Wohnung geschossen. Wahrscheinlich hat sie mal wieder so lange gelauscht, bis jemand kommt. Olle Zicke.

»So eine Sauerei«, keift sie, als sie Earl an sich vorbeischießen sieht. Der Mops tut, was wir alle gerne täten: Er würdigt unsere Nachbarin keines Blickes und saust hocherhobenen Hauptes an ihr vorbei. Das können wir aber nicht, denn das Weib stellt sich in ihre Kittelschürze gewandet mitten in den Weg. Rolf versucht es diplomatisch.

»Guten Tag, Frau Stiller.«

»Von wegen guten Tag, meine Herrschaften«, blökt die Alte. »Es ist Samstag.«

»Ach neee«, nuschele ich. »Seit wann denn?«

»Werden Sie bloß nicht frech, Frollein!«

Ich verdrehe die Augen und suche Schutz hinter Chris' Rücken.

»Es ist Samstag«, bemerkt Rolf und lächelt sein Zahnpastalächeln. Vergeblich. Frau Stiller verzieht keine Miene. Stattdessen deutet sie mit den knorrigen Fingern einen Stock nach oben.

»Da oben hängt ein Schild!«

»Ach neee«, sage ich wieder. Chris zischt, dass ich ruhig sein soll.

»Doch, Frollein, und auf dem Schild steht, dass *Sie* Kehrwoche haben.«

»Sososo …« Ich kann's mir nicht verkneifen.

»Na, dann machen wir die Kehrwoche«, versucht Rolf zu beschwichtigen.

»Ja, aber bitte schön das nächste Mal am Vormittag«, keift die Stiller und deutet mit dem Zeigefinger der rechten Hand auf das vergoldete Ührchen an ihrem linken Arm. »Und nicht erst um 14.17 Uhr!«

»Piep. Beim nächsten Ton ist es 14.18 Uhr«, sage ich. Chris kichert. Frau Stiller schnaubt und rauscht ab in ihre Wohnung. Der Tür verpasst sie einen herzhaften Schubs, sodass diese mit einem lauten »Wumms« ins Schloss fällt.

»Nicht auch noch Feudel schwingen«, jammert Chris, als wir uns die letzten Treppen nach oben quälen. Earl hockt hechelnd auf der Fußmatte. Mein Blick geht wie ferngesteuert zur Wohnung gegenüber. Tatsächlich! Die Bärchenmatte ist wieder da und erstrahlt frischer denn je. Hilde Otto hat ganze Arbeit geleistet.

»Schieben wir's auf Arne«, grummle ich, klaube das Kehrwochenschild vom Haken und hänge es an die Klinke des verschwundenen Tierarztes. Ätsch. Hat er verdient.

In der Wohnung verzieht sich Earl sofort unter den Küchentisch. Eigentlich sollte der Mops gebadet werden, aber keiner von uns hat Lust darauf, die Babywanne zu holen, zu füllen, den Hund zu tauchen und hinterher die komplette Küche aufzuwischen. Stattdessen sucht Rolf eine alte Decke und wirft sie über Earls Luxuskissen. So werden Bezug und Nerven (diese zumindest bis morgen) geschont. Vielleicht blättert der Matsch ja auch von alleine vom Fell ab?

Ich streife meine klatschnassen Schühchen von den eiskalten Füßen. Meine Socken sind durchweicht und pappen zwischen den Zehen, die sich in einer Mischung aus Blau und Rot verfärbt haben. Die grüne Farbe an meinen Füßen allerdings stammt von den Socken, deren Wolle in der Feuchtigkeit der Schuhe abgefärbt hat. Auch wenn ich weiß, dass es Unsinn ist, jammere ich los: »Ich krieg garantiert einen Schnupfen!«

»Das ist doch Quatsch«, sagt Rolf. »Erkältungen bekommt man durch Viren und nicht durch kalte Füße.«

»Sei doch nicht so eiskalt«, nölt Chris.

»Was seid ihr für Mimosen«, quengelt der zurück.

»Ja, na und?« Chris rollt mit den Augen und lässt sich auf die Couch fallen. An Ort und Stelle streift er mit den Füßen seine Schuhe ab, ohne sie vorher aufzubinden. Er muss wirklich fertig sein – was beim Anblick des schimmelnden Spinnentempels namens Gartenlaube auch verständlich ist.

»Memmen!« Rolf trollt sich in die Küche. Ich lehne mich gegen Chris' Schulter. Zu zweit schweigen und seufzen wir abwechselnd. Schließlich kommt Rolf zurück in den Wohnflur. Vor sich balanciert er Earls Babywanne.

»Ein Fußbad für die Memmen«, sagt er und stellt die Wanne vor die Couch. Ich grunze vor Wonne, als ich meine steif gefrorenen Zehen in das nach Lavendel duftende Wasser stecke. Chris zieht seine Socken aus und tut es mir nach.

»Haaaaach!« Dankbar lächelt er Rolf an.

»Lasst mir auch noch ein bisschen Wasser übrig«, sagt der und verschwindet erneut in der Küche. Töpfe klappern, der Kühlschrank geht auf und wieder zu. Rolf rumort und werkelt am Herd, während Chris und ich mit den Zehen wippen und schweigen. Als Rolf eben ein Tablett mit drei Bechern heißer Schokolade auf dem Tischchen vor uns abstellt, bimmelt es.

»Och nöööö«, rufen wir gleichzeitig und Earl knurrt unwillig. Ich schubse Chris' Fuß Größe 43 zurück auf seine Wannenseite.

»Tja, Rolf, wir können grade nicht aufstehen«, sage ich.

Unser Postbote seufzt und geht zur Tür. Auf Gemecker von kehrwochengeilen Hausbewohnerinnen habe ich jetzt wirklich keine Lust.

»Heureka!«, ruft Rolf, als er öffnet.

»Hallo!« Verdammt. Diese Stimme kommt mir bekannt vor. Sehr bekannt. Ich will, dass es wahr ist und gleichzeitig will ich, dass es nicht wahr ist. Meine Hand krallt sich in die von Chris, der genauso erschrocken und stocksteif geworden ist wie ich.

»Darf ich reinkommen?«

Er. Ist. Es.

Arne.

Ich muss mich nicht umdrehen. Mit ihm fliegen Schmetterlinge in die Wohnung. Die einen umflattern mein Herz und die anderen sind wütend. Stinkwütend.

»Was will der?«, flüstert Chris beinahe tonlos. Ich zucke mit den Schultern und versuche, Arne noch ein, zwei Momente lang zu ignorieren. Jetzt noch nicht umdrehen. Ihn jetzt noch nicht ansehen müssen.

Earl, der beste Mops der westlichen Hemisphäre, kommt mir zu Hilfe. So ungestüm, wie man es bei ihm selten sieht, schnellt der Hund von seinem Kissen hoch und fetzt zur Tür. Mit einem fröhlichen Kläffen begrüßt er den Gast.

»Hey, mein Süßer, wie geht es dir?«

Earl kläfft lauter, als Arne ihn offensichtlich

knuddelt und herzt. Könnte der Mann nicht mich jetzt knuddeln und herzen statt des Hundes? Aber würde ich das wollen? Sollte ich ihm nicht eher die Faust auf die Zwölf hauen, gepaart mit der dezenten Frage, wo zum Geier er sich wochenlang verkrochen hatte?

»Ja, dann komm mal rein«, sagt Rolf schleppend. Chris stupst mich mit dem Ellbogen in die Seite und dreht den Kopf im Zeitlupentempo nach hinten.

»Hi, Arne.«

»Hi, Chris.« Irgendwie klingt er verlegen, finde ich. Noch ein Stupser von Chris und ich drehe langsam den Kopf. Sehr langsam, denn unterwegs brauche ich Zeit, um meine entgleisten Gesichtszüge wieder an Ort und Stelle zu positionieren. Was so einfach nicht ist, wenn die Muskeln in der Schockstarre sind.

Und dann glotze ich Arne an. Er hebt stumm die Hand und winkt schlapp. Verdammt, wie gut ihm der azurblaue Pullover steht! Seine Haare sind länger geworden und die Bartstoppeln auf seinen Wangen ... Halt! Stopp! Tanja, du bist wütend auf den Typ! Zumindest mal beleidigt!

»Hallo, Tanja.«

Ich schmelze. Innerlich. Mein Herz rast und am liebsten würde ich über die Sofalehne springen und Arne direkt in die Arme hüpfen. Aber das restliche bisschen Verstand, das nicht im Fußbad ersoffen ist, hält mich auf der Couch fest.

»Ich habe nasse Füße.«

Blöd. Saublöd. Was sage ich da nur?

Chris plätschert mit den Zehen im Wasser, bis es überschwappt.

»Wir hatten einen kalten Tag, also, kalte Füße, im Garten …« Tanja! Halt den Mund! Hör auf zu stottern! Sei still!

Arne grinst sein Arne-Grinsen und nicht nur meine Füße fangen an zu glühen.

»Ich hol euch mal ein Handtuch«, sagt Rolf und verschwindet sichtlich erleichtert in der Küche.

»Halt, ich komm mit!« Chris springt auf und hoppelt, Wasserpfützen hinterlassend, an Arne vorbei. Bingo. Tanja mit rot gefrorener Nase sitzt mit den unlackierten Zehen im lauwarmen Wasser auf der Couch. Nicht der attraktivste Anblick, wetten?

»Hi, Arne«, fiepe ich. Earl trollt sich auf sein Kissen und rollt sich zufrieden brummend ein. Verräter. Nicht mal der Hund steht mir bei. Aus der Küche höre ich Geflüster. Männer!

»Wie geht's dir denn?« Arne kommt einen Schritt näher.

»Och«, hauche ich. »Geht so.« Soll ich dem Kerl auf die Nase binden, dass ich ihm am liebsten um den Hals fallen würde? Nie im Leben.

»Tja, da bin ich wieder«, sagt er.

»Da bist du wieder.«

»Hat ganz schön lange gedauert.«

»Hat es wohl.«

Wow. Welch geistreicher Dialog! Arne wiegt sich von einem Bein auf das andere.

»Kann ich mich setzen?«

»…«

Arne nimmt mein Schweigen als Einladung und platziert sich auf der Couch – mit einem anständigen Anstandsabstand zwischen uns. Sein Aftershave weht trotzdem zu mir herüber und bringt, als wäre es Super-Plus-Benzin, meinen Herzmotor zum Rasen.

Wir müssen reden, will ich sagen, als Chris mit einem an den Rändern ausgefransten Handtuch, das noch aus meiner Kindergartenzeit stammt, aus der Küche kommt. Lässig wirft er mir den Lappen zu und verschwindet. Ich versuche, das Tuch so zu halten, dass Arne den ausgewaschenen Pinocchio nicht sieht. Er sieht ihn trotzdem. Und grinst.

»Das ist mein Lieblingshandtuch«, sage ich trotzig und rubble meine Füße trocken.

»Schön«, kommentiert Arne, schaut dabei aber nicht auf das Frotteetuch, sondern mich an.

Ich rubbele weiter. Arne schweigt. Ich schweige. Und dann rutscht er ein winziges Stückchen näher. Millimeter nur, aber weit genug, dass ich meine Erziehung und die vornehme Zurückhaltung, die Tante Trude mir predigte, auf einen Schlag vergesse.

»Wo zum Teufel warst du denn? Hättest du dich nicht mal melden können?«

»Hast du dir Sorgen gemacht?«

Sorgen? Ich? Ja: um mich, verdammt noch eins!

»Ich? Sorgen? Pah!« Tanja gibt die Trotzige.

»Tanja, hör zu, es tut mir leid. Ich habe Zeit gebraucht. Um mir klar zu werden.«

»Sag mal, aus welcher Hollywoodschnulze hast du den Satz geklaut?«

»Hey, ich verstehe, wenn du sauer bist. Das wäre ich an deiner Stelle auch.«

Na prima – dann sei du doch mal wochenlang ohne Geld, ohne Job und ohne Nachricht von dem Kerl, der dir den Kopf verdreht und das Herz gestohlen hat!

»Pffft.«

»Ich war bei Sandra.« Peng. Arne hätte mir auch einen Hammer über den Schädel hauen können, die Wirkung wäre dieselbe gewesen. Traute Zweisamkeit mit der angeblichen Ex? Toll. Großes Kino. Wo bleibt die Schlussklappe?

»Na und?«

»Ich … verdammt, Tanja, zwischen uns läuft nichts mehr, Sandra ist … scheiße, nur noch eine gute Freundin, aber sie hat eben was, was du nicht hast.« Arne grinst. Ich spüre, dass meine Faust in sein Gesicht will. Dieser Arsch! Aber ich schlage keine Männer. Noch nicht.

»Toll«, knurre ich stattdessen, stehe auf und gehe in mein Zimmer. Wortlos – und ohne, dass ich die Tür zuknalle. Mir wäre zwar sehr danach, aber ich will mich beherrschen. Um jeden Preis.

»Jetzt bleib doch mal hier«, ruft Arne mir hinterher.

Ich schweige. Starre die Tiffanydame an. Schweige weiter.

»Tanja?« Als es klopft, macht mein Herz einen Satz. Ich könnte jetzt aufmachen. Arne auf mein Bett ziehen und dafür sorgen, dass sich die blassen Wangen der gläsernen Dame rot färben. Aber ich tue nichts dergleichen. Miss Tiffy starrt zurück. Arne klopft noch einmal. Dann höre ich, wie seine Schritte sich entfernen.

»Tschüss dann!«, ruft er.

»Tschö«, kommt es zweistimmig aus der Küche.

»Wuff«, kommt es einstimmig vom Hundekissen.

Und dann verschwimmt die Tiffanydame vor meinen Augen. Jetzt wird es doch kitschig – hollywoodreif rollen mir dicke Tränen über die Wangen und ich schmeiße mich aufs Bett wie einst die Mädels aus Beverly Hills 90210. Heule auf wie Scarlet O'Hara. Gebe mich meinem Schmerz hin wie Lassie, wenn man ihr den Knochen wegnimmt.

»Da hilft nur eins«, höre ich hinter mir eine Stimme. Chris' Stimme, der mich jetzt in den Arm nimmt. Ich heule sein Shirt voll, während er mir hingebungsvoll den Rücken streichelt.

»Baff bilft?«, nuschle ich gegen seine vollgerotzte Schulter. Wäre Chris nicht schwul – er wäre längst angeekelt aufgesprungen. Aber Chris kennt das, da bin ich mir sicher. Auch er hat in seinem Leben bestimmt schon viele fremde Shirts vollgesabbert.

»Jetzt hilft nur noch Eis«, sagt er und klopft mir auf den Rücken. Ich bekomme Schluckauf. Immer, wenn ich ausgiebig heule, bekomme ich das große Hicksen. Mir ist es noch nie gelungen, mich in den Schlaf zu heulen, wenn es mal wirklich ernst war. Denn immer dann, wenn der Tränenstrom kurz vor dem Versiegen ist und andere Menschen hingebungsvoll und erleichtert gähnen, meldet sich bei mir ein heftiger Schluckauf. Kieksend und rülpsend (ich schlucke stets unwahrscheinlich viel Luft, die sich explosionsartig den Weg nach draußen bahnt, was in meiner Umgebung schon für viel Heiterkeit gesorgt hat) folge ich Chris ins Wohnzimmer. Rolf drapiert eben eine Familienpackung Mövenpick auf dem Couchtisch und schiebt eine DVD in den Player.

»Tanja-Tröst-Programm, Hardcore-Version«, sagt er und drückt die Starttaste. Und während ich mir das Amarettoeis auf der Zunge zergehen lasse und mein Zwerchfell sich langsam beruhigt, läuft der Vorspann zum Eurovision Song Contest 2009, gebannt auf DVD und laut Chris um Klassen besser als die 2010er-Version, als Lena mit dem Nachnamen, der wie eine Diagnose von Dr. House klingt, gewonnen hat. »Doc, der Patient hat einen akuten Meyer-Landrut!«

Meine Jungs kennen die Aufzeichnung beinahe auswendig – erstens waren sie am Ausstrahlungsabend bei der großen Grand-Prix-Party auf dem Marktplatz und haben sich die Darbietungen aus Moskau auf der Großbildleinwand reingezogen. Und zweitens haben sie die Aufnahme schon mindestens 18 Mal angeschaut, um sich am Anblick der Darsteller zu ergötzen. Der männlichen, wohlgemerkt – denn selbst das enge Mieder von Dita von Teese, die sich halb nackt zur Unterstützung des stimmenschwachen deutschen Duos auf der Bühne rekelt, kann meinen Jungs nur ein müdes Gähnen entlocken.

»Okay, sieht schon sexy aus, wenn man drauf steht«, räumt Chris ein. Doch Rolf spult sofort weiter zum dänischen Beitrag.

»Sieht aus, als ob der eine heftige Hodenentzündung hat«, kommentiere ich den Sänger, der sich scheinbar unter Schmerzen in viel zu engem Beinkleid auf die Bühne begeben hat. Meine Jungs protestieren laut und mit viel Eis auf den Zungen. Dann spult Chris zurück zum deutschen Beitrag und beide kleben mit den Blicken an der silbern glänzenden Hose des Sängers.

»Wie viele Alufolien mussten dafür wohl sterben?«, frage ich laut.

»Bitte?«

»Na ja, das sieht doch aus wie eine Grillwurst!« Ich will fies sein. Gemein wie J. R. Ewing. Wenn Arne schon nicht da ist, dann muss mein Spott sich eben über die Verlierer im europäischen Musikzirkus ergießen.

Rolf gackert los. »Stimmt, aber wär bestimmt lecker.«

Chris wirft ihm einen gespielt empörten Blick zu. Langsam, ganz langsam, hebt sich meine Laune ein wenig. Anderthalb Liter Eis und zwei Liter Lambrusco später erhebe ich mich auch. Vom Sofa. Angenehm angesäuselt und fast gar nicht mehr wütend mache ich mich auf den Weg in mein Bett. Und wehe, ich träume von Arne!

Ich habe nicht von Arne geträumt. Ich habe gar nichts geträumt. Zumindest nichts, an das ich mich erinnern kann, als ich mich mit schwerem Kopf und wackeligen Knien auf den Weg in Dornröschens Badetempel mache. Die Türen zu den Zimmern der Jungs stehen offen. Die Küche ist verwaist und Earls Kissen hundeleer. Ich bin allein in der Wohnung und das ist mir ganz recht so. Immerhin ist a) Sonntag, b) die Bücherei geschlossen und c) mein Gehirn noch immer leicht betäubt. Das ändert sich auch nur wenig, als ich nach zwei Tassen Kaffee und drei Zigaretten endlich den Weg in die Dusche finde. Ich lasse mir das heiße Wasser auf den Kopf prasseln. Vom Dampf wird der Duschvorhang nach innen gezogen und Plastikfische schmiegen sich an meine Schenkel und an meinen Po. Immerhin interessiert sich irgendetwas für meinen Körper!

Als ich aufgeweicht und blitzsauber (anderthalb Flaschen Duschgel müssen eine Tiefenwirkung haben) nach dem Handtuch greife, bimmelt es. Ich schlinge den Pinocchio um meinen Kopf und ein etwas neueres und größeres Handtuch um meinen Körper und platsche in den Flur. Mit nassen Fingern greife ich zum Hörer der Sprechanlage, als es gegen die Wohnungstür klopft. Ich linse durch den Spion und blicke direkt in Arnes verzerrtes Auge. Dieses Auge würde ich unter Millionen Augen wiedererkennen!

»Tanja, ich weiß, dass du da bist!«

»Bin ich nicht!«

»Lass mich rein, bitte …«

»Ich hab nichts an.«

»Dann warte ich, aber bitte, ich muss mit dir reden.«

»Und wenn ich nicht will?« Ha! Jetzt bin ich mal kokett.

»Dann brülle ich so lange und so laut, bis Frau Stiller die Feuerwehr holt.«

»Nützt dir gar nichts.« Nee, so einfach mach ich es ihm nicht.

»Ach Tanja, sei nicht albern!« Ich? Albern? Blödmann! Das lasse ich mir nicht zweimal sagen. Mit einer einzigen Bewegung reiße ich die Tür auf und husche in mein Zimmer, wo ich mich blitzschnell und leider immer noch leicht feucht in Jeans und T-Shirt schmeiße. Dass ich das gelbe mit den Eisflecken erwische, merke ich erst, als ich in die Küche gehe, wo Arne frische Sonntagsbrötchen in einem Korb drapiert. Wenn die Nachbarin von gegenüber jetzt in die Küche linst, dann denkt die garantiert, dass das hier das Frühstück nach einer heißen Liebesnacht ist.

»Wo habt ihr denn die Marmelade?«, fragt Arne und starrt mich an. Ich starre zurück und ein Wassertropfen fällt mir aus den Haaren auf die Nase.

»Süß«, sagt Arne.

»Marmelade ist immer süß, auch in einem schwulen Haushalt«, gifte ich und schnappe mir das nächstbeste Handtuch, um mir die Haare zu frottieren. Mit nassen Haaren sehe ich schlimm aus – und ausgerechnet jetzt muss Arne mit frischen Mohnbrötchen winken!

Der längst verschollen Geglaubte ignoriert meinen Spruch und stellt stattdessen das Honigglas aus dem Regal auf den Tisch.

»So geht's auch«, sagt er und platziert zwei Tassen unter der Maschine, die brav auf Knopfdruck losrattert.

Eigentlich sollte ich jetzt auf der Hacke kehrtmachen, verdient hätte er es. Aber mein Blick streift die Brötchentüte: Die Backwaren stammen vom Bäcker am Hauptbahnhof und der macht nun mal die mit Abstand besten Mohnbrötchen des Kontinents. Und die teuersten. Also lasse ich mich dazu herab, mich auf den Stuhl herabzulassen.

»Brötchen?« Arne streckt mir den Korb über den Tisch hinweg entgegen.

»Sieht aus, als ob das Brötchen wären«, kontere ich und schnappe mir eine Mohnsemmel. Mit vollem Karacho haue ich das Messer in den knusprigen Teigling, dass die schwarzen Körnchen nur so spritzen. Earl wird sie nachher bestimmt vom Boden auflecken.

Eine Weile widmen Arne und ich uns schweigend den Honigbrötchen. Als er schließlich den Mund aufmacht, klemmen zwischen seinen Schneidezähnen schwarze Mohnpünktchen. Ich versuche, mit der Zunge so unauffällig wie möglich über meine eigenen Zähne zu fahren – nichts ist demütigender, als mit ungeföhnten Haaren, halb verkatert und mit Essensresten in der Kauleiste einem Mann gegenüberzusitzen, dem man auf der einen Seite eine schmieren und auf der anderen Seite den Honig genüsslich auf den Bauch schmieren will.

»Es tut mir leid«, flüstert Arne und legt sein halb aufgegessenes Brötchen auf den Tisch.

»Was tut dir leid? Dass du wochenlang verschwunden warst? Dass du weder angerufen noch eine Postkarte geschickt hast? Dass du mich als Zeitvertreib gesehen hast? Dass du zu deiner Sandra zurückgekrochen bist?« All die Fragen, die mich seit Arnes Verschwinden quälten, platzen aus mir heraus. Wie peinlich! Eigentlich wollte ich die große, erwachsene und gelassene Tanja geben. Aber die bin ich nicht.

»Das alles tut mir leid – nur das mit Sandra nicht.«

Wie bitte? Ich höre wohl nicht richtig! Der Kerl kriecht zurück zu seiner angeblichen Ex, taucht hier mit Brötchen auf und dann tut es ihm nicht mal leid? Mit einem Mal habe ich große Lust, ihm meinen Kaffee ins Gesicht zu schütten.

»Das kann mir nicht leidtun«, fährt Arne fort. »Weil es so nämlich nicht war.«

»Ach, und wie war es dann?« Ich klinge schnippisch, ich weiß. Na und?

»Wir sind längst kein Paar mehr, aber Sandra hat eben etwas, was du nicht hast.«

»Das sagtest du gestern schon!«

»Willst du nicht wissen, was es ist?«

»Nein!« Doch! Sicher will ich es wissen, auch wenn's scheiße wehtut. Hat sie größere Titten? Einen geileren Hintern? Ich koche vor Wut. Und Arne grinst.

»Sie hat Geld.«

Wie bitte? Lässt er sich von ihr aushalten?

»Stimmt, Kohle hab ich wirklich keine, ich bin nämlich arbeitslos«, platze ich heraus.

»Das tut mir leid«, sagt Arne und sieht so aus, als ob er es so meint. »Was ist denn passiert?«

»Das gehört jetzt nicht hierher«, antworte ich und finde mich ganz erwachsen mit dieser Antwort.

»Wie du willst«, meint Arne. »Also, Sandra hat mein Geld. Also eigentlich nicht das Geld, aber sie wohnt in dem Haus, das wir gemeinsam gekauft hatten.« Du liebe Güte – Haus und Hof und gleich erzählt er mir, dass da drei Blagen durch den Vorortgarten turnen?

»Das ist kein großes Haus, eher ein Häuschen, aber wir haben so die Miete gespart, damals im Studium.« Klar. Aha.

»Na ja, und jetzt war ich dort, weil ich zusammen mit Sandra den Verkauf des Hauses abwickeln musste.«

Verkauf? Ziehen die beiden mit den sieben netten Bälgern in eine Villa?

»Ach ja, und ein Immobilienhandel dauert Wochen, schon klar.« Ich kann's mir nicht verkneifen.

»Der nicht«, antwortet Arne ganz ruhig. »Aber ich war noch unterwegs in Schweden. Nachdenken. Perspektiven schaffen.« So, wie er schaut, meint er das ernst.

»Tanja, verdammt noch mal, du bist in mein Leben geplatzt wie ein Meteor! Ich kann an nichts und niemand anderen mehr denken!«

Wie bitte? Haaaach ... Sprich weiter!

»Aber ich bin nicht der Typ, der Hals über Kopf in eine Beziehung stürzt, wenn vieles noch unklar ist.«

»Und deshalb verkaufst du ein Haus?«

»Nein, das Geld brauche ich für die Tierrettung.«

»Jetzt verstehe ich gar nichts mehr«, sage ich wahrheitsgemäß.

»Na ja, die Spenden sind gestrichen, aber der

Rettungswagen ist da und die kleine Praxis voll eingerichtet. Ich brauch meinen Anteil am Haus, um die ersten Raten für den Wagen und die Praxismiete zu bezahlen.« Arne strahlt.

»Du übernimmst die Tierrettung?«

»Jepp!« Arne strahlt noch mehr. Und er strahlt wie der sprichwörtliche Apfelbutzen, als ich aufstehe, um den Tisch herumgehe und mich vor ihm aufbaue.

»Dann ging es gar nicht um eine Frau?«

»Doch, aber um dich!« Arne steht auf und einen Moment lang stehen wir uns stumm gegenüber. Und dann heule ich los und Arne küsst mich und ich küsse ihn und wir lachen und irgendwann sind wir bei der Tiffanydame angelangt und ich schwöre: Sie ist knallrot geworden!

So rosig ich mich beim Gedanken an Arne fühle, so rot ist auch mein Kontostand einige Wochen später. Die Welt hüllt sich in Jingle Bells, der legendäre Stuttgarter Weihnachtsmarkt lockt ganze Busladungen Touristen an, ein Kaufhaus glitzert mit dem anderen um die Wette und noch immer hat Herr Lehr vom Amt keine Stelle für mich in Aussicht. Je länger ich arbeitslos bin, desto geringer meine Chance, um Hartz IV herumzukommen. Die Weihnachtsgeschenke werden in diesem Jahr mager – sehr mager! – ausfallen. Ein wenig kann ich mich bei der Lektüre von tiermedizinischer Fachliteratur vom Adventstrubel ablenken. Immerhin haben Arne und ich, wenn er völlig erledigt von seinen Rettungstouren nach Hause kommt, nun ein gemeinsames Thema. Und ich kann ihm aus meiner Zeit als Arzthelferin noch den einen oder anderen Tipp zur einfacheren Abrechnung und besseren Organisation des Medikamentenvorrates geben. Das alles geht aber nur, wenn wir nicht dafür sorgen, dass meine Tiffanydame sanft errötet … und das tun wir oft!

Dennoch nagt die allgegenwärtige Gefühlsduselei des Dezembers an mir – und die Jungs sind mir auch keine Hilfe. Mit viel Liebe zum Detail (und es sind viele, viele Details!) verwandelt Chris unsere Wohnung in einen begehbaren Weihnachts(alb)traum. Allüberall stapeln sich Engelchen und Nikoläuse, allüberall blinken Lichtlein und drehen sich Püppchen auf Spieluhren und allüberall stolpere ich über Lichterbögen aus dem Erzgebirge und Stapel von Gospel-CDs. Selbst Rolf, der sonst so rational ist, flippt aus und hängt pünktlich zum 1. Dezember vier Adventskalender in der Küche auf. Drei sind mit Schokolade gefüllt und der vierte mit Hundekeksen. Earls Kalender ist mit Abstand der größte und mit Sicherheit der teuerste!

In der Bücherei ist in diesen Tagen Anfang Dezember herzlich wenig los. Blüslein hatte am 1. Dezember einen etwas angestaubt wirkenden winzigen Weihnachtsstern auf den Tresen gestellt und als ich am 5. Dezember vom kalten Regen aufgeweicht in die heiligen Hallen komme und mich als einzige Kundin des Tages an einen Tisch setze, steht Blüslein auf, schleicht zu mir hin und stellt mir wortlos eine mit Plätzchen gefüllte Untertasse vor die Nase.

»Essen ist eigentlich nicht erlaubt«, sagt sie lächelnd und ehe ich mich bedanken kann, verschwindet sie hinter der Tür mit der Aufschrift »Archiv«. Ich könnte wetten, dass sie rot geworden ist über dem steifen Blusenkragen! Die Vanillekipferl zergehen auf der Zunge und während ich mich in den Verdauungsapparat von Würgeschlangen einarbeite, kommt Blüslein zurück und platziert einen Becher dampfenden Tee vor mir.

»Trinken ist sicher auch nicht erlaubt?«, frage ich und zwinkere ihr zu.

»Nein, eigentlich nicht«, murmelt sie und sieht sehr betreten aus. »Aber Sie sahen so verfroren aus …«

»Danke!« Stimmt, ich friere tatsächlich. Die Temperatur in der Bibliothek ist nicht gerade Bikini-tauglich und das Wetter draußen nass, kalt, windig, kurz: eklig. Ehe ich Blüslein sagen kann, wie lecker die Kipferl schmecken, ist sie schon wieder verschwunden und duckt sich hinter ihrem Tresen. Na gut, ich widme mich dem schematischen Schnitt durch eine Boa, schlürfe Hagebuttentee und beschließe, aus dem Vorrat der Jungs eine Tafel Milka zu mopsen und sie am nächsten Tag heimlich auf Blüsleins Tresen zu platzieren.

Leider kann ich heute nicht lange bleiben, denn Dirk Lehr, der sich mein »Arbeitsvermittler« schimpft, hat mich per amtlichem Formular zu sich bestellt. Und so mache ich mich kurz nach der Mittagspause durch den eiskalten Regen auf den Weg zum Amt. Das Wetter ist weder gut für meine Frisur noch für meine Laune. Selbst die Männer, deren einziger Lebensinhalt darin zu bestehen scheint, vor dem Arbeitsamt zu stehen und eine Kippe nach der anderen zu rauchen, haben bei dem Hundewetter offensichtlich keine Lust und sind zu Hause geblieben. Ich habe eben noch Zeit, mir auf der Toilette des Amtes die Haare mit einem Papierhandtuch einigermaßen trocken zu rubbeln, ehe ich zu Herrn Lehr hetzen muss. Unpünktlichkeit, das haben mich die letzten Wochen gelehrt, mag Lehr gar nicht. Fünf Minuten nach der Zeit und schon droht der Beamte mit Kürzung des ohnehin mehr als knapp bemessenen Geldes.

Ich staune nicht schlecht, als ich auf die Sekunde genau das Büro betrete. Selbst Dirk Lehr, der pupstrockene Verwalter, hat einen Weihnachtsstern auf seinem Schreibtisch drapiert. Allerdings schaut die Pflanze schon genau so traurig aus wie die Primel auf der Fensterbank, von der mittlerweile nur noch bräunliche Blätter geblieben sind.

»Grüß Gott, Frau Böhm«, schnurrt mein Berater hinter seinem Bildschirm. »Nehmen Sie doch Platz.«

Klingt das fröhlich? Einen Tick wenigstens? Hat er gar einen Job für mich? Zum Jahreswechsel müssten doch sämtliche Arzthelferinnen der Stadt kündigen, zum Teufel noch eins!

Ich installiere mich auf dem durchgewetzten Besucherstuhl.

»Was haben Sie in den vergangenen Wochen unternommen, um eine Arbeitsstelle zu erlangen?« Mit einem Mal klingt Lehrs Stimme wieder gewohnt automatenmäßig, als würde eine Maschine von einem vorgedruckten Formular ablesen.

Was ich getan habe? Nichts. Aber so schlau bin ich mittlerweile, Gelbe Seiten sei Dank. Mechanisch rattere ich herunter, dass ich mich bei diesem Unternehmen und jenem beworben hätte, hier und da, da und dort. Leider, leider seien alle Stellen bereits besetzt gewesen von billigen ukrainischen Chemikerinnen, Niedriglohn-Polinnen oder sklavenarbeitsleistenden Rumäninnen mit Hochschuldiplom.

Dirk Lehr nickt wie automatisiert. »Sie haben sicher eine Aufstellung Ihrer Aktivitäten dabei?«

Jetzt muss ich laut Arbeitslosen-Drehbuch erstaunt schauen. Dann hektisch suchen. Dann zerknirscht verneinen. Also schaue ich erstaunt. Wühle hektisch in meiner Tasche (die außer einem Bildband über Seefische, einer Packung Tempos, einem Tampon, einem Labellostift und einem sehr, sehr leeren Geldbeutel nur den Hausschlüssel enthält) und verneine dann ganz zerknirscht: »Ach herrje, die liegt zu Hause neben dem Telefon!«

Dirk Lehr muss einiges gewohnt sein von seinen Pappenheimern, denn er verzieht keine Miene. »Die können Sie dann beim nächsten Mal nachreichen.«

Beim nächsten Mal? Moment – doch kein neuer Job? Nicht mal eine winzige Stelle? Hat denn keine meiner Kolleginnen das Handtuch geworfen? Offensichtlich nicht, denn Dirk Lehr notiert einen neuen Termin auf einen Schmierzettel, reicht ihn mir und verabschiedet mich mit einem vollautomatisierten »Schöne Weihnachten, ich schreibe Sie im nächsten Jahr wieder an«. Schöne Bescherung!

Mein Girokonto wird roter glühen als die Raketen am Silvesterhimmel. Talfahrt. Ganz steil. Von dem bisschen Hartz IV kann keiner leben. Okay, die Jungs stehen hinter mir. Aber wie lange noch?

Das Wetter passt zu meiner Lage – grau, trüb, kalt. Das Einzige, auf das ich mich freue, als ich Herrn Lehr und all die anderen Arbeitslosen hinter mir lasse, ist der Abend mit Arne. 19 Tage bis Weihnachten, ein trübes Fest, keine Geschenke? Nicht für mich: Der Traumdoc hat mich zum Essen eingeladen. Halleluja, Fest der Liebe, heute, jetzt gleich!

Ich schüttele alle grauen Gedanken ab, als ich unsere Wohnung aufschließe. Chris und Rolf sind noch nicht zu Hause (oder schon wieder weg? Stand der blinkende Plastikstern heute früh auch schon auf dem Sideboard neben dem Fernseher? Ich frage Earl, der auf seinem Kissen pennt, aber der zuckt nur mit den Schlappohren) und ich gönne mir erst mal eine ausgiebige Dusche. Meine Jungs sind Stammkunden in der Parfumerie und somit ist die Kollektion duftender Duschgels um zwei weitere Sorten angewachsen. Oriental Vanilla scheint mir das Richtige für den kommenden Abend zu sein und ich hoffe, Chris verzeiht mir, dass ich kräftig zulange. Da ich davon ausgehe, dass das Darunter wichtiger sein wird als das Darüber, entscheide ich mich für eine bequeme Jeans und einen tief ausgeschnittenen Pullover aus der vorvorletzten Saison. Mal wieder Klamotten shoppen – wäre das schön!

Immerhin ist meine Dessousabteilung einigermaßen gut bestückt. Marc, dem Arsch, sei Dank. Während ich mich durch die Stringtangas wühle, stelle ich mir vor, wie Marc auf Mellys Still-BHs reagiert. Wahrscheinlich fällt der kleine Marc, der angeblich nur steif wird, wenn er Seide, Strapse oder kneifende Spitzen sieht, sofort in sich zusammen. Männer wie Marc müssen Strings erfunden haben – und BH's mit Bügeln. Nichts kneift mehr … ein Hoch auf Feinripp! Okay, nicht sehr sexy, ich weiß. Also wähle ich den zartblauen BH und das dazu passende Höschen. Die sind immerhin so geschnitten, dass sie mich nicht sofort ins

Fleisch und die nicht vorhandenen Brüste schneiden. Haare bürsten. Gloss auftragen und eine ordentliche Portion vom jämmerlichen Rest meines Parfums. Schon ist es Zeit, der Doc hat Tanja-Spezial-Sprechstunde. Ein Grinsen zur Tiffanydame, ein Nasenstüber für Earl, und tschüss!

Vor Arnes Tür staune ich nicht schlecht: Die Bärchenmatte ist verschwunden und hat einem schlichten schwarzen Schuhabtreter Platz gemacht. Der Teppich ist dermaßen schlicht, der muss ein kleines Vermögen gekostet haben. Fast habe ich ein schlechtes Gewissen, als ich ihn mit meinen Hausschuhen betrete. Aber nur fast, denn einer der Vorteile, wenn der Lover im selben Haus wohnt, ist, dass frau nicht mit dreckigen Schuhen kommen muss (einer der Nachteile: Pumps, die das Bein strecken und automatisch für optisch drei Kilo weniger Hüftgold sorgen, wirken albern). Als ich eben klingeln will, macht Arne auf.

»Ich hab schon auf dich gewartet«, ruft er.

Nanu? Hängt der etwa hinter dem Spion und harrt seiner Angebeteten?

»Moment bitte, geh schon mal rein!« Arne schießt an mir vorbei und rennt die Treppe runter. Hallo? Geht's noch?

Da stehe ich also wie ein begossener Pudel, schaue wie Earl, wenn er keine Pommes bekommt, und lausche den im Treppenhaus verklingenden Schritten nach. Okay. Ich gehe schon mal rein. Und werfe einen Blick in die Küche – die Abdeckplatte über dem Herd ist geschlossen und der Backofen eiskalt. Vielleicht ein kaltes Buffet? Aber auch im Wohnzimmer, in dem in einem kleinen Erker ein spartanischer Esstisch steht, ist keine Spur von Essen zu entdecken. Mist. Dabei habe ich langsam wirklich Kohldampf!

Ich lasse mich auf die Couch fallen und blättere lustlos in der »Hörzu«. Das Heft ist von Februar und zerfledderter als die Blätter bei meinem Friseur. Wie lange war ich nicht mehr zum Haareschneiden? Meine Kopfwolle franst an den Spitzen sichtbar aus. Ich beschließe, Chris um einen Schnitt zu bitten – was er bei Buchsbäumen kann, wird an Tanjas Kopp ja nicht zu schwer sein.

Da knarrt die Tür und Arne balanciert ein Tablett ins Zimmer.

»Sauerbraten mit Rotkraut und Knödeln à la Hilde!« Arne grinst freudig und stellt zwei bis zum Anschlag gefüllte Teller auf den kleinen Tisch. Mir läuft das Wasser im Mund zusammen, als – wie im Comic – die Duftwelle von schwerer Bratensoße und zimtigem Kraut in meine Nase strömt. Ich schätze, dass ich sabbere wie ein Mops vor dem Napf.

»Hilde? Frau Otto kocht für dich?«

Mein Gastgeber grinst. »Natürlich!«

»Was heißt da ›natürlich‹? Wie hast du das denn geschafft?«

»Mit meinem unbestechlichen Charme und meinen großen, großen Kulleraugen.« Arne zieht eine

Schublade am Sideboard auf, legt Besteck neben die Teller und nimmt Gläser aus dem Schrank.

»Ach komm«, sage ich und – peinlich, aber wahr! – stürze mit knurrendem Magen zum Tisch.

»Okay, ich geb's zu«, lacht Arne und füllt die beiden Gläser mit tiefdunklem Rotwein. »Mein Herd ist kaputt und ich habe Frau Otto die Zutaten gebracht. Im Gegenzug fürs Kochen essen sie und Karlchen heute auch Sauerbraten.« Clever, der Mann!

Wie ein ausgehungerter Löwe falle ich über den Braten her. Verdammich noch eins, ist der lecker, sogar die Rosinen in der Soße sind perfekt! Leider verursacht das rasante Verschlingen des Bratens einen Luftstau in meiner Speiseröhre. Und ehe ich mich noch am Riemen reißen kann, rülpse ich einem Kanonenschlag gleich. Sofort werde ich knallrot.

»Mahlzeit!« Arne schaut mich mit weit aufgerissenen Augen an.

Ich schlage die Hand vor den Mund. Peinlich. Oberpeinlich. Mein Gastgeber steht auf und verschwindet in der Küche. Bravo, Tanja. Super Sache. Der Abend ist gelaufen.

»So, dann woll'n wir mal«, sagt Arne, als er wiederkommt. Mit zwei Literflaschen Fanta orange. »Fanta ist das beste Rülpsmittel überhaupt«, sagt er, dreht die Flasche auf, setzt an und zieht sich über die Hälfte auf einen Schlag in den Rachen. Gespannt warte ich, was passiert. Nur Sekunden später dröhnt ein Röhren aus Arnes Kehle, das wirklich Applaus verdient.

»So, und jetzt du!«, fordert er mich auf.

»Rülpsen?«

»Eben ging's doch auch.«

Ich schäme mich ein bisschen. Schließlich ist das mein erstes Date, bei dem ein Rülpswettbewerb läuft. Aber okay, was tut frau nicht alles für einen Mann! Also lasse ich die eiskalte Limo in meinen Magen laufen. Ich schaffe nicht ganz so viel auf einmal wie Arne, aber mein Rülpser kann sich hören lassen. Getragen auf einer Welle von Rotkrautaroma und Sauerbratenduft strömt die süßklebrige Kohlensäure den Weg nach oben.

»Nicht schlecht.« Arne nickt anerkennend und setzt seine Flasche erneut an. Dieses Mal schafft er nicht ganz so viel Fanta auf einmal und was er von sich gibt, klingt eher wie das Bäuerchen eines Babys.

»Süß«, konstatiere ich, setze die Flasche an und presse so viel Limo in mich hinein, wie eben geht, ohne dass ich befürchten muss, den Sauerbraten auszuhusten. Dann starren Arne und ich uns über den Tisch hinweg an. In meinem Magen blubbert die Kohlensäure und der Zucker aus der Fanta geht eine fast schon schmerzhafte Verbindung mit den Rosinen aus dem Rotkohl ein. Ich atme tief ein und beim nächsten Ausatmen röhre ich wie ein Hirsch zur Brunftzeit.

Arne applaudiert. »Ich kenne keine Frau, die

so sexy aufstoßen kann«, lacht er dann, nimmt meine Hand und flüstert: »Kennst du eigentlich schon meine neue CD? Der Player steht allerdings nebenan.«

Ich stoße noch einmal sanft und geräuschlos auf. Willenlos folge ich Arne ins Schlafzimmer und frage mich, ob es auf der Welt noch einen Mann wie ihn gibt – einen, mit dem frau extrem guten Sex haben, Sauerbraten essen und rülpsen kann.

Als ich am nächsten Morgen über den Hausflur schleiche und leise, leise die Wohnungstür aufschließe, sind die Jungs bereits in der Küche zugange.

»Uhuuuuu«, macht Chris, als ich mir einen Kaffee hole, und klimpert lüstern mit den Augen.

»Ohooooo«, setzt Rolf nach und lässt seine Augenbrauen tanzen. »Heiße Nacht gehabt?«

»Ja, mit Sauerbraten und Limo!«

»Wie bitte?« Chris sieht mich entgeistert an.

»Die will dich veräppeln«, sagt Rolf und tätschelt ihm die Schulter. Wenn die wüssten!

»Ohoooo, uhuuuuu«, mache nun ich und zeige auf Chris' Gemächt. Oder das, was sein bestes Stück umgibt: eine feuerwehrrote Hose, auf der ein Weihnachtsmann prangt. Chris' Wangen färben sich in etwa so rot wie seine Unterhose und auch Rolf schaut ein wenig bedröppelt aus dem Pyjama.

»Naja, ist doch Nikolaus heute«, stammelt Chris und saust in sein Zimmer.

Stimmt! Der große rote Mann mit dem großen, prallen Sack steht ins Haus. Mir fällt ein, dass ich unter meinem Bett einen Gartenzwerg gebunkert habe. Drei, zwei, eins und bei ebay war er für 1,99 Euro meins. Ich muss nur noch die abgeschlagene Ecke an der Mütze mit meinem einzig verbliebenen Nagellack ausbessern und schon habe ich ein Geschenk für meine Gärtner.

»Hohoho«, ruft Rolf und tätschelt Earls Kopf. Der Mops brummt und schlabbert.

Als die Jungs eine halbe Stunde später aus dem Haus gehen, genehmige ich mir erst einmal eine zweite und dritte Tasse Kaffee. Dann grabe ich den Zwerg unterm Bett hervor, friemle mit dem Pinselchen den letzten Lackrest aus der Flasche und stelle den Zwerg zum Trocknen unter die Tiffanydame. Earl sieht mir mit zerknautschtem Gesicht zu. Als ich schließlich aus der Dusche komme (Ingwer-Duschgel, auch nicht übel), pennt der Mops selig auf seinem Kissen und wacht auch nicht auf, als ich in Schuhe und Jacke schlüpfe und mich auf den täglichen Weg nach Degerloch mache. Arne ist längst unterwegs, also erübrigt sich ein kurzer Besuch auf ein Küsschen.

Blüslein bekommt rote Wangen vor Freude, als ich ihr einen Schokoladennikolaus über die Theke reiche.

»Dass sie daran gedacht haben!«

Klar, wie kann man Nikolaus vergessen, wenn

man mit Chris, dem Dekorateur und Seiner Kitschigkeit Prinz Rolf, in einem Haus lebt?

Blüslein streicht dem Schokomann über die Zipfelmütze und stellt ihn neben den Bildschirm. »Übrigens sind neue Bücher reingekommen«, sagt sie. »Veterinärabteilung.«

Mein Herz macht einen Satz – hat sie tatsächlich die pervers teuren Bildbände besorgt, von denen ich ihr erzählt hatte?

»Sie sagten doch, diese Bände wären ... sagen wir mal ... notwendig?« Blüslein zwinkert mir zu und ich haste zur Veterinärabteilung. Tatsächlich: Da stehen sie. Sieben prachtvolle Bände. Hochglanz. Lackierter Einband. Und anatomische Zeichnungen bis in den kleinsten Nerv. Am liebsten würde ich alle sieben Bände zu einem der Tische tragen, aber das wäre zu gierig. Und zu schwer. Also schleppe ich Band eins und zwei zum Leseplatz und bin Minuten später versunken. Tief versunken. So tief, dass ich erst wieder zu mir komme, als mein Magen laut zu knurren beginnt.

»Sie haben ja heute gar keine Mittagspause gemacht«, meint Blüslein und verabschiedet mich mit einem besorgten Blick in den schon dunklen Abend. Am liebsten hätte ich ihr vom Sauerbraten und der Limo erzählt – aber ich wette, sie hat keinen Arne zu Hause, der auf sie wartet. Beim Gedanken an gestern Abend wird mir flau im Magen. Angenehm flau.

So beflügelt, beschließe ich, einen kleinen

Umweg zu machen, und schaue bei meiner Hausbank vorbei. Der Kontoauszugsdrucker schluckt vorschriftsmäßig die Karte. Ich gebe vorschriftsmäßig meine PIN ein (die ich mir erst nach anderthalb Jahren merken konnte). Und dann warte ich auf den ordnungsgemäßen Ausdruck. Gibt es ein Hartz-IV-Weihnachtsgeld? Ein paar Euronen extra für die Arbeitslosen, damit die sich vom 13. Monatsgehalt einen Gänsebraten zum Fest der Liebe leisten können? Ich könnte eine Finanzspritze mehr als dringend brauchen. Aber als der Automat schließlich die zwei bedruckten Blättchen und meine Karte ausspuckt, ist der Traum vom Weihnachtsgeld ausgeträumt. Würde der Drucker nicht nur in schwarz-weiß, sondern in Farbe drucken, dann würde mein Kontostand in Rot leuchten. Technicolor-Rot. Scheiße. Und die nächste Zahlung kommt erst im Januar. Verdammt. Wie soll ich den Jungs ein Geschenk machen? Soll ich einen alten Pullover aufribbeln und wie eine Trümmerfrau einen neuen daraus stricken, um ihn Arne verpackt in Zeitungspapier unter den Baum zu legen?

Nach einer Schreck-Zigarette (scheiße, wovon soll ich Kippen kaufen?) taucht vor meinem inneren Auge eine Telefonnummer auf. Die Nummer für Tanjas Kummer! Ich fummele noch im Vorraum der Bank mein Handy aus der Tasche (verflucht, wie soll ich mein Guthaben aufladen?) und hacke auf die Tasten. Tante Trude muss helfen!

Tut.

Tuuuut.

Tut. Tut. Tuuuut.

Nichts. Ich wähle noch einmal. Wieder nur ein Tuten. Endlos. Tante Trude ist nicht da. Nein, Tante Trude geht so spät am Nachmittag – fast schon mitten in der Nacht für die dörflichen Verhältnisse – nicht aus dem Haus. Ob etwas passiert ist? Die Nachbarin schaut jeden Tag nach ihr. Mist. Ich habe deren Nummer nicht. Aber sie hätte meine …

Automatisch lenke ich meine Schritte nach Hause. Für einen kurzen Moment überlege ich mir, ob ich mir einen Cappuccino double latte to go kaufen soll. Aber das lasse ich lieber, für das Geld bekomme ich zwei Packungen Toastbrot. Und das macht satter als Kaffee. Gleich nach 20.15 Uhr muss ich Tante Trude noch einmal anrufen. Vorher geht nicht, denn wer Trude bei der Tagesschau stört, der braucht nie wieder anzurufen. Geschweige denn, dass sie ans Telefon geht: Wenn Jan Hofer und Kollegen ihre tägliche Viertelstunde schlechte Nachrichten aus aller Welt verbreiten, dann ist Tante Trude nicht erreichbar. Für nichts und niemanden und schon gar nicht für eine Nichte, die um eine Finanzspritze bettelt.

Hatte das Treppenhaus heute früh auch schon so viele Stufen? Himmelpopoundnähgarn! Als ich endlich vor der Wohnung stehe, bin ich völlig aus der Puste. Einen Moment lang überlege ich, bei Arne zu klingeln. Ich lausche an seiner Tür. Alles ist still. Wahrscheinlich ist er nicht zu Hause. Schade, ich hätte nichts gegen ein Glas Fanta und einen Kuss. Einen Arnekuss.

Geküsst wird stattdessen auf unserer Couch. Rolf und Chris hocken eng umschlungen auf dem Plumeau, Earl zu ihren Füßen.

»Schmeckt's?«, frage ich und pfeffere meine Handtasche auf den Boden. Die Schuhe fliegen hinterher und hinterlassen dreckig braune Schmierstreifen auf den Fliesen. Meine Jungs fahren auseinander und sehen mich mit großen Augen an.

»Hallo, Tanja«, nuschelt Rolf kleinlaut.

»Mahlzeit!«, brumme ich und verziehe mich in mein Zimmer. So viel Geknutschte kann ich im Moment nicht ertragen. »Lasst euch nicht stören!«

Earl kläfft leise und ich höre, wie die Jungs sich in die Küche verziehen. Wehe, die steigen jetzt gemeinsam unter die Dusche! Aber auch das ist nicht mein Hauptproblem. Vor meinem geistigen Auge blinken rote Zahlen. Weihnachtsmannmantelrote Zahlen. Mist. Trude ist nicht zu erreichen. Herrn Lehr brauche ich um die Uhrzeit auch nicht mehr anrufen, der ist längst im Beamtenfeierabend. Fritz! Genau! Fritz muss mir einen Kredit geben. Zwei-, dreihundert Euro. Mehr will die kleine Tanja doch gar nicht. Und immerhin ist er schuld an meiner Misere, denn er hat mir gekündigt.

Die Nummer des Tabakladens ist noch immer in

meinen grauen Zellen gespeichert und tatsächlich meldet sich nach zweimaligem Tuten eine Frau.

»Zeitschriften und Tabak Fritz, mein Name ist Veronika Kuhn, was kann ich für Sie tun?« Hey, das reimt sich sogar, denke ich. Und dann denke ich: Was macht die Tussi im Laden?

»Was machen Sie denn im Laden?«, platze ich heraus.

»Wie bitte? Wer spricht denn da?« Veronika reimt nicht mehr und klingt leicht irritiert.

»Tanja Böhm mein Name. Ist Fritz zu sprechen?«

»Nein, der ist nicht hier.«

»Wann kommt er denn wieder?« Wehe, wenn ich den zwischen die Finger bekomme – mich schmeißt er raus und stellt stattdessen eine affektierte Ziege ein!

»Gar nicht mehr«, sagt Veronika.

Mir wird schlecht. Meine Knie geben nach und ich lasse mich aufs Bett fallen.

»Ist er … ist er … tot?«, stammle ich.

»Im Gegenteil«, lacht Veronika. »Der ist quietschfidel. Nein, er hat den Laden verkauft. Mein Mann ist der neue Pächter. Kann er Ihnen weiterhelfen?«

Verkauft? Fritz? Wie, wo, was?

»Äh, nein … nein, ich müsste schon mit Fritz sprechen.«

»Soviel ich weiß, wollte er sich eine Finca kaufen. Oder so was in der Art, irgendwas im Süden.«

»Oh.« Ich bedanke mich und lege auf. Fritz ist also abgehauen. Der Sonne hinterher. Ab in den Süden. Mein Kleinstkredit löst sich soeben in Wohlgefallen auf. Scheiße.

Ich tue, was ich in solchen Momenten am besten kann: Ich ziehe die Bettdecke über den Kopf und mache die Augen zu. Dem Himmel sei Dank funktioniert mein alter Trick noch immer: Bei massiven Problemen überfällt mich eine bleierne Müdigkeit. Binnen Sekunden sinke ich in einen tiefen Schlaf. Leider nicht ganz so traumlos wie sonst – im Schlaf knutsche ich mit Marc, dem Arsch, und muss genau in dem Moment rülpsen, als er mir die Zunge in den Mund steckt …

»Tanja!«

Blörks.

»Tanjaaaa!«

Rülps.

»Aufwachen!« Chris zieht und zerrt an der Bettdecke, in die ich mich komplett eingewickelt habe. Die Tiffanydame ist nicht zu erkennen, denn draußen ist stockfinstere Nacht.

»Steh auf, Essen ist fertig«, ruft Chris. »Rolf hat den Tisch schon gedeckt.«

Ich gähne herzhaft und bin froh, dass ich Chris nicht anrülpsen muss. Im Schneckentempo schäle ich mich aus dem Bett und watschele in die Küche. Im Flur stolpere ich beinahe über Earl, der eben einen Soßenfleck von den Fliesen leckt.

»Wer kommt denn noch?« Ich staune nicht

schlecht, als ich die Berge von Pasta sehe, die Rolf in drei großen Schüsseln auf dem Tisch verteilt hat. Dazwischen dampfen verschiedenfarbige Soßen in kleinen Tiegeln. Rolf grinst und ehe er antworten kann, schellt die Klingel.

»Hohohooooo«, macht Chris mit tiefer Stimme.

»Sagt mal, habt ihr einen Nikolaus bestellt?« Ich tippe mir an die Stirn.

Die Jungs zucken im Gleichtakt mit den Schultern und grinsen breiter als zwei Lebkuchenmännchen. Na wartet, bis ihr den Gartenzwerg seht! Rolf gibt mir einen sanften Schubs Richtung Tür. Kopfschüttelnd mache ich auf und …

… blicke direkt in das Gesicht von Fritz.

»Bist du nicht auf Malle?«

»Was ist denn das für eine Begrüßung?« Fritz breitet die Arme aus und drückt mich an seinen dicken, weichen Bauch. Als ich wieder Luft bekomme und über seine Schulter linse, sehe ich direkt in das Gesicht von Tante Trude.

»Du hier?« Mein Mund steht sperrangelweit offen.

Tante Trude fuchtelt mit einer Papiertüte, die offensichtlich zum Bersten mit Plätzchen gefüllt ist, vor meiner Nase herum und drückt mir einen nach 4711 riechenden Kuss auf die Stirn.

Wortlos schiebt sie mich zur Seite und geht hinein. Fritz folgt ihr und wird sofort von Earl in Beschlag genommen.

»Tante Trude, was machst du denn hier?«

»Netter Empfang, Tanja, also wirklich«, tadelt Trude und schält sich aus dem Mantel. Dabei fällt ein dicker weißer Umschlag platschend auf die Fliesen. Der Mops stürzt sich darauf, schnuppert kurz und macht dann kehrt.

»Dann kann ich dir das auch gleich geben«, meint Trude und zeigt mit dem Finger auf den Umschlag. »Aufheben musst du ihn schon selbst, mein Rücken …«

Wortlos hebe ich das Kuvert auf und starre von Fritz zu Trude und zurück.

»Ein bisschen Weihnachtsgeld«, flüstert Trude. Mit zitternden Fingern biege ich die Öffnung des Umschlags ein paar Millimeter auseinander. Lauter braune Scheine. Vier Zentimeter dick … ein *bisschen* Weihnachtsgeld?

»Kennt Ihr euch?« Fragend blicke ich von meiner Ziehmutter zu meinem ehemaligen Chef. Die beiden sehen sich an, dann mich. Trude legt ihr Gesicht in Falten, aber Fritz platzt heraus: »Sie hat mich angerufen!«

»Du hast was?«

Die alte Dame wiegt den Kopf hin und her und sieht ein wenig betreten aus. Fritz springt ein: »Sie hat ja mitbekommen, wie es um Dich steht, von wegen Job und so …«

»… und es war gar nicht einfach, den richtigen Tabakladen aus dem Telefonbuch zu finden«, fällt Trude ihm ins Wort.

Und dann bekomme ich die Kurzversion einer Geschichte zu hören, die ich meiner Ziehmutter in ihrer abgeschiedenen Ländlichkeit in 100 Leben nicht zugetraut hätte: Sie fuhr alleine mit der Bahn nach Stuttgart, traf sich mit Fritz im Hotel Graf Zeppelin, beide verspeisten zwei Stück Schwarzwälder Kirsch und beschlossen, der kleinen Tanja unter die Arme zu greifen, ehe Fritz sich nach Teneriffa vom Acker macht, wo er in eine winzige Agentur eines ehemaligen Studienkollegen einsteigen will, um für Luxusmakler Hochglanzprospekte zu entwerfen. Fassungslos starre ich das ungleiche Paar an.

»Deine Tante und ich waren letzte Woche in Zürich«, erklärt Fritz und krault Earl hinter den Ohren. Moment mal – Fritz kann sich bücken?

»Hast du abgenommen?«, platze ich heraus.

»Das auch, vor allem haben wir abgehoben«, lacht Fritz. Tatsächlich – da fehlen mindestens 20 Kilo.

»Ist sonst ein bisschen zu umständlich in der Sonne.« Fritz tätschelt sich stolz über den geschwundenen Bauch.

»Und es war etwas viel Geld auf dem Schweizer Konto.« Tante Trude zwinkert mir zu. »Das Geld hatte ich angelegt für dunkle Tage …, aber was soll ich alte Schachtel damit? Wenn ich mal einen Pflegeplatz brauche, dann lasse ich mir den gerne von Vater Staat bezahlen.« Trude grinst verschlagen und ich staune, was in einem so katholischen Kopf vor sich geht.

Meine Jungs schauen aus der Küche.

»Will jemand einen Aperitif?«, fragt Rolf und balanciert ein Tablett mit einem Dutzend Sektgläsern. Moment Mal – ein Dutzend Gläser?

»Wer kommt noch?«, herrsche ich die Jungs an. Chris schaut verlegen zu Boden, Rolf starrt an die Decke. In dem Moment läutet es erneut. Nacheinander traben Karl und Hilde Otto in die Wohnung, gefolgt von Jasmin (mit frisch blondiertem Haar) und dem Bernd.

»Wir haben noch gar keine Einweihungsparty gegeben«, flüstert Chris mir zu, als die Gäste sich mit viel »Hallo« und »Huhu« miteinander bekannt machen. Earl kläfft entrüstet und zieht sich auf sein Kissen zurück. So viel Radau ist er nicht gewohnt. Ich auch nicht. Ich sehe, dass Bernd den Arm um Jasmins Schultern legt – also entweder braucht sie dringend einen Toningenieur … oder meine Tipps haben tatsächlich geholfen. Jetzt wird mir auch klar, warum ich von den beiden den ganzen Sommer über nichts gesehen habe: Bernd hat garantiert Jasmins Turbobusen mit Röhrlauten unterlegt.

»Ich geh mich mal umziehen«, sage ich und gebe der Wohnungstür einen leichten Schubs. Ich stecke noch immer in meiner Schlabberjeans und dem vom Schlafen zerknautschten Pullover.

»Kann ich helfen?« Ich fahre herum und da steht Arne hinter mir. Seine Augen blitzen.

»Hast du etwa auch von der Party gewusst?«

»Klar!« Chris deutet mit dem Kopf auf eine Kiste Fanta, die im Hausflur steht.

»Keine Angst, du musst nicht öffentlich rülpsen«, flüstert Arne mir ins Ohr und fiept.

Arne fiept?

Tatsächlich – ich höre es schon wieder.

»Bei dir piept's!«

Arne grinst und schlägt die Jacke auseinander. Auf seinem Arm hockt ein winziges Bündel Fell. Wuscheliges, schwarz gelocktes Fell mit großen, braunen Kulleraugen und Plattnase.

»Das ist Mudel«, sagt Arne und streckt mir das winzige bisschen Hund entgegen. Der Kleine schnuppert an meiner Hand, leckt meine Finger ab und seufzt zufrieden.

»Was ist das?«

»Das ist Earls Sohn. Mops und Pudel. Mudel eben!«

Hinter mir taucht Tante Trude auf, in der einen Hand ein Glas Sekt und in der anderen einen Lebkuchen.

»Wie niedlich!«, flötet sie.

»Das ist ein Mudel«, erkläre ich und starre von Arne zum Hund und zur Tante und zurück.

»Darf ich mal streicheln?« Chris' Stimme überschlägt sich beinahe, als er den Hund sieht. »Wie süüüß!«

»Ich denke, als zukünftiger Ehemann des Hundeopas darfst du das!« Rolf nimmt Chris in den Arm.

Mir wird schwummrig.

»Wie bitte? Ihr wollt heiraten?«

»Na ja, wir hätten das gerne etwas offizieller bekannt gegeben«, sagt Rolf.

Chris schmiegt sich an ihn und seine Augen leuchten. »Aber wo es nun mal raus ist – ja. Christopher Berger und Rolf Schröder werden sich am 23. Dezember offiziell verpartnern.«

Tante Trude gibt den beiden ein Küsschen auf die Wange, wobei sowohl der Lebkuchen als auch das Sektglas zu Boden fallen. Ich falle aus allen Wolken und dem Mudel auf meinem Arm fällt ein kleiner Knödel aus dem Po. Earl kläfft und windet sich an den Gästen vorbei zu mir.

»Das ist dein Sohn«, sage ich. »Aber wo ist denn die Mutter?«

»Der Edelpudel?« Arne zuckt die Schultern. »Ich sollte die Welpen impfen, damit die Besitzerin sie so schnell wie möglich aus dem Haus bekommt, der Pudel soll im Januar gedeckt werden.« Arne sieht empört aus. »Diesen da wollte sie ins Tierheim geben, für den hat sie keine neuen Besitzer gefunden.«

Das Fellbündel auf meinem Arm kläfft leise. Vorsichtig setze ich ihn auf den Boden. Schwanzwedelnd tappst er zu seinem Papa – und Earl schleckt ihn einmal von vorne bis hinten ab, als habe er in seinem ganzen Mopsleben nichts anderes getan.

»Und da hast du ihn gerettet?« Tränen steigen

mir in die Augen. Tränen der Rührung. Was für ein Mann! Und Kitschtränen, denn Rolf schmeißt die Stereoanlage an und aus den Boxen dröhnt »White Christmas«. Eine kleine Träne wird von Earl verursacht, der vor Freude über seinen Sohn einen erstklassigen Hundepups hat fahren lassen.

»Na ja, ich dachte, meine zukünftige Mitarbeiterin bei der Tierrettung wird schon in der Lage sein, sich um einen Mudel zu kümmern.«

»Ach ja? Wer … wie … ich?«

Arne nimmt mich in den Arm und hält mich ganz, ganz fest. Der Umschlag in meiner Hosentasche knistert und aus den Augenwinkeln sehe ich, wie Tante Trude und Hilde Otto in der Küche verschwinden. Wahrscheinlich planen sie schon das Hochzeitsmahl.

»Dürfen wir mal eben stören?« Rolf zwängt sich zwischen Arne und mich. Und dann sinken meine Jungs vor mir auf die Knie: Rolf, Chris und Arne knien vor mir und starren mich aus sehnsüchtigen Augen an.

»Willst du meine Trauzeugin sein?«, fragt Rolf.

»Willst du meine Brautjungfer sein?, fragt Chris.

»Und willst du meine neue Arzthelferin sein?«, fragt Arne.

Ich schaue von einem zum anderen – dem grinsenden Rolf, dem selig lächelnden Chris und dem flehentlich starrenden Arne.

»Ja«, sage ich schließlich. »Ja, das will ich.«

Die drei springen auf, knutschen und drücken und herzen mich, bis ich beinahe keine Luft mehr bekomme. Erst Earls lautes Bellen bringt die Jungs zur Besinnung. Keuchend und lachend liegen wir uns in den Armen und sehen dabei zu, wie unser stinkfauler Earl of Cockwood einen Teller Pasta zum Hundekissen schleift und dem Mudel einen sanften Stups mit der Schnauze verpasst, bis dieser endlich die erste Nudel im Maul hat.

Was danach geschah …

Tante Trude verbrachte die Feiertage mit einer Reisegruppe auf einem Kreuzfahrtschiff. Sie schipperten auf der berühmten Hurtigruten durch Norwegen. Als ein Eisbrecher dem Luxusliner den Weg zum Nordkap bahnen musste, stand Trude vorne an der Reling – neben Rita aus Bielefeld. Die beiden hatten sich im Spa des Schiffes kennengelernt und festgestellt, dass sie beide einsam waren. Rita brachte Trude am Weihnachtsmorgen ein Parfum aus dem Bordshop in die Kabine. Die beiden verquatschten sich bis zum Nachmittag und beschlossen, zu Ostern die nächste Kreuzfahrt gemeinsam zu buchen.

Onkel Fritz speckte zunächst noch weitere sieben Kilo ab. Doch die kanarische Küche und ihre Verlockungen waren stärker als er. Bis zum Februar hatte er sich 13 Kilo wieder drauf gefuttert. Das kleine Appartement im Außenbezirk von Santa Cruz hatte keine Heizung und so ging sein erster Lohn beinahe komplett für die vom Radiator verursachte astronomische Stromrechnung und »Wick MediNait« drauf. Trotz Dauerschnupfens gelang es ihm, einen Jahresvertrag mit der größten Makleragentur an Land zu ziehen. Derzeit arbeitet Fritz an einer großen Kampagne für ein ökologisch orientiertes Villenprojekt in San Miguel.

Der Bernd und seine Jasmin suchen nach einer gemeinsamen Wohnung. Bernd hat ein Drei-Zimmer-Schmuckstück in der Weißenhofsiedlung gefunden. Jasmin, die mit der Bauhaus-Architektur nichts anfangen kann, tendiert zu einem Appartement im siebten Stock eines Hochhauses in Cannstatt. Der Streit des Paares war im ganzen Haus zu hören und konnte auch von Bernds Videoinstallation »Christmas at Wilhelma – singing elephants« nicht übertönt werden. Momentan herrscht Funkstille zwischen den beiden.

Familie Otto ist zum Stammgast im Tierheim geworden. Hilde kann sich allerdings noch nicht zwischen Dackel Paulchen und Schäfermix Helene entscheiden.

Frau Stiller ist über die Weihnachtsfeiertage zu Sohn und Schwiegertochter nach Hechingen gefahren. Bei der obligatorischen Besichtigung der Burg Hohenzollern rutschte sie auf dem regennassen Pflaster im Burghof aus und brach sich den Oberschenkelhalsknochen. Die Schwestern im Klinikum Balingen harren des Tages, an dem die dauermeckernde Patientin in die Reha entlassen wird.

Earl folgt seinem Instinkt und erzieht Mudel. Niemand hätte dem Mops zugetraut, den Welpen derart schnell auf den Boden werfen und in den Hals beißen zu können. Mudel ist davon nicht sehr beeindruckt, denn er hat schnell herausgefunden, dass Earl ein sanfter Vater ist, der niemals richtig zubeißt. Mudel pullert am liebsten auf den Teppich vor Chris' Bett.

Rolf und Chris haben sich tatsächlich verpartnert. Es war eine schlichte Zeremonie im Standesamt Stuttgart-Mitte. Der Standesbeamte hatte offensichtlich bei der internen Weihnachtsfeier vorgefeiert und fragte Rolf: »Ist es ihr freier Wille, Herr Rolf Schröder, die hier anwesende Frau Chris Berger zu heiraten, so antworten Sie mit ›Ja‹.« Tanja bekam einen Lachkoller und versteckte sich hinter dem übergroßen Brautstrauß aus 30 langstieligen Rosen. Arne täuschte einen Hustenanfall vor, der in einem leisen Rülpser endete. Die Hochzeitsnacht verbrachten Chris und Rolf im Hotel Graf Zeppelin. Das zerrissene Laken hat das Hotel den beiden freundlicher Weise nicht in Rechnung gestellt.

Arnes erster Einsatz nach Silvester war der Transport eines angefahrenen Katers in die Tierklinik der Uni Hohenheim. Er hatte das Tier kaum abgegeben, da bimmelte der Notruf schon wieder. Ein Bullterrier hatte einen Silvesterknaller gefressen.

Der Tierarzt hatte in den ersten Wochen des Jahres weder Zeit, zum Friseur zu gehen, noch, seinen Herd reparieren zu lassen – geschweige denn, mit Tanja ein ruhiges Wochenende zu verbringen.

Tanja selbst investierte einen Teil des Geldes von Tante Trude auf der Königstraße. Ihre alten Klamotten stopfte sie in den Sammelcontainer des DRK. Dann zahlte sie den Rest auf dem Girokonto ein und gönnte sich zur Feier der schwarzen Zahlen einen Cappuccino und eine Herrentorte bei Mövenpick. So gestärkt, besuchte sie Herrn Lehr und meldete sich bei ihm ab. Der Sachbearbeiter zeigte keine Regung und wünschte ihr automatisch alles Gute. Die Kettenraucher vor dem Arbeitsamt freuten sich, als Tanja ihnen eine Schachtel Zigaretten schenkte.

Die Tiffanydame errötete zwar viel seltener, aber wenn, dann bekam sie wirklich was zu sehen. Vorausgesetzt, das Notrufhandy blieb stumm …

ENDE

Versprochen ist versprochen: Dieses Buch ist gewidmet all jenen Freunden bei Facebook, die Earl und seinen Mitbewohnern die Daumen gedrückt haben. Im Namen des Mopses verneige ich mich vor Nicolai Köppel, Martina Jung, Manfred Dieterle-Jöchle, Lea Korte, Johnny Fogel, Wolfgang Braun, Angelika Scholz, Daniela Eckstein, Petra Berges, Avienne Silver, Michael Bresser, Jonathan Graeber, Susanne Gerdom, Andreas Schulze, Ulla Buthe, Melanie Schnabel, Edeltraud Zotzmann, Corinna Klimek, Emanuela Petrina, Karin Teuser, Hominem Immortalem, Kurt Heering, Renate Belda-Fuchs, Anna Schneider, Janette Freitag, Florian Borlein, Melanie Richter, Conny Dordevic, Gabriela Schlageter, Waltraud Maier-Hollunder, Günter Loske, Susanne Laubach, Sonja Frischknecht, Elke Heisler, Yola Siwek, Mario Henke, Martin Hoffmann, Wolfgang Schulze, Ulrike Renk, Gaby Petersen Brinkmann, Andrea Bohne-Möllers, Pia A. Power, Nicole C. Vosseler, meinem Sekretarovic Zoran Zivkovic, Gerhard Ogrzey, Nicole Kovanda, Andrea Arndt, Marion Lebugle, Alessandra Deneberger, Esra Mete, Andreas Arnold, Claudia Forsbach, Steffen Beyer, Anna Dorb, Sören Prescher, Silvia Eibl-Schöner, Susanne Oswald, Helena Ludwig, Martina Plagwitz, Helmut Hämpfel, Diana Porr, Karl Feldkamp und Daniela Sturm, der frischgebackenen Großmutter Cordula Kiefer, Kaelo Michael Janßen und Birgit-Barbara Eowina Myrrdin, Susann

Gemünder-Karcher und Maria Bachmann (in der Reihenfolge der virtuellen Daumen- und Zehendrücker).

Ein besonderes Dankeschön an Claudia Senghaas und Kurt-J. Heering, die den Mops auf die Piste geschickt haben.

SILKE PORATH
Mops und Mama

978-3-8392-1489-3 (Paperback)
978-3-8392-4273-5 (pdf)
978-3-8392-4272-8 (epub)

GANZ SCHÖN SCHWANGER Tanja bekommt am selben Tag zwei schlechte Nachrichten. Die erste: Sie ist schwanger. Die zweite: Ihr Freund Arne, der als Tierarzt arbeitet, nimmt einen Forschungsauftrag im bolivianischen Urwald an. Sechs Monate lang wird er Fledermäuse beobachten. Ihre Mitbewohner sind für sie da – als Freunde und als potenzielle Ersatzväter. Die beiden überbieten sich bald in Fürsorge um die schwangere Tanja. Auch Mops Earl und sein Sohn Mudel mischen kräftig mit.

SILKE PORATH
Mops und Möhren

978-3-8392-1344-5 (Paperback)
978-3-8392-4011-3 (pdf)
978-3-8392-4010-6 (epub)

EIN MOPS WIRD GÄRTNER Stuttgarts charmanteste WG mit Tanja, dem Männerpärchen Rolf und Chris und natürlich dem Mops Earl of Cockwood geht unter die Schrebergärtner! Doch das Idyll der Laubenkolonie ist bedroht, denn ein Investor will dort schicke Lofts bauen. Doch nicht nur das: Chris und Rolf verlieren beinahe gleichzeitig ihre Jobs und dann taucht auch noch die Ex von Tanjas Freund Arne wieder auf …

SILKE PORATH / SÖREN PRESCHER
Klosterkeller

978-3-8392-1829-7 (Paperback)
978-3-8392-4915-4 (pdf)
978-3-8392-4914-7 (epub)

SAUBERE SACHE Himmelherrschaftsackzement! Pater Pius wollte eigentlich nur den Keller im neuen Kloster besichtigen und stolpert prompt über ein Skelett. Das ist jedoch nicht so alt, wie es auf den ersten Blick scheint. Natürlich kann der neugierige Pater Pius sich nicht aus den Ermittlungen der Polizei heraushalten. Und recherchiert auf eigene Faust in einem verteufelten Fall. Dabei lernt er mehr über Designerkleidung, Eheprobleme und Putzmittel, als ihm lieb ist. Andererseits: Dem pfiffigen Pater ist nichts Menschliches fremd.

SÖREN PRESCHER / SILKE PORATH
Mörderische Sächsische Schweiz?

978-3-8392-2064-1 (Paperback)
978-3-8392-5367-0 (pdf)
978-3-8392-5366-3 (epub)

KRIMINELL SCHÖN »Endlich mal raus aus dem täglichen Trott in der Buchhandlung. Nichts als Natur und Kultur.« Meta Malewski schnürt die Wanderstiefel und macht sich mit viel Zeit und der Kamera im Gepäck auf in die sächsische Schweiz. Die Hobbyfotografin bekommt aber nicht nur grandiose Landschaften und weltbekannte Kulturdenkmäler vor die Linse, sondern auch viele Menschen aus Pirna oder Hohnstein, Stolpen oder Sebnitz. Denn wo immer Meta auftaucht, hört sie denselben Satz: »Darüber sollte mal jemand ein Buch schreiben.« Entstanden sind elf spannende Kriminalfälle, aktuelle und historische, die die Sächsische Schweiz von einer ganz anderen Seite zeigen.

S. PRESCHER/S. PORATH
Wer mordet schon in der Oberlausitz?

978-3-8392-1779-5 (Paperback)
978-3-8392-4821-8 (pdf)
978-3-8392-4820-1 (epub)

MÖRDERISCHE FERIEN Fantasyautor Robert Krauss macht sich mit seinem neuen Roman im Gepäck auf den Weg in die Oberlausitz. Doch statt einer gemütlichen Woche voller entspannender Leseabende begegnen ihm in jeder Stadt Mord, Totschlag, Lug und Betrug.

Ganz nebenbei aber entdeckt er auch die schönen Seiten der Region: die einzigartige Landschaft, die Lausitzer Kultur und nicht zuletzt die Menschen; allen voran die Kommissarin Franzi Hartmann und ihren Partner Roland Krämer, die stets ein Auge darauf haben, dass in der Oberlausitz alles mit rechten Dingen zugeht.

S. PRESCHER / S. PORATH
Wer mordet schon zwischen Alb und Donau?

978-3-8392-1581-4 (Paperback)
978-3-8392-4451-7 (pdf)
978-3-8392-4450-0 (epub)

MÖRDERISCHE FERIEN Ruhestand … wegen einem bisschen Bandscheibe! Kommissar Jochen Schädle ist stinkwütend. Aber statt sich ins Rentnerdasein zu fügen, fährt er los. Von Rottweil über Donaueschingen bis Fridingen und dann Richtung Balingen und Hechingen. Ruhe findet er unterwegs aber nicht: Egal, wo er anhält, überall erinnert er sich an Mord und Totschlag. Der Leser folgt dem ungewöhnlichen Ermittler bei dessen Reise in eine kriminelle Vergangenheit und entdeckt so nebenbei die schönsten Plätze der Region.